季羡林

表的喜剧／忆章用／塔什干的一个男孩子／马缨花／那提心吊胆的一年／上海菜市场／难忘的一家人／重返哥廷根／火车上观日出／槐花／我的童年／雾／1987年元旦试笔／赞"代沟"／我记忆中的老舍先生／为胡适说几句话／梦萦未名湖／梦萦水木清华／悼念沈从文先生／室伏佑厚先生一家／《吴宓先生回忆录》序／忆念胡也频先生／神奇的丝瓜／八十述怀／晚节善终　大节不亏

中华散文珍藏版

季羡林散文

人民文学出版社

图书在版编目(CIP)数据

季羡林散文/季羡林著.—北京:人民文学出版社,2013
(中华散文珍藏版)
ISBN 978-7-02-009911-5

Ⅰ.①季… Ⅱ.①季… Ⅲ.①散文集—中国—当代 Ⅳ.①I267

中国版本图书馆 CIP 数据核字(2013)第 110063 号

责任编辑　杜　丽
装帧设计　刘　静
责任校对　刘晓强
责任印制　徐　冉

出版发行　人民文学出版社
社　　址　北京市朝内大街 166 号
邮政编码　100705
网　　址　http://www.rw-cn.com

印　　刷　三河市延风印装有限公司
经　　销　全国新华书店等

字　　数　216 千字
开　　本　880 毫米×1230 毫米　1/32
印　　张　9.625　插页 3
印　　数　41001—44000
版　　次　2007 年 3 月北京第 1 版
印　　次　2019 年 4 月第 10 次印刷

书　　号　978-7-02-009911-5
定　　价　30.00 元

如有印装质量问题,请与本社图书销售中心调换。电话:010-65233595

作者像

悼巴老

季羡林

巴金老人离开我们，走了，永远永远地走了。此事本在意内，因为他因病卧床不起有年矣。但又极出意外，因为，只要他还有一口气活着，一盏明灯就会照亮中国的文坛，鼓励人们前进，鼓励人们向上。

论资排辈，巴老是我的师辈，同我的老师都应算是一辈人。我在清华读书时，就已经读过他的作品，并且认识了他本人。当时，他是一个大作家，我是一个穷学生。然而他却一点架子都没有，不多言多语，给人一个老实巴交的印象。这

出 版 说 明

为了全面展示 20 世纪以来中华散文的创作成就,我社于 2005 年 4 月编辑出版了《中华散文插图珍藏版》系列。到目前为止,已经出版了四辑五十位现当代文学大家的散文集,其目的是要将"五四"新文学革命以来近百年间的中华散文做一次全方位的展现和总结。为此,该系列书也成了"人文版"散文的标志性出版物,在作家、读者和图书市场中产生了极大的影响。

这套《中华散文珍藏版》是在此基础上的精选,宗旨是进一步扩大散文的社会影响力,优中选优,精益求精,为读者,特别是青年读者提供一套散文阅读范本。

人民文学出版社一直秉承读者至上、质量第一的出版原则,但愿这套书的编辑出版,能为多元思潮中的人们洒下一捧甘霖。

人民文学出版社编辑部

目　录

表的喜剧 …………………………………………… 1
Wala ……………………………………………… 6
忆章用 …………………………………………… 12
塔什干的一个男孩子 …………………………… 22
马缨花 …………………………………………… 30
那提心吊胆的一年 ……………………………… 34
上海菜市场 ……………………………………… 39
难忘的一家人 …………………………………… 41
重返哥廷根 ……………………………………… 46
火车上观日出 …………………………………… 53
槐花 ……………………………………………… 56
我的童年 ………………………………………… 58
雾
　——尼泊尔随笔 ……………………………… 67
1987年元旦试笔 ………………………………… 70
赞"代沟" ………………………………………… 72
我记忆中的老舍先生 …………………………… 75
为胡适说几句话 ………………………………… 80
梦萦未名湖
　——《精神的魅力》代序 …………………… 85
梦萦水木清华 …………………………………… 90

悼念沈从文先生	93
室伏佑厚先生一家	98
《吴宓先生回忆录》序	103
忆念胡也频先生	106
神奇的丝瓜	111
八十述怀	114
晚节善终　大节不亏	
——悼念冯芝生（友兰）先生	118
留德十年（节选）	124
牛棚杂忆（节选十四·牛棚生活）	133
老猫	144
幽径悲剧	154
忘	158
怀念乔木	162
悼组缃	169
《怀旧集》自序	174
一个老知识分子的心声	177
回忆陈寅恪先生	183
清塘荷韵	194
睁一只眼　闭一只眼	198
爱情	200
悼念邓广铭先生	205
论压力	209
民族性	211
不完满才是人生	213
两行写在泥土地上的字	215
几件小事	218
大觉寺	222

世纪回眸	230
目中无人	232
大放光明	234
我和人民文学出版社	241
我的家	246
悼念赵朴老	250
九十述怀	253
清新俊逸的清华园	262
一条老狗	266

表 的 喜 剧

　　自己是乡下人,没有见过多大的世面;乡下人的固执与畏怯也还保留了一部分。初到柏林的时候,刚走出了车站,头里面便有点朦胧。脚下踏着的虽然是光滑的柏油路,但我却仿佛踏上了棉花。眼前飞动着汽车电车的影子,天空里交织着电线,大街小街错综交叉着:这一切织成了一幅有魔力的网,我便深深地陷在这网里。我惘然地跟着别人走,我简直像在一片茫无涯际的大海里摸索了。

　　在这样一片茫无涯际的大海里,我第一次感觉到表的需要,因为它能告诉我,什么时候应当去吃饭,什么时候应当去访人。说到表,我是一个十足的门外汉。在国内的时候,朋友们中最少也是第三个表,或是第四个表的主人。然而对我,表却仍然是一个神秘的东西。虽然有时在等汽车的时候,因为等得不耐烦了,便沿着街向街旁的店铺里张望,希望能发现一只挂在墙上的钟,看看时间究竟到了没有。但张望的结果,却往往是,走了极远的路而碰不到一只钟。即便侥幸能碰到几只,然而每只所指的时间,最少也要相差半点钟。而且因为张望的态度太有点近于滑稽,往往引起铺子里伙计的注意,用怀疑的眼光看我几眼。当我从这怀疑的眼光的扫射下怀了一肚皮的疑虑逃回汽车站的时候,汽车已经开走了。一直到去年秋天,自己要按钟点挣面包的时候,才买了一只表。然而只走了三天,就停下来。到表铺一问,说是发条松。修理好了,不久又停下来。又去问,说是针有毛病。修理到五六次的时候，计算起来，修理费已经超过了原价，但它却仍然僵卧在桌子上。我便下决心，花了相当大的一个数目另买了一只。果然能使我满意了。这表就每天随着我，一直随我坐上西伯利亚的火车。然而在斯托扑塞换车的时候，因为急着搬行李，竟把玻璃罩碰碎了。在当时惶遽仓促的心情下，并不觉得是一个多大的损失，就把它放在一个茶叶瓶里，又坐了火车。当我到了这茫无涯际的海似的柏林的时候，我才又觉到它的需要了。

于是在到了的第三天，就由一位在柏林住过两年的朋友陪我出去修理。仍然有一幅充满了魔力的网笼罩着我的全身。我迷惘地随了他走。终于在康德街找到了一家表铺。说明了要换一个玻璃罩，表匠给了我一张纸条。我只看到上面有黑黑的几行字的影子，并没看清是什么字。因为我相信，上面最少也会有这表铺的名字和地址；只要有名字和地址，表就可以拿回去的。他答应我们第二天去拿，我们就跨出了铺门。

第二天的下午，我不愿意再让别人陪我走无意义的路，我便自己出发去取表。但是一想到究竟要到什么地方去取呢，立刻有一团迷离错杂的交织着电线的长长的街的影子浮动在我的眼前。我拿出那张纸条来看，我才发现，上面只印着收到一只修理的表，铺子名字却没有，当然更没有地址。我迷惑了，但我却不能不找找看。我本能地沿着康德街的左面走去，因为我虽然忘记了地址，但我却模模糊糊地记得是在街的左面。我走上去，我把我的注意力集中到每个铺子的招牌上，每一个铺子的窗子里。我看过各种各样的招牌和窗子。我时时刻刻预备着接受这样一个奇迹，蓦地会有一个表字或一只表呈现到我的眼前。然而得到的却是失望。我仍然走上去，康德街为什么竟这样长呢？我一直走到街的尽端，只好折回来再看一遍。终于在一大堆招牌里我发现了一个表铺的招牌。因为铺面太小了，刚才竟漏了过去。我仿佛到了圣地似的快活,一步跨进去。但立刻觉得有点不对。昨天我们跨进那个表铺的时候,那位修理表的老头正伏在窗子前面工作。我们一进去,他仿佛吃惊似的把一把刀子掉在地上。他伏下身去拾刀子的时候,我发现他背后有一架放满了表的小玻璃橱。但今天那架橱子移到哪儿去了呢?还没等我这疑虑扩散开来,主人出来了,也是一位老头。我只好把纸条交给他,他立刻就去找表。看了他的神气,想到刚才自己的怀疑,我笑了。但找了半天,表终于没找到。他用手搔着发亮的头皮,显出很焦急的样子。他告诉我,他的太太或者知道表放在什么地方,但她现在却不在家,让我第二天再去。他仿佛很抱歉的样子,拿过一枝铅笔来,把他的地址写在那张纸条的后面。我只好跨出来,心里充满了疑惑和不安定,当我踏着暮色走回去的时候,对着这海似的柏林,我叹了一口气。

过了一个杂念缭绕的夜,我又在约定的时间走了去。因为昨天究竟有过那样的怀疑,所以走在路上的时候,我仍然注意每一个铺子的招牌和窗子里陈列的东西,希望能再发现一个表铺。不久我的希望就实现了,是一个更要小的表铺。主人有点驼背。我把纸条递给他;问他,是不是他的。他说不是。我只好走出来,终于又走到昨天去过的那铺子。这次老头不在家,出来的是他的太太。我递给她纸条。她看到上面的字是她丈夫写的,立刻就去找表。她比老头还要焦急。她拉开每一个抽屉,每一个橱子;她把每一个纸包全打开了;她又开亮了电灯,把暗黑的角隅都照了一遍。然而表终于没找到。这时我的怀疑一点都没有了,我的心有点跳,我仿佛觉得我的表的的确确是送到这儿来的。我注视着老太婆,然而不说话。看了我的神气,老太婆似乎更焦急了。她的白发在电灯下闪着光,有点颤动。然而表却只是找不到,她又会有什么办法呢?最后,她只好对我说,她丈夫回来的时候问问看;她让我过午再去。我怀了更大的疑惑和不安定走了出来。

当天的过午,看看要近黄昏的时候,我又一个人走了去,一开门,里面黑沉沉的;我觉得四周立刻古庙似的静了起来;我能听到自己的心跳动的声音。等了好一会儿,才见两个影子从里移动出来。开了灯,看到是我,老头有点显得惊惶,老太婆也显然露出不安定的神气。两个人又互相商议着找起来;把每一个可能的地方全找过了,但表却终于没找到。老头更用力地用手搔着发亮的头皮;老太婆的头发在灯影里也更颤动得厉害。最后老头终于忍不住问我了,是不是我自己送来的。这问题真使我没法回答。我的确是自己送来的,但送的地方不一定是这里。我昨天的怀疑立刻又活跃起来。我看不到那个放满了表的小玻璃橱,我总觉得这地方不大像我送表去的地方。我于是对他解释说,我到柏林还不到四天,街道弄不熟悉。我问他,那纸条是不是他发给我的。他听了,立刻恍然大悟似的噢了一声,没有说什么,很匆忙地从抽屉里拿出一叠纸条,同我给他的纸条比着给我看。两者显然有极大的区别:我给他的那张是白色的,然而他拿出的那一叠却是绿色的,而且还要大一倍。他说,这才是他的收条。我现在完全明白了我走错了铺子。因为自己一时的疏忽,竟让这诚挚的老人陪我演了两天的滑稽剧,我心里实在有点不过意。我向他道歉,我把我脑筋里所有的在这情形下用得着的德文单字全搜寻出来,老人脸上浮起一片诚挚而会意的微笑,没说什么。然而老太婆却有点生气了,嘴里嘟噜着,拿了一块橡皮用力在我给她的那张纸条上擦,想把她丈夫写上的地址擦了去。我却不敢怨她,她是对的,白白地替我担了两天心,现在出出气,也是极应当的事。临走的时候,老头又向我说,要我到西面不远的一家表铺去问问,并且把门牌写给我。按着号数找到了,我才知道,就是我昨天去过的主人有点驼背的那个铺子。除了感激老头的热诚以外,我还能说什么呢?

我沿着康德街走上去,心里仿佛坠上了一块石头。天空里交织着电线,眼前是一条条错综交叉的大街小街,街旁的电灯都亮起来了,一盏一盏沿着街引上去,极目处是半面让电灯照得晕红了起来的天空。我不知道柏林究竟有多大,我也不知道我现在在柏林的哪一部分。柏林是大海,我正在这大海里漂浮着,找一个比我自己还要渺小的表。我终于下意识地走到我那位在柏林住过两年的朋友的家里去,把两天来找表的经过说给他;他显出很怀疑的神气,立刻领我出来,到康德街西半的一个表铺里去。离我刚才去过的那个铺子最少有二里路。拿出了收条,立刻把表领出来。一拿到表,我心里有说不出的感觉,我仿佛亲手捉到一个奇迹。我又沿了康德街走回家去。当我想到两天来演的这一幕小小的喜剧,想到那位诚挚的老头用手搔着发亮的头皮的神气的时候,对了这大海似的柏林,我自己笑起来了。

1935年11月2日于德国哥廷根

Wala

总有一个女孩子的面影飘动在我的眼前:淡红的双腮,圆圆的大眼睛。这面影对我这样熟悉,却又这样生疏。每次当它浮起来的时候,我一点也不去理会,它只是这么摇摇曳曳地在我眼前浮动一会,蓦地又暗淡下去,终于消逝到不知什么地方去了。我的记忆也自然会随了这消逝去的影子追上去,一直追到六年前的波兰车上。

也是同现在一样的夏末秋初的天气,我在赤都游了一整天以后,脑海里装满了红红绿绿的花坛的影像,走上波德通车。我们七个中国同学占据了一个车厢,谈笑得颇为热闹。大概快到华沙了吧,车里渐渐暗了下来,这时忽然走进一个年轻的女孩子来。我只觉得有一个秀挺的身影在我眼前一闪,还没等我细看的时候,她已经坐在我的对面。我的地理知识本来不高明,在国内的时候,对波兰我就不大清楚,对波兰的女孩子更模糊成一团。后来读到一位先生游波兰描写波兰女孩子的诗,当时的印象似乎很深,但不久就渐渐淡了下来,终于连一点痕迹都没有了。然而自己竟到了波兰,而且对面就坐了一个美丽的波兰女孩子:淡红的双腮,圆圆的大眼睛。

倘若在国内的话,七个男人同一个孤身的女孩子坐在一起,我们即使再道学,恐怕也会说一两句带着暗示的话,让女孩子红上一阵脸,我们好来欣赏娇羞含怒然而却又带笑的态度。然而现在却轮到我们红脸了。女孩子坦然地坐在那里,脸上挂着一丝微笑,把我们七个异邦的青年男子轮流看了一遍,似乎想要说话的样子。但我们都仿佛变成在老师跟前背不出书来的小学生,低了头,没有一个人敢说些什么。终于还是女孩子先开了口。她大概知道我们不能说波兰话,只用德文问我们会说哪一国话。我们七个中有一半没学过德文。我自己虽然学过,但也只是书本子里的东西。现在既然有人问到了,也只好勉强回答说自己会说德文。谈话也就开始了,而且还是愈来愈热闹。我们真觉得语言的功用有时候并不怎样大,静默或其他别的动作还能表达更多更复杂更深刻的思想。当时我们当然不能长篇大论地叙述什么,有的时候竟连意思都表达不出来,这时我们便相对一笑,在这一笑里,我们似乎互相了解了更多更深的东西。刚才她走进来的时候,先很小心地把一个坐垫放在座位上,然后坐下去。经过了也不知道多少时候,我蓦地发现这坐垫已经移到一位中国同学的身子下面去;然而他们两个人都没注意到,当时热闹的情形也可以想见了。

  在满洲里的时候,我们曾经买了几瓶啤酒似的东西。一路上,每到一个大车站,我们就下去用铁壶提开水来喝,这几瓶东西却始终珍惜着没有打开。现在却仿佛蓦地有一个默契流过我们每个人的心中,一位同学匆匆忙忙地找出来一瓶打开,没有问别人,其余的人也都兴高采烈地帮忙找杯子,没有一个人有半点反对的意思。不用说,我们第一杯是捧给这位美丽的女孩子的。她用手接了,先不喝,问我这是什么。我本来不很知道这究竟是什么,反正不过是酒一类的东西,而且我脑子里关于这方面的德文字也就只有一个酒字,就顺口回答说:"是酒。"她于是喝了一口,立刻抬起眼含着笑仿佛谴责似的问着我说:"你说是酒?"这双眼睛这样大,这样亮,又这样圆,再加上玫瑰花似的微笑,这一切深深地压住了我的心,我本来没有意思辩解,现在更没话可说,其实也不能说什么话了。她没有再说什么,拿出她自己带来的饼干分给我们吃。我们又吃又喝,忘记了现在是在火车上,是在异域;忘记了我们是初相识的异国的青年男女,根本忘记了我们自己,忘记了一切。她皮包里带着许多相片,她一张一张地拿给我们看。我们也把我们身边带的书籍画片,甚至连我们的毕业证书都找出来给她看。小小的车厢里充满了融融的欣悦。一位同学忽然问她叫什么名字,她立刻毫不忸怩地把自己的名字写在我们的簿子上:Wala,一个多么美妙令人一听就神往的名字!

大概将近半夜了吧,我走到另外一个车厢里想去找一个地方睡一会。终于在一个角里找到一个位子,对面坐了一位大鼻子的中年人。才一出国,看到满车外国人,已经有点觉得生疏;再看了他这大鼻子,仿佛自己已经走进了一个童话的国土里来了,有说不出的感觉。这大鼻子仿佛有魔力,把我的眼睛吸住,我非看不行。我敢发誓,我一生还没有看到这样大的鼻子。他耳朵上又罩上了无线电收音机,衬上这生在脸正中的一块大肉,这一切合起来凑成一幅奇异的图案画,看了我再也忍不住笑起来。但他偏又高兴同我说话,说着破碎的英语,一手指着自己的头,一手指着远处坐着的 Wala,头摇了两摇,奇异的图案画上浮起一丝鄙夷的微笑。我抬起头来看了看 Wala,才发现她头上戴了一顶红红绿绿的小帽子。刚才我竟没有注意到,我的全部精神都让她的淡红的双腮同圆圆的大眼睛吸住了。现在忽然发现她头上的小帽子,只觉得更增加了她的妩媚。一直到现在我还不明白,这位中年人为何讨厌这一顶同她的秀美的面孔相得益彰的小帽子。

我现在已经忆不起来,我们怎样分的手。大概是我们,至少是我,坐着矇矇眬眬地睡了会儿,其间 Wala 就下了车。我当时醒了后确曾觉得非常值得惋惜,我们竟连一声再会都没能说,这美丽的女孩子就像神龙似的去了。我仿佛看了一个夏夜的流星。但后来自己到了德国,蓦地投到一个新的环境里去,整天让工作压得不能喘一口气。以前在国内的时候,无论是做学生,是教书,尽有余裕的时间让自己的幻想出去飞一飞,上至青天,下至黄泉,到种种奇幻的世界里去翱翔,想到许多荒唐的事情,摹绘给自己种种金色的幻影,然后再回到这个世界里来。现在每天对着自己的全是死板板的现实,自己再没有余裕把幻想放出去,Wala 的影子似乎已经从我的记忆里消逝了去,我再也想不到她了。这样就过去了六个年头。

前两天,一个细雨萧索的初秋的晚上,一位中国同学到我家里来闲谈。谈到附近一个菜园子里新近来了一个波兰女孩子在工作。这女孩子很年轻,长得又非常美丽,父母都很有钱。在波兰刚中学毕业,正要准备进大学的时候,德国军队冲进波兰。在听过几天飞机大炮以后,于是就来了大恐怖,到处是残暴与血光。在风声鹤唳的情况里过了一年,正在庆幸着自己还能活下去的时候,又被希特勒手下的穿黑衣服的两足走兽强迫装进一辆火车里运到德国来,终于被派到哥廷根来,在这个菜园子里做下女。她天天做着牛马的工作,受着牛马的待遇,一生还没有做过这样的苦工。出门的时候,衣襟上还要挂上一个绣着 P 字的黄布,表示她是波兰人,让德国人随时都能注意她的行动;而且也只能白天出门,晚上出去捉起来立刻入监狱。电影院戏院一类娱乐的地方是不许她去的。衣服票鞋票当然领不到,衣服鞋破了也只好将就着穿,所以她这样一个年轻又美丽的女孩子,衣服是破烂不堪的,脚下穿的又是木头鞋。工资少到令人吃惊。回家的希望简直更渺茫,只有天知道,她什么时候能再见到她的故乡,她的父母!我的朋友也不由得叹了一口气。

我的眼前电火似的一闪,立刻浮起 Wala 的面影,难道这个女孩子就是 Wala 么?但立刻我又自己否认,这不会是她的,天下不会有这样凑巧的事情。然而立刻又想到,这女孩子说不定就是Wala,而且非是她不行;命运是非常古怪的,它有时候会安排下出人意料的事情。就这样,我的脑海里纷乱成一团,躺下无论如何也睡不着,伏在枕上听窗外雨声滴着落叶,一直到不知什么时候。

第二天早晨起来,到研究所去的时候,我就绕路到那菜园子去。这里我以前本来是常走的,一切我都很熟悉。但今天我看到这绿绿的菜畦,黄了叶子的苹果树,中间一座两层的小楼,我的眼前发亮,一切都蓦地对我生疏起来,我仿佛第一次看到这许多东西,我简直失了神似的,觉得以前菜畦没有这样绿,苹果树的叶子也没有黄过,中间并没有这样一座小楼。但现在却清清楚楚地看到眼前有这样一座楼,小小的红窗子就对着黄了叶子的苹果林,小巧得古怪又可爱。我注视这窗口,每一刹那我都盼望着,蓦地会有一个女孩子的头探出来,而且这就是Wala。在黄了叶子的苹果树下面,我也每一刹那都在盼望着,蓦地会有一个秀挺的少女的身影出现,而且这也就是Wala。但我什么也没有看到。我带了一颗失望的心走到研究所,工作当然做不下去。黄昏回家的时候,我又绕路从这菜园子旁边走过,我直觉地觉得反正在离我住的地方不远的小楼里有一个Wala在;但我却没有一点愿望再看这小楼,再注视这窗口,只匆匆走过去,仿佛是一个被检阅的兵士。

以后,我每天要绕路到那菜园子附近去走上两趟。我什么也没看到,而且我也不希望看到什么,因我现在已经知道,这女孩子不会是Wala了。不看到,自己心里终究有一个极渺茫极不成希望的希望:说不定她就真是Wala。怀了这渺茫的希望,回到家来,每当夜深人静的时候,就把幻想放出去,到种种奇幻的世界里去翱翔,想到许多荒唐的事情,给自己摹描种种金色的幻影。这幻影会自然而然地把我带到六年前的波兰车上。我瞪大了眼睛向眼前的空虚处看去,也自然而然地有一个这样熟悉然

1930年,毕业于山东济南高级中学,时年19岁。

1934年,在清华大学毕业时留影。

而又这样生疏的女孩子的面影摇摇曳曳地浮现起来:淡红的双腮,圆圆的大眼睛。

我每次想到的就是这似乎平淡然而却又很深刻的诗句:"同是天涯沦落人。"因为,我已经再不怀疑,即使这女孩子不是Wala,但Wala的命运也不会同这女孩子有什么区别,或者还更坏。她也一定是在看过残暴与血光以后,被另外一个希特勒手下的穿黑衣服的两足走兽强迫装进一辆火车里拖到德国来,在另一块德国土地上,做着牛马的工作,受着牛马的待遇,出门的时候也同样要挂上一个P字黄牌,同样不能看到她的父母,她的故乡。但我自己的命运又有什么两样呢?不正是另一群兽类在千山万山外自己的故乡里散布残暴与火光吗?故乡的人们也同样做着牛马的工作,受着牛马的待遇,自己也同样不能见到自己的家属,自己的故乡。"同是天涯沦落人",但是我们连"相逢"的机会都没有,我真希望我们这曾经一度"相识"者能够相对流一点泪,互相给一点安慰。但是,即使她现在有泪,也只好一个人独洒了,她又到什么地方能找到我呢?有时候,我曾经觉得世界小过,小到令人连呼吸都不自由;但现在我却觉得世界真正太大了。在茫茫的人海里,找寻她,不正像在大海里找寻一粒芥子么?我们大概终不能再会面了。

1941年于德国哥廷根

忆章用

　　我一直到现在还不能相信,他竟撒手离开现在的这个世界去了。我自己的生命虽然截止到现在还说不上怎样太长,但在这不太长的过去的生命中,他的出现却更短,短到令人怀疑是不是曾经有过这样一回事。倘若要用一个譬喻的话,我只能把他比作一颗夏夜的流星,在我的生命的天空中,蓦地拖了一条火线出现了,蓦地又消逝到暗冥里去。但是这条火线留下的影子却一直挂在我的记忆的丝缕上,到现在,已经是隔了几年了,忽然又闪熠了起来。

　　人的记忆也是怪东西,在每一天,不,简直是每一刹那,自己所遇到的大大小小的事情中,在风起云涌的思潮中,有后来想起来认为是极重大的事情,但在当时看过想过后不久就忘却了,费很大的力量才能再回忆起来。但有的事情,譬如说一个人笑的时候脸部构成的图形,一条柳枝摇曳的影子,一片花瓣的飘落,在当时,在后来,都不认为有什么不得了;但往往经过很久很久的时间,却能随时都明晰地浮现在眼前,因而引起一长串的回忆。到现在很生动地浮现在我眼前、压迫着我想到俊之(章用)的,就是他在谈话中间静默时神秘地向眼前空虚处注视的神态。

　　但说来已经是六年前的事情了。六年前的深秋,我从柏林来到哥廷根。第二天起来,在街上走着的时候,觉得这小城的街特别长,太阳也特别亮,一切都浸在一片白光里。过了几天,就在这样的白光里,我随了一位中国同学走过长长的街去访俊之。

他同他母亲赁居一座小楼房的上层,四周全是花园。这时已经是落叶满地,树头虽然还挂了几片残叶,但在秋风中却只显得孤零了。那一次究竟说了些什么话,现在已经记不清了。似乎他母亲说话最多,俊之并没有说多少。在谈话中间静默的一刹那,我只注意到,他的目光从眼镜边上流出来,神秘地注视着眼前的空虚处。

就这样,我们第一次见面他给我的印象是颇平常的;但不知为什么,以后竟常常往来起来。他母亲人非常慈和,很能谈话。每次会面,都差不多只有她一个人独白,每次都感觉不到时间的逝去,等到觉得屋里渐渐暗起来,却已经晚了,结果每次都是仓仓促促辞了出来,摸索着走下黑暗的楼梯,赶回家来吃晚饭。为了照顾儿子,她在这离开故乡几万里的寂寞的小城里陪儿子一住就是七八年,只是这一件,就足以打动了天下失掉了母亲的孩子们的心,让他们在无人处流泪,何况我又是这样多愁善感?又何况还是在这异邦的深秋呢?我因而常常想到在故乡里萋萋的秋草下长眠的母亲,到俊之家里去的次数也就多起来。

哥廷根的秋天是美的,美到神秘的境地,令人说不出,也根本想不到去说。有谁见过未来派的画没有?这小城东面的一片山林在秋天就是一幅未来派的画,你抬眼就看到一片耀眼的绚烂。只说黄色,就数不清有多少等级,从淡黄一直到接近棕色的深黄,参差地抹在这一片秋林的梢上,里面杂了冬青树的浓绿,这里那里还点缀上一星星的鲜红,给这惨淡的秋色涂上一片凄艳。就在这林子里,俊之常陪我去散步,我们不知道曾留下多少游踪。林子里这样静,我们甚至能听到叶子辞树的声音。倘若我们站下来,叶子也就会飘落到我们身上。等到我们理会到的时候,我们的头上肩上已经满是落叶了。间或前面树丛里影子似的一闪,是一匹被我们惊走的小鹿,接着我们就会听到窣窣的干叶声,渐远,渐远,终于消逝到无边的寂静里去。谁又会想到,我们竟在这异域的小城里亲身体会到"叶干闻鹿行"的境界？但这情景都是后来回忆时才觉到的,在当时,我们却没有,或者可以说很少注意到:我们正在热烈地谈着什么。他虽然念的是数学,但因为家学渊源,对中国旧文学很有根底,做旧诗更是经过名师的指导,对哲学似乎比对数学的兴趣还要大。我自己虽然一无所成,但因为平常喜欢浏览,所以很看了些旧诗词,而且自己对许多文学上的派别和几个诗人还有一套看法。平时难得解人,所以一直闷在心里,现在居然有人肯听,于是我就一下子倾出来。看了他点头赞成的神气,我的意趣更不由得飞动起来,我忘记了时间,忘记了世界,连自己也忘记了。往往是看到桦树的白皮上已经涂上了淡红的夕阳,才知道是应该下山的时候。走到城边,就看到西面山上一团紫气,不久天上就亮起星星来了。

　　等到林子里最后的几片黄叶也落净了的时候,不久就下了第一次的雪。哥城的冬天是寂寞的,天永远阴沉,难得看到几缕阳光。在外面既然没有什么可看,人们又觉得炉火可爱起来。有时候在雪意很浓的傍晚,他到我家里来闲谈。他总是靠近炉子坐在沙发上,头靠在后面的墙上。我们总有说不完的话,大半谈的仍然是哲学宗教上的问题;但转来转去,总转到中国旧诗上。他说话没有我多,当我滔滔不绝地说着的时候,他只是静静地听,脸上又浮起那一片神秘的微笑,眼光注视着眼前的空虚处。同我一样,他也会忘记了时间,现在轮到他摸索着走下黑暗的楼梯赶回家去吃晚饭了。

　　后来这情形渐渐多起来。等到我们再聚到一起的时候,章伯母就笑着告诉我,自从我到了哥廷根,她儿子仿佛变了一个人,以前同他母亲也不大多说话,现在居然有时候也显得有点活泼了。他在哥城八年,除了间或到范禹(龙丕炎)家去以外,很少到另外一位中国同学家里去,当然更谈不到因谈话而忘记了吃晚饭。多少年来,他就是一个人到大学去,到图书馆去,到山上去散步,不大同别人在一起。这情形我都能想象得到,因为无论谁只要同俊之见上一面,就会知道,他是孤高一流的人物。这样一个人怎么能够同其他油头粉面满嘴里离不开跳舞电影的留学生们合得来呢?

但他的孤高并不是矫揉造作的,他也并没有意思去装假名士。章伯母告诉我,他在家里,也总是一个人在思索着什么,有时坐在那里,眼睛愣愣的,半天不动。他根本不谈家常,只有谈到学问,他才有兴趣。但老人家的兴趣却同他的正相反,所以平常时候母子相对也只有沉默着一句话也不说了。他对吃饭也感不到多大兴趣,坐在饭桌旁边,嘴里嚼着什么,眼睛并不看眼前的碗同菜,脑筋里似乎正在思索着只有他自己知道的问题。有时候,手里拿着一块面包,站起来,在屋里不停地走,他又沉到他自己独有的幻想的世界里去。倘若叫他吃,他就吃下去;倘若不叫他,他也就算了。有时候她同他开个玩笑,问他刚才吃的是什么东西,他想上半天,仍然说不上来。这是他自己说起来都会笑的。过了不久,我就有机会证实了章伯母的话。这所谓"不久",我虽然不能确切地指出时间来;但总在新年过后的一二月里,小钟似的白花刚从薄薄的雪堆里挣扎出来,林子里怕已经抹上淡淡的一片绿意了。章伯母因为有事情到英国去了,只留他一个人在家里。我因为学系不能决定,有时候感到异常的烦闷,所以就常在傍晚的时候到他家里去闲谈。我差不多每次都看到桌子上一块干面包,孤零地伴着一瓶凉水。问他吃过晚饭没有,他说吃过了。再问他吃的什么,他的眼光就流到那一块干面包和那一瓶凉水上去,什么也不说。他当然不缺少钱买点香肠牛奶什么的;而且煤气炉子也就在厨房里,只要用手一转,也就可以得到一壶热咖啡;但这些他都没做,也许是忘记了,也许根本没有兴致想到这些琐碎的事情,他脑筋里正盘旋着什么问题。在这时候,最简单的办法当然就是向面包盒里找出他母亲吃剩下的面包,拧开凉水管子灌满一瓶,草草吃下去了事。既然吃饭这事情非解决不行,他也就来解决;至于怎样解决,那有什么重要呢?反正只要解决过,他就能再继续他的工作,他这样就很满意了。

我将怎样称呼他这样一个人呢?在一般人眼中,他毫无疑问的是一个怪人,而且他和一般人,或者也可以说,一般人和他合不来的原因恐怕也就在这里面。但我从小就有一个偏见,我最不能忍受四平八稳处事接物面面周到的人物。我觉得,人不应该像牛羊一样,看上去都差不多,人应该有个性。然而人类的大多数都是看上去都差不多的角色,他们只能平稳地活着,又平稳地死去,对人类对世界丝毫没有影响。真正大学问大事业是另外几个同一般人不一样,甚至被他们看做怪人和呆子的人做出来的。我自己虽然这样想,甚至也试着这样做过,也竟有人认为我有点怪;但我自问,有的时候自己还太妥协平稳,同别人一样的地方还太多。因而我对俊之,除了羡慕他的渊博的学识以外,对他的为人也有说不出来的景仰了。

在羡慕同景仰两种心情下,我当然高兴常同他接近。在他那方面,他也似乎很高兴见到我。到现在还不能忘记,每次我找他到小山上去散步,他都立刻答应,而且在非常仓皇的情形下穿鞋穿衣服,仿佛一穿慢了,我就会逃掉似的。我们到一起,仍然有说不完的话,我们谈哲学,谈宗教,仍然同以前一样,转来转去,总转到中国旧诗上去。他把他的诗集拿给我看,里面的诗并不多,只是薄薄的一本。我因为只仓促翻了一遍,现在已经记不清,里面究竟有些什么诗。我用尽了力想,只能想起两句来:"频梦春池添秀句,每闻夜雨忆联床。"他还告诉我,到哥城八年,先是拼命念德文,后来入了大学,又治数学同哲学,总没有余裕和兴致来写诗;但自从我来以后,他的诗兴仿佛又开始汹涌起来,这是连他自己都没想到的。

果然,过了不久,又在一个傍晚,他到我家里来。一进门,手

就向衣袋里摸,摸出来的是一个黄色的信封,里面装了一张硬纸片,上面工整地写着一首诗:

空谷足音一识君
相期诗伯苦相薰
体裁新旧同尝试
胎息中西沐见闻
胸宿赋才俫物与
气嘘史笔发清芬
千金敝帚孰轻重
后世凭猜定小文

我看了脸上直发热。对旧诗,我虽然喜欢胡谈乱道;但说到作,我却从来没尝试过,可以说是一个十足的门外汉,我哪里敢做梦作什么"诗伯"呢?但他的这番意思我却只有心领了。

这时候,我自己的心情并不太好,他也正有他的忧愁。七八年来,他一直过着极优裕的生活。近一两年来,国内的地租忽然发生了问题,于是经济来源就有了困难。对于他这其实都算不了什么,因为我知道,只要他一开口,立刻就会有人自动地送钱给他用,而且,据他母亲告诉我,也真的已经有人寄了钱来,譬如一位德国朋友,以前常到他家里去吃中国饭,现在在另外一个大学里当讲师,就寄了许多钱来,还愿意以后每月寄。然而俊之都拒绝了。我也同他谈过这事情,我觉得目前用朋友几个钱完成学业实在是无伤大雅的;但他却一概不听,也不说什么理由,我自己根本没有多少钱,领到的钱也不过刚够每月的食宿,一点也不能帮他的忙。最初听到说,他不久就要回国去筹款,心里有说不出的难过。后来他这计划终于成为事实了。每次到他那里去,总看到他忙忙碌碌地整理书籍。我不愿意看这一堆堆横七竖八躺在地上的书籍,我觉得有什么地方对他不起,心里凭空惭愧起来。

在不知不觉时,时间已经由暮春转入了初夏,哥廷根城又埋到一团翠绿里去。俊之启程的日子也决定了。在前一天的晚上,我们替他饯行,一直到深夜才走出市政府的地下餐厅。我同他并肩走在最前面。他平常就不大喜欢说话,今天更不说了,我们只是沉默着走上去,听自己的步履声在深夜的小巷里回响,终于在沉默里分了手。我不知道他怎么样,我是一夜在床上翻来覆去地睡不着。第二天天一亮我就到他家去了。他已经起来了。我本来预备在我们离别前痛痛快快谈一谈,我仿佛有许多话要说似的;但他却坚决要到大学里去上一堂课。他母亲挽留也没有用。他嘴里只是说,他要去上"最后一课","最后"两个字说得特别响,脸上浮着一片惨笑。我不敢接触到他的目光,但我却很能了解他的"客树回看成故乡"的心情。谁又知道,这一堂课就真的成了他的"最后一课"呢?

就这样,俊之终于离开了他的第二故乡哥廷根,离开了我,从那以后,我就再没有看到他。路上每到一个停船的地方,他总有信给我。他知道我正在念梵文,还剪了许多报上的材料寄给我。此外还寄给我了许多诗。回国以后,先在山东大学教数学。在这期间,他曾写过一封很长的信给我,报告他的近况,依然是牢骚满腹。后来又转到浙江大学去。情形如何,我不大清楚。不久战争也就波及浙江,他随了大学辗转迁到江西。从那里,我接到他一封信,附了一卷诗稿,把他回国以后做的诗都寄给我了。他仿佛预感到自己已经不久于人世,赶快把诗抄好,寄给一个朋友保存下去,这个朋友他就选中了我。我一直到现在还不相信,这是偶然的,他似乎故意把这担子放在我的肩上。

从那以后,我从他那里就再没听到什么。不久范禹来了信,报告他的死。他从江西飞到香港去养病,就死在那里。我真没法相信这是真的,难道范禹听错了消息了么?但最后我却终于不能不承认,俊之是真的死了,在我生命的夜空里,他像一颗夏的流星似的消逝了,永远地消逝了。

我们相处一共不到一年,一直到离别还互相称作"先生"。在他没死以前,我不过觉得同他颇能谈得来,每次到一起都能得到点安慰,如此而已。然而他的死却给了我一个回忆沉思的机会,我蓦地发现,我已于无意之间损失了一个知己,一个真正的朋友。在这茫茫人世间究竟还有几个人能了解我呢?俊之无疑的是真正能够了解我的一个朋友。我无论发表什么意见,哪怕是极浅薄的呢,从他那里我都能得到共鸣的同情。但现在他竟离开这人世去了,我陡然觉得人世空虚起来。我站在人群里,只觉得自己的渺小和孤独,我仿佛失掉了倚靠似的,徘徊在寂寞的大空虚里。

哥廷根仍然同以前一样地美,街仍然是那样长,阳光仍然是那样亮。我每天按时走过这长长的街到研究所去,晚上再回来。以前我还希望,俊之回来的时候,我们还可以逍遥在长街上高谈阔论;但现在这希望永远只是希望了。我一个人拖了一条影子走来走去:走过一个咖啡馆,我回忆到我曾同他在这里喝过咖啡消磨了许多寂寞的时光;再向前走几步是一个饭馆,我又回忆到,我曾同他每天在这里吃午饭,吃完再一同慢慢地走回家去;再走几步是一个书店,我回忆到,我有时候呆子似的在这里站上半天看玻璃窗子里面的书,肩头上蓦地落上了一只温暖的手,一回头是俊之,他也正来看书窗子;再向前走几步是一个女子高中,我又回忆到,他曾领我来这里听诗人念诗,听完在深夜里走回家,看雨珠在树枝上珠子似的闪光——就这样,每一个地方都能引起我的回忆,甚至看到一块石头,也会想到,我同俊之一同在上面踏过;看了一枝小花,也会回忆到,我同他一同看过。然而他现在却撒手离开这个世界走了,把寂寞留给我。回忆对我成了一个异常沉重的负担。

今年秋天,我更寂寞得难忍。我一个人在屋里无论如何也坐不下去,四面的墙仿佛逗起来给我以压迫。每天吃过晚饭,我就一个人逃出去到山下大草地上去散步。每次都走过他同他母亲住过的旧居:小楼依然是六年前的小楼,花园也仍然是六年前的花园,连落满地上的黄叶,甚至连树头残留着的几片孤零的叶子,都同六年前一样;但我的心情却同六年前的这时候大大地不相同了。小窗子依然开对着这一片黄叶林。我以前在这里走过不知多少遍,似乎从来没有注意过有这样一个小窗子;但现在这小窗子却唤回我的许多记忆,它的存在我于是也就注意到了。在这小窗子里面,我曾同俊之同坐过消磨了许多寂寞的时光,我们从这里一同看过涂满了凄艳的彩色的秋林,也曾看过压满了白雪的琼林,又看过绚烂的苹果花,蜜蜂围了嗡嗡地飞;在他离开哥廷根的前几天,我们都在他家里吃饭,忽然扫过一阵暴风雨,远处的山,山上的树林,树林上面露出的俾斯麦塔都隐入潆濛的云气里去;这一切仿佛是一幅画,这小窗子就是这幅画的镜框。我们当时都为自然的伟大所压迫,半天说不出一句话来,只是沉默着透过这小窗注视着远处的山林。当时的情况还历历如在眼前;然而曾几何时,现在却只剩下我一个人在满了落叶的深秋的长街上,在一个离故乡几万里的异邦的小城里,呆呆地从下面注视这小窗子了,而这小窗子也正像蓬莱仙山可望而不可即了。

逝去的时光不能再捉回来,这我知道;人死了不能复活,这我也知道。我到现在这个世界上来活了三十年,我曾经看到过无数的死:父亲、母亲和婶母都悄悄地死去了,尤其是母亲的死在我心里留下无论如何也补不起来的创痕。到现在已经十年了,差不多隔几天我就会梦到母亲,每次都是哭着醒来。我甚至不敢再看讲母亲的爱的小说、剧本和电影。有一次偶然看一个电影片,我一直从剧场里哭到家。但俊之的死却同别人的死都不一样:生死之悲当然有,但另外还有知己之感。这感觉我无论如何也排除不掉。我一直到现在还要问:世界上可以死的人太多太多了,为什么单单死俊之一个人?倘若我不同他认识也就罢了;但命运却偏偏把我同他在离祖国几万里的一个小城里拉在一起,他却又偏偏死去。在我的饱经忧患的生命里再加上这幕悲剧,难道命运觉得对我还不够残酷吗?

但我并不悲观,我还要活下去。有的人说:"死人活在活人的记忆里。"俊之就活在我的记忆里,只是为了这,我也要活下去。当然这回忆对我是一个无比的重担;但我却甘心肩起这一份重担,而且还希望能肩下去,愈久愈好。

五年前开始写这篇东西,那时我还在德国。中间屡屡因了别的研究工作停笔,终于剩了一个尾巴,没能写完。现在在挥汗之余勉强写起来,离开那座小城已经几万里了。

1946年7月23日写于南京

塔什干的一个男孩子

塔什干毕竟是一个好地方。按时令来说,当我们到了这里的时候,已经是秋天,淡红淡黄斑驳陆离的色彩早已涂满了祖国北方的山林;然而这里还到处盛开着玫瑰花,而且还不是一般的玫瑰花——有的枝干高得像小树,花朵大得像芍药、牡丹。

我就在这样的玫瑰花丛旁边认识了一个男孩子。

我们从城外的别墅来到市内,最初并没有注意到这一个小男孩。在一个很大的广场里,一边是纳瓦依大剧院,一边是为了招待参加亚非作家会议各国代表而新建的富有民族风味的塔什干旅馆,热情的塔什干人民在这里聚集成堆,男女老少都有。在这样一堆堆的人群里,一个普普通通的小孩子怎么能引起我们的注意呢?

但是,正当我们站在汽车旁边东张西望的时候,忽然听到细声细气的儿童的声音,说的是一句英语:"您会说英国话吗?"我低头一看,才看到一个十二三岁的小男孩。他穿了一件又灰又黄带着条纹的上衣,头发金黄色,脸上稀稀落落有几点雀斑,两只蓝色的大眼睛一忽闪一忽闪的。

这个小孩子实在很可爱,看样子很天真,但又似乎懂得很多的东西。虽然是个男孩,却又有点像女孩,羞羞答答,欲进又退,欲说又止。

我就跟他闲谈起来。他只能说极简单的几句英国话,但是也能把自己的意思表达出来。他告诉我,他的英文是在当地的小学里学的，才学了不久。他有一个通信的中国小朋友，是在广州。他的中国小朋友曾寄给他一个什么纪念章，现在就挂在他的内衣上。说着他就把上衣掀了一下。我看到他内衣上的确别着一个圆圆的东西。但是，还没有等我看仔细，他已经把上衣放下来了。仿佛那一个圆圆的东西是一个无价之宝，多看上两眼，就能看掉一块似的。我可以很清楚地看到，这一个看来极其平常的中国徽章在他的心灵里占着多么重要的地位；也可以看到，中国和他的那一个中国小朋友，在他的心灵里占着多么重要的地位。

我同这一个塔什干的男孩子第一次见面，从头到尾，总共不到五分钟。

跟着来的是极其紧张的日子。

在白天，上午和下午都在纳瓦依大剧院里开会。代表们用各种不同的语言发言，愤怒控诉殖民主义的罪恶。我的感情也随着他们的感情而激动，而昂扬。

一天下午，我们正走在塔什干旅馆，准备到对面的纳瓦依大剧院里去开会。同往常一样，热情好客的塔什干人民，又拥挤在这一个大广场里，手里拿着笔记本，或者只是几张白纸，请各国代表签名。他们排成两列纵队，从塔什干旅馆起，几乎一直接到纳瓦依大剧院，说说笑笑，像过年过节一样，整个广场成了一个欢乐的海洋。

我陷入夹道的人堆里，加快脚步，想赶快冲出重围。

但是，冷不防，有什么人从人丛里冲了出来，一下子就把我抱住了。我吃了一惊，定神一看，眼前站着的就是那一个我几乎已经完全忘记了的小男孩。

也许上次几分钟的见面就足以使得他把我看做熟人。总之，他那种胆怯羞涩的神情现在完全没有了。他拉住我的两只手，满脸都是笑容，仿佛遇到了一个多年未见十分想念的朋友和亲人。

我对这一次的不期而遇也十分高兴。我在心里责备自己："这样一个小孩子我怎么竟会忘掉了呢?"但是,还有人等着我一块走,我没有法子跟他多说话,在又惊又喜的情况下,一时也想不起说什么话好。他告诉我:"后天,塔什干的红领巾要到大会上去献花,我也参加。"我就对他说:"那好极了。我们在那里见面吧!"

我倒是真想在那一天看到他的。第二次的见面,时间比第一次还要短,大概只有两三分钟。但是我却真正爱上了这一个热爱中国热爱中国人民的小孩子。我心里想:第一次见面是不期而遇,我没有能够带给他什么东西当做纪念品。第二次见面又是不期而遇,我又没有能够带给他什么东西当做纪念品。我心里十分不安,仿佛缺少了什么东西,有点惭愧的感觉。

跟着来的仍然是极其紧张的日子。

大会开到了高潮,事情就更多了。但是,我同那个小孩子这一次见面以后,我的心情同第一次见面后完全不同了。不管我是多么忙,也不管我在什么地方,我的思想里总常常有这个小孩子的影子。他几乎霸占住我整个的心。我把所有的希望都寄托在他要到大会上去献花的那一天上。

那一天终于来到了。气氛本来就非常热烈的大会会场,现在更热烈了。成千成百的男女红领巾分三路涌进会场的时候,全场响起了雷鸣般的掌声。一队红领巾走上主席台给主席团献花。这一队红领巾里面,男孩女孩都有。最小的也不过五六岁,还没有主席台上的桌子高;但也站在那里,很庄严地朗诵诗歌;女孩们头上缠着的红绿绸子的蝴蝶结在轻轻地摆动着。主席台上坐着来自三四十个国家的代表团的团长,他们的语言不同,皮肤颜色不同,宗教信仰不同,社会制度不同;但是现在都一齐站起来,同小孩子握手拥抱,有的把小孩子高高地举起来,或者紧紧地抱在怀里。对全世界来说,这是一个极有意义的象征,它象征着全世界爱好和平的人们的大团结。我注意到有许多代表感动得眼里含着泪花。

我也非常感动。但是我心里还记挂着一件事情:我要发现那一个塔什干的男孩。我特意带来了一张丝织的毛主席像,想送给他,好让他大大地高兴一次。我到处找他,挨个看过去,看了一遍又一遍。这些男孩的衣服都一样,女孩子穿着短裙子,男女小孩还可以分辨出来;但是,如果想在男小孩中间分辨出哪个是哪个,那就十分困难了。我看来看去,眼睛都看花了。我眼前仿佛成了一片红领巾和红绿蝴蝶结的海洋,我只觉得五彩缤纷,绚丽夺目。可是要想在这一片海洋里捞什么东西,却毫无希望了。一直等到这一大群孩子排着队退出会场,那一张有着金黄色的头发、上面长着两只圆而大的眼睛和稀稀落落的雀斑的脸,却无论如何也没有找到。

我真是从内心深处感到失望,但是我却是一点办法都没有。只怪我自己疏忽大意,既没有打听那一个男孩的名字,也没有打听他的住处、他的学校和班级。当我们第二次见面,他告诉我要来献花的时候,我丝毫也没有想到,我们竟会见不到面。现在想打听,也无从打听起了。

会议眼看就要结束了。一结束,我们就要离开这里。我一想到这一点,心里就焦急不堪。但是我也并没有完全放弃了希望。每一次走过广场的时候,我都特别注意向四下里看,我暗暗地想:也许会像我们第二次见面那样,那个男孩子会蓦地从人丛中跳出来,两只手抱住我的腰。

但是结果却仍然是失望。

会议终于结束了。第二天我们就要暂时离开这里,到哈萨克加盟共和国的首都阿拉木图去做五天的访问。在这一天的黄昏,我特意到广场上去散步,目的就是寻找那一个男孩子。

我走到一个书亭附近去,看到台子上摆满了书。亚非各国作家作品的俄文和乌兹别克文译本特别多,特别引人注目。有许多人挤在那里买书。我在那里站了一会儿,想在拥挤的人堆里发现那个男孩子。

我走到大喷水池旁。这是一个大而圆的池子,中间竖着一排喷水的石柱。这时候,所有的喷水管都一齐开放,水像发怒似的往外喷,一直喷到两三丈高,然后再落下来,落到墨绿的水池子里去。喷水柱里面装着红绿电灯,灯光从白练似的水流里面透了出来,红红绿绿,变幻不定,活像天空里的彩虹。水花溅在黑色的水面上,翻涌起一颗颗的珍珠。

我喜欢这一个喷水池,我在这里站了很久。但是我却无心欣赏这些红红绿绿的彩虹和一颗颗的白色珍珠;我是希望能够在这里找到那一个小孩子的。

我走到广场两旁的玫瑰花丛里去,这也是我特别喜欢的地方。这里的玫瑰花又高又大又多,简直数不清有多少棵。人走进去,就仿佛走进了一片矮小的树林子。在黄昏的微光中,碗口大的花朵颜色有点暗淡了,分不清哪一朵是黄的,哪一朵是红的,哪一朵又是红里透紫的。但是,芬芳的香气却比白天阳光普照下还要浓烈。我绕着玫瑰花丛走了几周,不管玫瑰花的香气是多么浓烈,我却仍然是醉翁之意不在酒,我是来寻找那一个男孩子的。

我当时就想到,我这种做法实在很可笑,哪里就会那样凑巧呢?但是我又不愿意承认我这种举动毫无意义。天底下凑巧的事情不是很多很多的吗?我为什么就一定遇不到这样的事情呢?我决不放弃这万一的希望。

但是,结果并不像想象的那样,我到处找来找去,终于怀着一颗失望的心走回旅馆去。

第二天,天还没有明,我们就乘飞机到阿拉木图去了。在这

1934年5月，中学同学欢送季羡林先生（前排中）时合影。

1934年夏,季羡林先生(右)与高中同学徐家存先生合影。

个美丽的山城里访问了五天之后,又在一天的下午飞回塔什干来。

我们这一次回来,只能算是过路,第二天天一亮,我们就要离开这里了。这一次离开同上一次不一样,这是真正的离开。

这一次我心里真正有点急了。

吃过晚饭,我又走到广场上去。我走近书亭,上面写着人名书名的木牌还立在那里。我走过喷水池,白练似的流水照旧泛出了红红绿绿的光彩。我走过玫瑰花丛,玫瑰在寂寞地散放着浓烈的香气。我到处徘徊流连,我是怀着满腔依依难舍的心情,到这里来同塔什干和塔什干人民告别的。

实在出我意料,当我走回旅馆的时候,我从远处看到旅馆门口有几个小男孩挤在那里,向里面探头探脑。我刚走上台阶,一个小孩子一转身,突然扑到我的身边来:这正是我已经寻找了许久而没有找到的那一个男孩。这一次的见面带给他的喜悦,不但远非第一次见面时的喜悦可比,也绝非第二次见面时他的喜悦可比。他紧紧地抓住我的双手,双脚都在跳;松了我的手,又抱住我的腰,脸上兴奋得一片红,连气都喘不上来了。

他断断续续地告诉我,他是来找我的,过去五天,他天天都来。

"你怎么知道我还在这里呢?"

"我猜您还在这里。"

"别的代表都已经走了,你这猜想未免太大胆了。"

"一点也不大胆,我现在不是找到您了吗?"

我大笑起来,不得不承认他是对的。

这是一次在濒于绝望中的意外的会见。中国旧小说里有两句话:"踏破铁鞋无觅处,得来全不费功夫。"并不能写出我当时的全部心情。"蓦然回首,那人却在灯火阑珊处",也只能描绘出我的心情的一小部分。我从来不相信世界上会有什么奇迹;现在我却感觉到,世界上毕竟是有奇迹的,虽然我对这一个名词的理解同许多人都不一样。

我当时十分兴奋,甚至有点慌张。我说了声:"你在这里等我,不要走!"就跑进旅馆,连电梯也来不及上,飞快地爬上五层楼,把我早已经准备好了的礼物拿下来,又跑到餐厅里找中国同志要毛主席纪念章,然后匆匆忙忙地跑出去。我送给那一个男孩子一张织着天安门的杭州织锦和一枚毛主席像的纪念章,我亲手给他别在衣襟上。同他在一块儿的三四个男孩子,我也在每个人的衣襟上别了一枚毛主席像的纪念章。这一些孩子简直像一群小老虎,一下子扑到我身上来,搂住我的脖子,在我脸上使劲地亲吻。在惊惶失措中,我清清楚楚地听到清脆的吻声。

我现在再不能放过机会了,我要问一下他的姓名和住址。他就在我的笔记本上写了:谢尼亚·黎维斯坦。我们认识了也好多天了。在这临别的一刹那,我才知道了他的名字。我叫了他一声:"谢尼亚!"心里有说不出的感觉。只写了姓名和地址,他似乎还不满意,他又在后面加上了几句话:

  我永远也不会忘记您,亲爱的季羡林!希望您以后再回到塔什干来。再见吧,从遥远的中国来的朋友!

谢尼亚

有人在里面喊我,我不得不同谢尼亚和他的小朋友们告别了。

因为过于兴奋,过于高兴,我在塔什干最后的一夜又是一个失眠之夜。我翻来覆去地想到这一次奇迹似的会见。这一次会见虽然时间仍然不长,但是却很有意义。在我这方面,我得到机会问清楚这个小孩子的姓名和地址,以便以后联系;不然的话,他就像是一滴雨水落在大海里,永远不会再找到了。在小孩子方面,他找到了我,在他那充满了对中国的热爱的小小的心灵里,也不会永远感到缺了什么东西。这十几分钟会见的意义是无法用言语表达的。

想来想去,无论如何再也睡不着。我站起来,拉开窗幔:对面纳瓦依大剧院的霓虹灯还在闪闪发光。广场上只有稀稀落落的几个人影。那一丛丛的玫瑰花的确是看不清楚了,但是,根据方向,我依然能够知道它们在什么地方;我也知道,在黑暗中,它们仍然在散发着芬芳浓烈的香气。

1961 年 7 月 5 日

马 缨 花

曾经有很长的一段时间,我孤零零一个人住在一个很深的大院子里。从外面走进去,越走越静,自己的脚步声越听越清楚,仿佛从闹市走向深山。等到脚步声成为空谷足音的时候,我住的地方就到了。

院子不小,都是方砖铺地,三面有走廊。天井里遮满了树枝,走到下面,浓荫匝地,清凉蔽体。从房子的气势来看,从梁柱的粗细来看,依稀还可以看出当年的富贵气象。

这富贵气象是有来源的。在几百年前,这里曾经是明朝的东厂。不知道有多少忧国忧民的志士曾在这里被囚禁过,也不知道有多少人在这里受过苦刑,甚至丧掉性命。据说当年的水牢现在还有迹可寻哩。

等到我住进去的时候,富贵气象早已成为陈迹,但是阴森凄苦的气氛却是原封未动。再加上走廊上陈列的那一些汉代的石棺石椁,古代的刻着篆字和隶字的石碑,我一走回这个院子里,就仿佛进入了古墓。这样的环境,这样的气氛,把我的记忆提到几千年前去;有时候我简直就像是生活在历史里,自己俨然成为古人了。

这样的气氛同我当时的心情是相适应的,我一向又不相信有什么鬼神,所以我住在这里,也还处之泰然。

但是也有紧张不泰然的时候。往往在半夜里,我突然听到推门的声音,声音很大,很强烈。我不得不起来看一看。那时候经常停电。我只能在黑暗中摸索着爬起来,摸索着找门,摸索着走出去。院子里一片浓黑,什么东西也看不见。连树影子也仿佛同黑暗黏在一起,一点都分辨不出来。我只听到大香椿树上有一阵窸窸窣窣的声音,然后咪噢的一声,有两只小电灯似的眼睛从树枝深处对着我闪闪发光。

这样一个地方,对我那些经常来往的朋友们来说,是不会引起什么好感的。有几位在白天还有兴致来找我谈谈,他们很怕在黄昏时分走进这个院子。万一有事,不得不来,也一定在大门口向工友再三打听,我是否真在家里,然后才有勇气,跋涉过那一个长长的胡同,走过深深的院子,来到我的屋里。有一次,我出门去了,看门的工友没有看见。一位朋友走到我住的那个院子里,在黄昏的微光中,只见一地树影,满院石榴,我那小窗上却没有灯光。他的腿立刻抖了起来,费了好大力量,才拖着它们走了出去。第二天我们见面时,谈到这点经历,两人相对大笑。

我是不是也有孤寂之感呢?应该说是有的。当时正是"万家墨面没蒿莱"的时代,北平城一片黑暗。白天在学校里的时候,同青年同学在一起,从他们那蓬蓬勃勃的斗争意志和生命活力里,还可以吸取一些力量和快乐,精神十分振奋。但是,一到晚上,当我孤零零一个人走回这个所谓家的时候,我仿佛遗世而独立。没有人声,没有电灯,没有一点活气。在煤油灯的微光中,我只看到自己那高得、大得、黑得惊人的身影在四面的墙壁上晃动,仿佛是有个巨灵来到我的屋内。寂寞像毒蛇似的偷偷地袭来,折磨着我,使我无所逃于天地之间。

在这样无可奈何的时候,有一天,在傍晚的时候,我从外面一走进那个院子,蓦地闻到一股似浓似淡的香气。我抬头一看,原来是遮满院子的马缨花开花了。在这以前,我知道这些树都是马缨花;但是我却没有十分注意它们。今天它们用自己的香气告诉了我它们的存在。这对我似乎是一件新事。我不由得就站在树下,仰头观望:细碎的叶子密密地搭成了一座天棚,天棚上面是一层粉红色的细丝般的花瓣,远处望去,就像是绿云层上浮上了一团团的红雾。香气就是从这一片绿云里洒下来的,洒满了整个院子,洒满了我的全身,使我仿佛游泳在香海里。

花开也是常有的事,开花有香气更是司空见惯。但是,在这样一个时候,这样一个地方,有这样的花,有这样的香,我就觉得很不寻常;有花香慰我寂寥,我甚至有一些近乎感激的心情了。

从此,我就爱上了马缨花,把它当成了自己的知心朋友。

北平终于解放了。一九四九年的十月一日给全中国带来了光明与希望,给全世界带来了光明与希望。这一个具有重大意义的日子在我的生命里画上了一道鸿沟,我仿佛重新获得了生命。可惜不久我就搬出了那个院子,同那些可爱的马缨花告别了。

时间也过得真快,到现在,才一转眼的工夫,已经过去了十三年。这十三年是我生命史上最重要、最充实、最有意义的十三年。我看了很多新东西,学习了很多新东西,走了很多新地方。我当然也看了很多奇花异草。我曾在亚洲大陆最南端科摩林海角看到高凌霄汉的巨树上开着大朵的红花;我曾在缅甸的避暑胜地东枝看到开满了小花园的火红照眼的不知名的花朵;我也曾在塔什干看到长得像小树般的玫瑰花。这些花都是异常美妙动人的。

然而使我深深地怀念的却仍然是那些平凡的马缨花。我是多么想见到它们呀!

最近几年来,北京的马缨花似乎多起来了。在公园里,在马路旁边,在大旅馆的前面,在草坪里,都可以看到新栽种的马缨花。细碎的叶子密密地搭成了一座座的天棚,天棚上面是一层粉红色的细丝般的花瓣。远处望去,就像是绿云层上浮上了一团团的红雾。这绿云红雾飘满了北京。衬上红墙、黄瓦,给人民的首都增添了绚丽与芬芳。

我十分高兴。我仿佛是见了久别重逢的老友。但是,我却隐隐约约地感觉到,这些马缨花同我回忆中的那些很不相同。叶子仍然是那样的叶子,花也仍然是那样的花,在短短的十几年以内,它决不会变了种。它们不同之处究竟何在呢?

我最初确实是有些困惑,左思右想,只是无法解释。后来,我扩大了我回忆的范围,不把回忆死死地拴在马缨花上面,而是把当时所有同我有关的事物都包括在里面。不管我是怎样喜欢院子里那些马缨花,不管我是怎样爱回忆它们,回忆的范围一扩大,同它们联系在一起的不是黄昏,就是夜雨,否则就是迷离凄苦的梦境。我好像是在那些可爱的马缨花上面从来没有见到哪怕是一点点阳光。

然而,今天摆在我眼前的这些马缨花,却仿佛总是在光天化日之下。即使是在黄昏时候,在深夜里,我看到它们,它们也仿佛是生气勃勃,同浴在阳光里一样。它们仿佛想同灯光竞赛,同明月争辉。同我回忆里那些马缨花比起来,一个是照相的底片,一个是洗好的照片;一个是影,一个是光。影中的马缨花也许是值得留恋的,但是光中的马缨花不是更可爱吗?

我从此就爱上了这光中的马缨花,而且我也爱藏在我心中的这一个光与影的对比。它能告诉我很多事情,带给我无穷无尽的力量,送给我无限的温暖与幸福;它也能促使我前进。我愿意马缨花永远在这光中含笑怒放。

1962 年 1 月 1 日

那提心吊胆的一年

这已经是过去的事情了。现在旧事重提,好像是拣起一面古镜。用这一面古镜照一照今天,才更能显出今天的光彩焕发。

二十多年以前,我在大学里学习了四年西方语言文学以后,带着满脑袋的荷马、但丁、莎士比亚和歌德,回到故乡母校高级中学去当国文教员。

当我走进学校大门的时候,我的心情是复杂的。可以说是一则以喜,一则以惧。喜的是我终于抓到了一个饭碗,这简直是绝处逢生;惧的是我比较熟悉的那一套东西现在用不上了,现在要往脑袋里面装屈原、李白和杜甫。

从一开始接洽这个工作,我脑子里就有一个问号:在那找饭碗如登天的时代里,为什么竟有一个饭碗自动地送上门来?我预感到这里面隐藏着什么危险的东西。但是,没有饭碗,就吃不成饭,我抱着铤而走险的心情想试一试再说。到了学校,才逐渐从别人的谈话中了解到,原来是校长想把本校的毕业生组织起来,好在对敌斗争中为他助一臂之力。我是第一届甲班的毕业生,又捞到了一张一个著名的大学的毕业证书;因此就被他看中,邀我来教书。英文教员满了额,就只好让我教国文。

就教国文吧。我反正是瘸子掉在井里,捞起来也是坐。只要有人敢请我,我就敢教。

但是,问题却没有这样简单。我要教三个年级的三个班,备课要顾三头,而且都是古典文学作品。我小时候虽然念过一些

《诗经》《楚辞》，但是时间隔了这样久，早已忘得差不多了。现在要教人，自己就要先弄懂。可是，真正弄懂又不是一件轻而易举的事情。现在教国文的同事都是我从前的教员，我本来应该而且可以向他们请教的。但是，根据我的观察，现在我们之间的关系变了：不再是师生，而是饭碗的争夺者。在他们眼中，我几乎是一个眼中钉。即使我问他们，他们也不会告诉我的。我只好一个人单干。我日夜抱着一部《辞源》，加紧备课。有的典故查不到，就成天半夜地绕室彷徨。窗外校园极美，正盛开着木槿花。在暗夜中，阵阵幽香破窗而入。整个宇宙都静了下来，只有我一人还不能宁静。我仿佛为人所遗弃，很想到什么地方去哭上一场。

我的老师们也并不是全不关心他们的老学生。我第一次上课以前，他们告诉我，先要把学生的名字都看上一遍，学生名字里常常出现一些十分生僻的字，有的话就查一查《康熙字典》。如果第一堂就念不出学生的名字，在学生心目中这个教员就毫无威信，不容易当下去，影响到饭碗。如果临时发现了不认识的字，就不要点这个名。点完后只需问上一声："还有没点到名的吗？"那一个学生一定会举手站起来。然后再问一声："你叫什么名字呀？"他自己一报名，你也就认识了那一个字。如此等等，威信就可以保得十足。

这虽是小小的一招，我却是由衷感激。我教的三个班果然有几个学生的名字连《辞源》上都查不到。如果没有这一招，我的威信恐怕一开始就破了产，连一年教员也当不成了。

可是课堂上也并不总是平静无事。我的学生有的比我还大，从小就在家里念私塾，旧书念得很不少。有一个学生曾对我说："老师，我比你大五岁哩。"说罢嘿嘿一笑，我觉得里面有威胁，有嘲笑。比我大五岁，又有什么办法呢？我这老师反正还要当下去。

当时好像有一种风气：教员一定要无所不知。学生以此要求教员，教员也以此自居。在课堂上，教员决不能承认自己讲错了，决不能有什么问题答不出，否则就将为学生所讥笑。但是像我当时那样刚从外语系毕业的大娃娃教国文怎能完全讲对呢？怎能完全回答同学们提出来的问题呢？有时候，只好王顾左右而言他；被逼得紧了，就硬着头皮，乱说一通。学生究竟相信不相信，我不清楚。反正他们也不是傻子，老师究竟多轻多重，他们心中有数。我自己十分痛苦。下班回到寝室，思前想后，坐立不安。孤苦寂寥之感又突然袭来，我又仿佛为人们所遗弃，想到什么地方去哭上一场。

别的教员怎样呢？他们也许都有自己的烦恼，家家有一本难念的经。但是有几个人却是整天价满面春风，十分愉快。我有时候也从别人嘴里听到一些风言风语，说某某人陪校长太太打麻将了，某某人给校长送礼了，某某人请校长夫妇吃饭了。

我立刻想到自己的饭碗，也想学习他们一下。但是却来了问题：买礼物，准备酒席，都不是极困难的事情。可是，怎样送给人家呢？怎样请人家呢？如果只说："这是礼物，我要送给你。"或者："我要请你吃饭。"虽然也难免心跳脸红，但我自问还干得了。可是，这显然是不行的，事情并没有这样简单，一定还要耍一些花样。这就是我力所不能及的事情了。我在自己屋里，再三考虑，甚至自我表演，暗诵台词。最后，我只有承认，我在这方面缺少天才，只好作罢。我仿佛看到自己手里的饭碗已经有点飘动，我真想到什么地方去哭上一场。

就这样，半年过去了。到了放寒假的时候，一位河南籍的物理教员，因为靠山教育厅的一位科长垮了台，就要被解聘。校长已经托人暗示给他，他虽然还有出路，也只有忍痛辞职。我们校长听了，故意装得大为震惊，三番两次到这位教员屋里去挽留，甚至声泪俱下，最后还表示要与他共进退。我最初只是一位旁观者,站在旁边看校长的表演艺术,欣赏他的表演天才。但是,看来看去,我自己竟糊涂起来,我给校长的真挚态度所感动了。我也自动地变成演员,帮着校长挽留他。那位教员阅历究竟比我深,他不为所动,还是卷了铺盖。因为他知道,连他的继任人选都已经安排好了。

我又长了一番见识,暗暗地责备自己糊涂。同时,我也不寒而栗,将来会不会有一天校长也要同我"共进退"呢?

也就在这时候,校长大概逐渐发现,在我这个人身上,他失了眼力,看错了人。我到了学校以后,虽然也在别人的帮助(毋宁说是牵引)下,把高中毕业同学组织起来,并且被选为什么主席。但是,从那以后,就一点活动也没有。我确实不知道,应该活动一些什么。虽然我绞尽脑汁,办法就是想不出。这样当然就与校长原意相违了。他表面上待我还是客客气气,只是有一次在有意和无意之间他对我说道:"你很安静。"什么叫做"安静"呢?别人恐怕很难体会这两个字的意思,我却是能体会的。我回到寝室,又绕室彷徨。"安静"两个字给我以大威胁。我的饭碗好像就与这两个字有关。我又仿佛为人所遗弃,想到什么地方去哭上一场。

春天早过,夏天又来,这正是中学教员最紧张的时候。在教员休息室里,经常听到一些窃窃私语:"拿到了没有?"不用说拿到什么,大家都了解,这指的是下学期的聘书。有的神色自若,微笑不答。这都是有办法的人,与校长关系密切,或者属于校长的基本队伍。只要校长在,他们决不会丢掉饭碗。有的就神色仓皇,举止失措。这样的人没有靠山,饭碗掌握在别人手里,命定是一年一度紧张。我把自己归入这一类。我的神色如何,自己看不见,但是心情自己是知道的。校长给我下的断语:"安静",我觉得,就已经决定了我的命运。但我还侥幸有万一的幻想,因此在仓皇中还有一点镇静。

但是,这镇静是不可靠的。我心里的滋味实际上同一年前大学将要毕业时差不多。我见了人,不禁也窃窃私语:"拿到了没有?"我不喜欢那些神态自若的人。我只愿意接近那些神色仓皇的人,只有对这一些人我才有同病相怜之感。

这时候,校园更加美丽了。木槿花虽还开放,但已经长满了绿油油的大叶子。玫瑰花开得一丛一丛的,池塘里的水浮莲已经开出黄色的花朵。"小园香径独徘徊",是颇有诗意的。可惜我什么诗意都没有。我耳边只有一个声音:"拿到了没有?"我觉得,大地茫茫,就是没有我的容身之处。我又想到什么地方去哭上一场。

这事情已经过去了二十多年。但是,每一回忆起那提心吊胆的情况,就历历如在眼前,我真是永世难忘。现在把它写了出来,算是送给今年毕业同学的一件礼物,送给他们一面镜子。在这里面,可以照见过去与现在,可以照出自己应该走的道路。

1963 年 7 月 21 日

上海菜市场

上海尽有看不够数不清的高楼大厦,跑不完走不尽的大街小巷,满目琳琅的玻璃橱窗,车水马龙的繁华闹市;但是,我们的许多外国朋友却偏要去看一看早晨的菜市场。这是完全可以理解的。我们刚到上海的时候不是也想到菜市上去看一看吗?

那还是几年前的一个早晨,在太阳刚刚升起来的时候,踏着熹微的晨光,到一个离开旅馆不远的菜市场去。

到了邻近菜市场的地方,市场的气氛就逐渐浓了起来。熙熙攘攘的人群,摩肩擦背,来来往往。许多老大娘的菜篮子里装满了蔬菜海味鸡鸭鱼肉。有的篮子里活鱼在摇摆着尾巴,肥鸡在咯咯地叫着。老大娘带着一脸笑意,满怀愉快,走回家去。

一走进菜市场,仿佛走进了另一个世界。这里面五光十色,令人眼花缭乱。但是,仔细一看,所有的东西却又都摆得整整齐齐,有条不紊。菜摊子、肉摊子、鱼虾摊子、水果摊子,还有其他的许许多多的摊子,分门别类,秩序井然,又各有特点,互相辉映。你就看那蔬菜摊子吧。这里有各种不同的颜色:紫色的茄子、白色的萝卜、红色的西红柿、绿色的小白菜,纷然杂陈,交光互影。这里又有各种不同的线条:大冬瓜又圆又粗,豆荚又细又长,白菜的叶子又扁又宽。就这样,不同的颜色,不同的线条,紧紧地摆在一起,于纷杂中见统一。我的眼一花,我觉得,眼前不是什么菜摊子,而是一幅出自名家手笔的彩色绚丽、线条鲜明的油画或水彩画。

不只菜摊子是这样,其他的摊子也莫不如此。卖鱼的摊子上,活鱼在水里游泳,十几斤重的大鲤鱼躺在案板上。卖鸡鸭的摊子上,鸡鸭在笼子里互相召唤。卖肉的摊子上,整片的猪肉、牛肉和羊肉挂在那里,还为穆斯林设了卖牛羊肉的专柜。在其他的摊子上,鸡蛋和鸭蛋堆得像小山,一个个闪着耀眼的白光。咸肉和板鸭成排挂在架子上,肥得仿佛就要滴下油来。水果摊子更是琳琅满目。肥大的水蜜桃、大个儿的西瓜、又黄又圆的香瓜、白嫩的鲜藕,摆在一起,竞妍斗艳。我眼前仿佛看到葳蕤的果子园、十里荷香的池塘、翠叶离离的瓜地,难道这不是一幅美妙无比的图画吗?

说是图画,这只是一时的幻象。说真的,任何图画也比不上这一些摊子。图画里面的东西是死的、不能动的,这里的东西却随时在流动。原来摆在架子上的东西,一转眼已经到了老大娘的菜篮子里。她们站在摊子前面,眯细了眼睛,左挑右拣,直到选中了自己想买的东西为止。至于价钱,她们是不发愁的:因为东西都不贵。结果是皆大欢喜,在一片闹闹嚷嚷声中,大家都买到了中意的东西。她们原来的空篮子不久就满了起来。当她们转回家去的时候,她们手中的篮子也像是一幅幅美丽的图画了。

我们的外国朋友是住在旅馆里的,什么东西都不缺少。但是他们看到这些美丽诱人的东西,一方面啧啧称赞,一方面又跃跃欲试,也都想买点什么。有人买了几个大香瓜,有人买了几斤西红柿,还有人买了一些豆腐干。这样就会使本来已经很丰富的餐桌更加丰富多彩。我们的外国朋友也皆大欢喜了。

1963年9月27日

难忘的一家人

三月初的德里,已经是春末夏初时分。北京此时恐怕还会飘起雪花吧。而在这里,却已是杂花生树,群莺乱飞。月季花、玫瑰花、茉莉花、石竹花,还有其他许多不知名的鲜花,纷红骇绿,开得正猛。木棉那大得像碗口的红花,开在凌云的高枝上,发出了异样的光彩,特别逗引起了我这个异乡人的惊奇。

就正在这繁花似锦的时刻,我会见了将近二十年没有见面的印度老朋友普拉萨德先生。

当时,我刚从巴基斯坦来到德里。午饭后,我站在我们大使馆楼前的草地上,欣赏那一朵朵肥大的月季花,正在出神,冷不防从对面草地上树荫下飞也似的跳出来了一个人,一下子扑了过来,用力搂住我的脖子,拼命吻我的面颊。他眼里泪水潸潸,眉头痛苦地或者是愉快地皱成了一个疙瘩,他就是普拉萨德。他这出乎意料的举动,使得我惊愕、快乐。但是,我的眼里却没有泪水流出,好像是我还没有来得及把泪水酿出。

这自然就使我回忆起过去在北京大学的一些事情。

普拉萨德是在解放初期由印中友协主席、中国人民始终如一的老朋友森德拉尔先生介绍到北大来任教的。他为人正直、坦荡,老老实实,本本分分,从来不弄什么小动作,不耍什么花样。借用德里老百姓的一句口头话:他忠实得像金子一样。在工作方面,他勤勤恳恳,给什么工作,就做什么工作,决不讨价还价。因此,他同中国教师和历届的同学都处得很好,没有人不喜欢他、不尊重他的。他后来回国结了婚,带着夫人普拉巴女士又回到北京。生的第一个男孩,取名就叫做京生。长到三四岁的时候,活泼伶俐,逗人喜爱。每次学校领导宴请外国教员,一个必不可少的节目就是要京生高唱《东方红》。此时宴会厅里,必然是笑声四起,春意盎然,情谊脉脉,喜气融融。

时光就这样流逝过去。他做的事情都是平平常常的事情,过的日子也都是平淡无奇的日子。没有兴奋,没有激动,没有惊人的变化,也没有难忘的伟绩。忘记了是哪一年,他生了肺病,有点紧张。我就想方设法,加以劝慰。我现在已经忘记究竟对他说了些什么话;但是估计像我这样水平低的人,也决不会说出什么精辟的话。他可就信了我的话,情绪逐渐平静了下来。又忘记了是哪一年,他告诉我,想到莫斯科去参加青年联欢节。我通过有关的单位,使他达到了目的。这些都是小事,本来是不足挂齿的。然而他却惦记在心,逢人便说。他还经常说,我是他的长辈,是他的师尊。这很使我感到有点尴尬,觉得受之有愧。

天不会总是晴的,人世间也决不会永远风平浪静。大约是在一九五九年,中印友谊的天空里突然升起了一团乌云。某一些原来对中国友好的印度人,接踵转向。但是,普拉萨德一家人并没有动摇。他们不相信那一些造谣诬蔑,流言蜚语。他们一直坚持到自己的护照有被吊销的危险的时候,才忍痛离开了中国。

接着来的是一段对中印两国人民都不愉快的时光。我自己毕生研究印度的文化和历史,十分关心中印两国人民的传统友谊。在这一团乌云的遮蔽下,我有说不出来的苦恼,心情很沉重。我不时想到普拉萨德,想到他那一家人。当他们还在北京的时候,我实际上并没有这样想过。现在一旦睽违,却竟如此忆念难置。我自己也说不清楚其中的原由。难道我也想到"鸿雁几时到,江湖秋水多"吗?我不知道,普拉萨德一家人在想些什

1934年，清华大学毕业后，返中学母校济南高中任教时留影。

1935年7月，离开济南赴德留学前，与中学同学合影。

么,他们在干些什么。但是,我对于他那一家人对中国人民的深厚友情,是从来没有怀疑的。我相信,他同广大的印度朋友一样,既能同中国人民共安乐,也能同我们共忧患。他们既然能度过丽日和风,也必然能度过惊涛骇浪。

事实也正是这个样子。等到天空里的乌云逐渐淡下去的时候,从遥远的西天传来了普拉萨德一家的消息。他确实是没有动摇。在那些日子里,他仍然坚持天天到中国驻印度大使馆去上班。当时大使馆门外驻扎着军警,每一个到中国大使馆来的印度人,都要受到盘问。许多印度朋友,不管内心里多么热爱中国,在这种情况下,也只好望而却步。然而普拉萨德却毅然岿然,决不气馁。当他在中国生肺病的时候,我心里曾闪过一个念头,窃以为他太脆弱。现在才知道,我错了。在大是大非面前,他是非常坚强的。我认识到他是这样一个人:在脆弱中有坚强,在简单中有深刻,在淳朴中有繁缛,在平淡中有浓烈。

他的爱人普拉巴是夫唱妇随。有人要她捐献爱国捐,她问为什么,说是为了对付中国,她坚决回答:"爱国人人有份。但是捐了金银首饰去打中国,我宁死不干。我决不相信,中国会侵略印度!"这一番话义正辞严,简直可以说是掷地作金石声。在那黑云翻滚的日子里,敢于说这样的话,是需要有点勇气的。普拉巴平常看起来也像她丈夫一样是朴素而安静的,就在这样一个朴素而安静的印度普通妇女的心中蕴藏着多少对中国兄弟姊妹的爱和信任啊!但是在千千万万印度朋友心中蕴藏着的正是这样的爱和信任。印度古书上有一句话:"真理就是要胜利。"她说的话正是真理,因此就必然会胜利的。

难道说普拉萨德一家人不热爱自己的祖国吗?正相反。我知道,他们是非常热爱自己的祖国的。而他们这样的举动也正是真正热爱祖国的表现。

就这样,我们虽然相别十余年,相隔数万里,其间也没有通过信。但是,我们的心是相通的,我们的心是挨得非常近的。

可是我无论如何也没有预料到,我们竟然能够在花团锦簇的暮春时分,在德里又会了面。

看样子,这一次意外的会面也给普拉萨德带来了极大的愉快。他告诉我,当他听说我要到印度来的时候曾高兴得几夜睡不着觉。我知道,他确实是非常高兴的。那时候,我们的访问非常紧张,一个会接着一个会,忙得不可开交。但是他却利用一切机会同我会面和交谈。有一天晚上,他还带了另一位印度朋友来看我。刚说了几句话,他们俩突然跪到地上摸我的脚。我知道,这是对最尊敬的人行的礼节。我大吃一惊,觉得真是当之有愧。但是面对着这一位忠实得像金子一般的印度朋友,我有什么办法呢?

普拉萨德再三对我讲,他要把他全家都带来同我会面。这正是我的愿望。我是多么想看一看这一家人啊!但是时间却挤不出。最后商定在使馆招待会前半小时会面。到了时候,他们全家果然来了。当年欢蹦乱跳的京生已经长成了稳重憨厚的青年,大学医学院的毕业生。当年在襁褓中的兰兰也已经长成了中学生。我看到这个情景,心里面思绪万千,半天说不出话来。但是,普拉萨德却滔滔不绝地讲了起来,讲他过去十几年的经历。从生活到思想,从个人到全家,不厌其详地讲述。兰兰大概觉得他说话太多了,有点生气似的说道:"爸爸!看你老讲个不停,不让别人说半句话。"普拉萨德马上反驳说:"不行不行!我非向他汇报不行。我的话三天三夜也讲不完。"说完又讲了起来,大有"词源倒流三峡水"的气概,看样子真要讲上三天三夜了。但是,招待会的时间到了,他们才依依不舍地辞别离去。

我们在德里的最后一个节目是印中友协的欢迎会。散会后,也就是我同普拉萨德全家告别的时候。我自然而然地紧紧地搂住了他的脖子,吻他的面颊。好像也用不着去酿出,我的眼里就流满了泪水。同这样一位忠诚淳朴,对中国人民始终如一的印度朋友告别,我难道还能无动于衷吗?

普拉萨德决不是一个个人,而是广大的印度朋友的代表和象征:他也是千千万万善良的印度人的典型。他也决没有把我看成一个个人,而是看成整个中国人民的代表。他对我流露出来的感情,不是对我一个人的,而是对全体中国人民。正如中印友谊万古长青一样,我们之间的友谊也是长存的。即使我们暂时分别了,我相信,我们有一天总还会会面的,在印度,在中国。

我遥望西天,为普拉萨德全家祝福。

1979 年 10 月

重返哥廷根

我真是万万没有想到经过了三十五年的漫长岁月,我又回到这个离开祖国几万里的小城里来了。

我坐在从汉堡到哥廷根的火车上,我简直不敢相信这是事实。难道是一个梦吗?我频频问着自己。这当然是非常可笑的,这毕竟就是事实。我脑海里印象历乱,面影纷呈。过去三十多年来没有想到的人,想到了;过去三十多年来没有想到的事,想到了。我那一些尊敬的老师,他们的笑容又呈现在我眼前。我那像母亲一般的女房东,她那慈祥的面容也呈现在我眼前。那个宛宛婴婴的女孩子伊尔穆嘉德,也在我眼前活动起来。那窄窄的街道,街道两旁的铺子,城东小山的密林,密林深处的小咖啡馆,黄叶丛中的小鹿,甚至冬末春初时分从白雪中钻出来的白色小花雪钟,还有很多别的东西,都一齐争先恐后地呈现到我眼前来。一霎时,影像纷乱,我心里也像开了锅似的激烈地动荡起来了。

火车停,我飞也似的跳了下去,踏上了哥廷根的土地。忽然有一首诗涌现出来:

少小离家老大回,
乡音无改鬓毛衰。
儿童相见不相识,
笑问客从何处来。

怎么会涌现这样一首诗呢？我一时有点茫然、懵然。但又立刻意识到，这一座只有十来万人的异域小城，在我的心灵深处，早已成为我的第二故乡了。我曾在这里度过整整十年，是风华正茂的十年。我的足迹印遍了全城的每一寸土地。我曾在这里快乐过，苦恼过，追求过，幻灭过，动摇过，坚持过。这一座小城实际上决定了我一生要走的道路。这一切都不可避免地要在我的心灵上打上永不磨灭的烙印。我在下意识中把它看做第二故乡，不是非常自然的吗？

我今天重返第二故乡，心里面思绪万端，酸甜苦辣，一齐涌上心头。感情上有一种莫名其妙的重压，压得我喘不过气来，似欣慰，似惆怅，似追悔，似向往。小城几乎没有变。市政厅前广场上矗立的有名的抱鹅女郎的铜像，同三十五年前一模一样。一群鸽子仍然像从前一样在铜像周围徘徊，悠然自得。说不定什么时候一声呼哨，飞上了后面大礼拜堂的尖顶。我仿佛昨天才离开这里，今天又回来了。我们走下地下室，到地下餐厅去吃饭。里面陈设如旧，座位如旧，灯光如旧，气氛如旧。连那年轻的服务员也仿佛是当年的那一位。我仿佛昨天晚上才在这里吃过饭。广场周围的大小铺子都没有变。那几家著名的餐馆，什么"黑熊"、"少爷餐厅"等等，都还在原地。那两家书店也都还在原地。总之，我看到的一切都同原来一模一样。我真的离开这座小城已经三十五年了吗？

但是，正如中国古人所说的，江山如旧，人物全非。环境没有改变，然而人物却已经大大地改变了。我在火车上回忆到的那一些人，有的如果还活着的话年龄已经过了一百岁。这些人的生死存亡就用不着去问了。那些计算起来还没有这样老的人，我也不敢贸然去问，怕从被问者的嘴里听到我不愿意听的消息。我只绕着弯子问上那么一两句，得到的回答往往不得要领，模糊得很。这不能怪别人，因为我的问题就模糊不清。我现在非常欣赏这种模糊,模糊中包含着希望。可惜就连这种模糊也不能完全遮盖住事实。结果是:访旧半为鬼,惊呼热中肠。我只能在内心里用无声的声音来惊呼了。

在惊呼之余,我仍然坚持怀着沉重的心情去访旧。首先我要去看一看我住过整整十年的房子。我知道,我那母亲般的女房东欧朴尔太太早已离开了人世。但是房子却还存在,那一条整洁的街道依旧整洁如新。从前我经常看到一些老太太用肥皂来洗刷人行道,现在这人行道仍然像是刚才洗刷过似的,躺下去打一个滚,决不会沾上一点尘土。街拐角处那一家食品商店仍然开着,明亮的大玻璃窗子里面陈列着五光十色的食品。主人却不知道已经换了第几代了。我走到我住过的房子外面,抬头向上看,看到三楼我那一间房子的窗户,仍然同以前一样摆满了红红绿绿的花草,当然不是出自欧朴尔太太之手。我蓦地一阵恍惚,仿佛我昨晚才离开,今天又回家了。我推开大门,大步流星地跑上三楼。我没有用钥匙去开门,因为我意识到,现在里面住的是另外一家人了。从前这座房子的女主人恐怕早已安息在什么墓地里了,墓上大概也栽满了玫瑰花吧。我经常梦见这所房子,梦见房子的女主人,如今却是人去楼空了。我在这里度过的十年中,有愉快,有痛苦,经历过轰炸,忍受过饥饿。男房东逝世后,我多次陪着女房东去扫墓。我这个异邦的青年成了她身边的惟一的亲人。无怪我离开时她嚎啕痛哭。我回国以后,最初若干年,还经常通信。后来时移事变,就断了联系。我曾痴心妄想,还想再见她一面。而今我确实又来到了哥廷根,然而她却再也见不到,永远永远地见不到了。

我徘徊在当年天天走过的街头,这里什么地方都有过我的足迹。家家门前的小草坪上依然绿草如茵。今年冬雪来得早了一点。十月中,就下了一场雪。白雪、碧草、红花,相映成趣。鲜艳的花朵赫然傲雪怒放,比春天和夏天似乎还要鲜艳。我在一篇短文《海棠花》里描绘的那海棠花依然威严地站在那里。我忽然回忆起当年的冬天，日暮天阴，雪光照眼，我扶着我的吐火罗文和吠陀语老师西克教授，慢慢地走过十里行街。心里面感到凄清，但又感到温暖。回到祖国以后，每当下雪的时候，我便想到这一位像祖父一般的老人。回首前尘，已经有四十多年了。

我也没有忘记当年几乎每一个礼拜天都到的席勒草坪。它就在小山下面，是进山必由之路。当年我常同中国学生或者德国学生，在席勒草坪散步之后，就沿着弯曲的山径走上山去。曾登上俾斯麦塔，俯瞰哥廷根全城；曾在小咖啡馆里流连忘返；曾在大森林中茅亭下躲避暴雨；曾在深秋时分惊走觅食的小鹿，听它们脚踏落叶一路窸窸窣窣地逃走。甜蜜的回忆是写也写不完的，今天我又来到这里。碧草如旧，亭榭犹新。但是当年年轻的我已颓然一翁，而旧日游侣早已荡若云烟，有的离开了这个世界，有的远走高飞，到地球的另一半去了。此情此景，人非木石，能不感慨万端吗？

我在上面讲到江山如旧，人物全非。幸而还没有真正地全非。几十年来我昼思梦想最希望还能见到的人，最希望他们还能活着的人，我的"博士父亲"，瓦尔德施米特教授和夫人居然还都健在。教授已经是八十三岁高龄，夫人比他寿更高，是八十六岁。一别三十五年，今天重又会面，真有相见疑梦之感。老教授夫妇显然非常激动，我心里也如波涛翻滚，一时说不出话来。我们围坐在不太亮的电灯光下，杜甫的名句一下子涌上我的心头：

  人生不相见，
   动如参与商。
  今夕复何夕？
   共此灯烛光。

四十五年前我初到哥廷根我们初次见面，以及以后长达十年相处的情景,历历展现在眼前。那十年是剧烈动荡的十年,中间插上了一个第二次世界大战,我们没有能过上几天好日子。最初几年,我每次到他们家去吃晚饭时,他那个十几岁的独生儿子都在座。有一次教授同儿子开玩笑:"家里有一个中国客人,你明天到学校去又可以张扬吹嘘一番了。"哪里知道,大战一爆发,儿子就被征从军,一年冬天,战死在北欧战场上。这对他们夫妇俩的打击,是无法形容的。不久教授也被征从军。他心里怎样想,我不好问,他也不好说。看来是默默地忍受痛苦。他预定了剧院的票,到了冬天,剧院开演,他不在家,每周一次陪他夫人看戏的任务,就落到我肩上。深夜,演出结束后,我要走很长的道路,把师母送到他们山下林边的家中,然后再摸黑走回自己的住处。在很长的时间内,他们那一座漂亮的三层楼房里,只住着师母一个人。

他们的处境如此,我的处境更要糟糕。烽火连年,家书亿金。我的祖国在受难,我的全家老老小小在受难,我自己也在受难。中夜枕上,思绪翻腾,往往彻夜不眠。而且头上有飞机轰炸,肚子里没有食品充饥。做梦就梦到祖国的花生米。有一次我下乡去帮助农民摘苹果,报酬是几个苹果和五斤土豆。回家后一顿就把五斤土豆吃了个精光,还并无饱意。

大概有六七年的时间,情况就是这个样子。我的学习、写论文、参加口试、获得学位,就是在这种情况下进行的。教授每次回家度假,都听我的汇报,看我的论文,提出他的意见。今天我会的这一点点东西,哪一点不包含着教授的心血呢?不管我今天的成就还是多么微小,如果不是他怀着毫不利己的心情对我这一个素昧平生的异邦的青年加以诱掖教导的话,我能够有什么成就呢?所有这一切能够忘记得了吗?

现在我们又会面了。会面的地方不是在我所熟悉的那一所房子里,而是在一所豪华的养老院里,别人告诉我,他已经把房子赠给哥廷根大学印度学和佛教研究所,把汽车卖掉,搬到这一所养老院里来了。院里富丽堂皇,应有尽有,健身房、游泳池,无不齐备。据说,饭食也很好。但是,说句不好听的话,到这里来的人都是七老八十的人,多半行动不便。对他们来说,健身房和游泳池实际上等于聋子的耳朵。他们不是来健身,而是来等死的。头一天晚上还在一起吃饭、聊天,第二天早晨说不定就有人见了上帝。一个人生活在这样的环境中,心情如何,概可想见。话又说了回来,教授夫妇孤苦伶仃,不到这里来,又到哪里去呢?

就是在这样一个地方,教授又见到了自己几十年没有见面的弟子。他的心情是多么激动,又是多么高兴,我无法加以描绘。我一下汽车就看到在高大明亮的玻璃门里面,教授端端正正地坐在圈椅上。他可能已经等了很久,正望眼欲穿哩。他瞪着慈祥昏花的双目瞧着我,仿佛想用目光把我吞了下去。握手时,他的手有点颤抖。他的夫人更是老态龙钟,耳朵聋,头摇摆不停,同三十多年前完全判若两人了。师母还专为我烹制了当年我在她家常吃的食品。两位老人齐声说:"让我们好好地聊一聊老哥廷根的老生活吧!"他们现在大概只能用回忆来填充日常生活了。我问老教授还要不要中国关于佛教的书,他反问我:"那些东西对我还有什么用呢?"我又问他正在写什么东西。他说:"我想整理一下以前的旧稿;我想,不久就要打住了!"从一些细小的事情上来看,老两口的意见还是有一些矛盾的。看来这相依为命的一双老人的生活是阴沉的、郁闷的。在他们前面,正如鲁迅在《过客》中所写的那样:"前面?前面,是坟。"

我心里陡然凄凉起来,老教授毕生勤奋,著作等身,名扬四海,受人尊敬,老年就这样度过吗?我今天来到这里,显然给他们带来了极大的快乐。一旦我离开这里,他们又将怎样呢?可是,我能永远在这里呆下去吗?我真有点依依难舍,尽量想多呆些时候。但是,千里凉棚,没有不散的筵席。我站起来,想告辞离开。老教授带着乞求的目光说:"才十点多钟,时间还早嘛!"我只好重又坐下。最后到了深夜,我狠了狠心,向他们说了声:"夜安!"站起来,告辞出门。老教授一直把我送下楼,送到汽车旁边,样子是难舍难分。此时我心潮翻滚,我明确地意识到,这是我们最后一面了。但是,为了安慰他,或者欺骗他,也为了安慰我自己,或者欺骗我自己,我脱口说了一句话:"过一两年,我再回来看你!"声音从自己嘴里传到自己耳朵,显得空荡、虚伪,然而却又真诚。这真诚感动了老教授,他脸上现出了笑容:"你可是答应了我了,过一两年再回来!"我还有什么话好说呢?我噙着眼泪,钻进了汽车。汽车开走时,回头看到老教授还站在那里,一动也不动,活像是一座塑像。

过了两天,我就离开了哥廷根。我乘上了一辆开到另一个城市去的火车。坐在车上,同来时一样,我眼前又是面影迷离,错综纷杂。我这两天见到的一切人和物,一一奔凑到我的眼前来;只是比来时在火车上看到的影子清晰多了,具体多了。在这些迷离错乱的面影中,有一个特别清晰、特别具体、特别突出,它就是我在前天夜里看到的那一座塑像。愿这一座塑像永远停留在我的眼前,永远停留在我的心中。

1980年11月在西德开始

1987年10月在北京写

火车上观日出

在晨光熹微中,我走出了卧铺车厢,走到了列车的走廊上。猛一抬头,我的全身连我的内心立刻激烈地震动了一下:东方正有一抹胭脂似的像月芽一般的红彤彤的东西腾涌出来。这是即将升起的朝阳,我心里想。

我年逾古稀,平生看日出多矣。有的是我有意去寻求的,比如泰山观日。整整五十年前,当时我还是一个青年小伙子,正在济南一个中学里教书。在旧历八月中秋,我约了两个朋友,从济南乘火车到泰安。当天下午我们就上了山。我只有二十三岁,正是精力旺盛的时候,我大跨步走过斗姆宫、快活三里、五大夫松,一气登上了南天门,丝毫也没有感到什么吃力,什么惊险。此时正是暮色四垂,阴影布上群山的时候,四顾寂无一人,万古的沉寂正在我们身上。在一个鸡毛小店里住了一夜。第二天,摸黑起来,披上店里的棉被,登上玉皇顶。此时东天逐渐苍白。我瞪大了眼睛,连眨眼都不敢,盼望奇迹的出现。可是左等右等,我等待的奇迹太阳只是不露面。等到东天布满了一片红霞时,再仔细一看,朝阳已经像一个红色的血球,徘徊于片片的白云中,原来太阳早已经出来了。

从那以后,过了四十多年,到了八十年代初,我第一次登上了"归来不看岳"的黄山。在北海住了三天。我曾同小泓摸黑起床,赶到一座小山顶上,那里已经黑压压地挤满了人。我们好不容易挤了上去,在人堆里争取了一块容身之地,静下心来,翘首东望,恭候日出。东天原来是灰蒙蒙一片,只是比西方、南方、北方稍微显得白了亮了一点。但是,一转瞬间,亮度逐渐增高,由淡白转成了淡红,再由淡红转成了浓红,一片霞光照亮东天。再一转瞬,一芽红痕突然涌出,红痕慢慢向上扩大,由一点到一线,由一线到一片,一轮又圆又红的球终于跳出来了。

就这样,我在泰山和黄山这两个在全中国甚至全世界都以能观日出而声名远扬的名山上,看到了日出。是我自己处心积虑一意追求而得来的。

我现在是在火车上,既非泰山,也非黄山。我做梦也没有想到会同观赏日出联系起来,我一点寻求的意思也没有。然而,仿佛眼前出现了奇迹:摆在我眼前的是不折不扣的日出。我内心的震惊不是完全很自然的吗?

这样的日出,从来没有听人说观赏过,连听人谈到过都没有。它同以前处心积虑一意追求看到的不一样,完完全全地不一样。不管在泰山,还是在黄山,我都是静止不动的。太阳虽然动,也只是在一个地方动,她安详自在,慢条斯理,威严端庄,不慌不忙。她在我眼中是崇高的化身,是威仪的重现。正像印度大诗人泰戈尔每天早晨对着朝阳沉思默祷那样,太阳在我眼中也是神圣不可侵犯的。

然而现在却是另一番景象。火车风驰电掣,顷刻数里,一刻也不停。而太阳也是一刻也不停,穷追不舍。她仿佛是率领着白云、朝霞、沧海、苍穹,仿佛率领着她那些如云的随从,追赶着火车,追赶着车上的我,过山,过水,过森林,过小村。有时候我甚至看到她鬓云凌乱,衣冠不整。原来的端庄威严,安详自在,一点影子都没有了。是她在处心积虑,一意追求,追求着火车上的我,一定要我观看她的出现。此时我的心情简直是用任何言语也形容不出来了。

太阳一方面穷追不舍,一方面自己在不停地变幻。最初我只看到在淡红色的云堆中慢慢地涌出了一点红色月芽似的东西。月芽逐渐扩大,扩大,扩大,最初的颜色像是朱砂,眼睛能够直视。但是,随着体积的逐渐扩大,朱砂逐渐变为黄金,光芒越来越亮,到了最后,辉光焜耀,谁要是再想看她,她的光芒就要刺他眼睛了。等到太阳高高升起的时候,她在天空里俯视大地,俯视火车,俯视火车中的我,她又恢复了她那端庄威严,安详自在的神态,虽然是仍然跟着火车走,却再也没有那种仓促急忙的样子了。

这短短的车上观日出的经历,对我来说,简直像是一次神秘的天启。它让我暂时离开了尘世、离开了火车,甚至离开了我自己。我体会到变中有不变,不变中又有变;我体会到变化与速度的交互融合,交互影响。这种体会,我是无法说清楚的。等我回到车厢内的时候,人们还在熟睡未醒。我仿佛怀着独得之秘,静静地坐在那里,回想刚才的一切,余味犹甘。一团焜耀的光辉还留在我的心中。

1984年10月17日在烟台写初稿
1992年7月10日在北京写定稿

槐　花

　　自从移家朗润园，每年在春夏之交的时候，我一出门向西走，总是清香飘拂，溢满鼻官。抬眼一看，在流满了绿水的荷塘岸边，在高高低低的土山上面，就能看到成片的洋槐，满树繁花，闪着银光；花朵缀满高树枝头，开上去，开上去，一直开到高空，让我立刻想到新疆天池上看到的白皑皑的万古雪峰。

　　这种槐树在北方是非常习见的树种。我虽然也陶醉于氤氲的香气中，但却从来没有认真注意过这种花树——惯了。

　　有一年，也是在这样春夏之交的时候，我陪一位印度朋友参观北大校园。走到槐花树下，他猛然用鼻子吸了吸气，抬头看了看，眼睛瞪得又大又圆。我从前曾看到一幅印度人画的人像，为了夸大印度人眼睛之大，他把眼睛画得扩张到脸庞的外面。这一回我真仿佛看到这一位印度朋友瞪大了的眼睛扩张到了面孔以外来了。

　　"真好看呀！这真是奇迹！"

　　"什么奇迹呀？"

　　"你们这样的花树。"

　　"这有什么了不起呢？我们这里多得很。"

　　"多得很就不了不起了吗？"

　　我无言以对，看来辩论下去已经毫无意义了。可是他的话却对我起了作用：我认真注意槐花了，我仿佛第一次见到它，非常陌生，又似曾相识。我在它身上发现了许多新的以前从来没有发现的东西。

在沉思之余,我忽然想到,自己在印度也曾有过类似的情景。我在海得拉巴看到耸入云天的木棉树时,也曾大为惊诧。碗口大的红花挂满枝头,殷红如朝阳,灿烂似晚霞,我不禁大为慨叹:

"真好看呀!简直神奇极了!"

"什么神奇?"

"这木棉花。"

"这有什么神奇呢?我们这里到处都有。"

陪伴我们的印度朋友满脸迷惑不解的神气。我的眼睛瞪得多大,我自己看不到。现在到了中国,在洋槐树下,轮到印度朋友(当然不是同一个人)瞪大眼睛了。

在我们的日常生活中,我们都有这样一个经验:越是看惯了的东西,便越是习焉不察,美丑都难看出。这种现象在心理学上是容易解释的:一定要同客观存在的东西保持一定的距离,才能客观地去观察。难道我们就不能有意识地去改变这种习惯吗?难道我们就不能永远用新的眼光去看待一切事物吗?

我想自己先试一试看,果然有了神奇的效果。我现在再走过荷塘看到槐花,努力在自己的心中制造出第一次见到的幻想,我不再熟视无睹,而是尽情地欣赏。槐花也仿佛是得到了知己,大大小小、高高低低的洋槐,似乎在喃喃自语,又对我讲话。周围的山石树木,仿佛一下子活了起来,一片生机,融融氤氲。荷塘里的绿水仿佛更绿了;槐树上的白花仿佛更白了;人家篱笆里开的红花仿佛更红了。风吹、鸟鸣,都洋溢着无限生气。一切眼前的东西联在一起,汇成了宇宙的大欢畅。

1986年6月3日

我 的 童 年

回忆起自己的童年来,眼前没有红,没有绿,是一片灰黄。

七十多年前的中国,刚刚推翻了清代的统治,神州大地,一片混乱,一片黑暗。我最早的关于政治的回忆,就是"朝廷"二字。当时的乡下人管当皇帝叫坐朝廷,于是"朝廷"二字就成了皇帝的别名。我总以为朝廷这种东西似乎不是人,而是有极大权力的玩意儿。乡下人一提到它,好像都肃然起敬。我当然更是如此。总之,当时皇威犹在,旧习未除,是大清帝国的继续,毫无万象更新之象。

我就是在这新旧交替的时刻,于一九一一年八月六日,生于山东省清平县(现改临清市)的一个小村庄——官庄。当时全中国的经济形势是南方富而山东(也包括北方其他省份)穷。专就山东论,是东部富而西部穷。我们县在山东西部又是最穷的县,我们村在穷县中是最穷的村,而我们家在全村中又是最穷的家。

我们家据说并不是一向如此。在我诞生前似乎也曾有过比较好的日子。可是我降生时祖父、祖母都已去世。我父亲的亲兄弟共有三人,最小的一个(大排行是第十一,我们把他叫一叔)送给了别人,改了姓。我父亲同另外的一个弟弟(九叔)孤苦伶仃,相依为命。房无一间,地无一垄,两个无父无母的孤儿,活下去是什么滋味,活着是多么困难,概可想见。他们的堂伯父是一个举人,是方圆几十里最有学问的人物,做官做到一个什么县的教谕,也算是最大的官。他曾养育过我父亲和叔父,据说待他们

1935年，在德国。

1936年冬,季羡林先生(右一)与在德国的同学合影。

很不错。可是家庭大,人多是非多。他们俩有几次饿得到枣林里去拣落到地上的干枣充饥。最后还是被迫弃家(其实已经没了家)出走,兄弟俩逃到济南去谋生。"文化大革命"中我自己"跳出来"反对那一位臭名昭著的"第一张马列主义大字报"的作者,惹得她大发雌威,两次派人到我老家官庄去调查,一心一意要把我"打成"地主。老家的人告诉那几个"革命"小将,说如果开诉苦大会,季羡林是官庄的第一名诉苦者,他连贫农都不够。

我父亲和叔父到了济南以后,人地生疏,拉过洋车,扛过大件,当过警察,卖过苦力。叔父最终站住了脚。于是兄弟俩一商量,让我父亲回老家,叔父一个人留在济南挣钱,寄钱回家,供我的父亲过日子。

我出生以后,家境仍然是异常艰苦。一年吃白面的次数有限,平常只能吃红高粱面饼子;没有钱买盐,把盐碱地上的土扫起来,在锅里煮水,腌咸菜,什么香油,根本见不到。一年到底,就吃这种咸菜。举人的太太,我管她叫奶奶,她很喜欢我。我三四岁的时候,每天一睁眼,抬腿就往村里跑(我们家在村外),跑到奶奶跟前,只见她把手一蜷,蜷到肥大的袖子里面,手再伸出来的时候,就会有半个白面馒头拿在手中,递给我。我吃起来,仿佛是龙胆凤髓一般,我不知道天下还有比白面馒头更好吃的东西。这白面馒头是她的两个儿子(每家有几十亩地)特别孝敬她的。她喜欢我这个孙子,每天总省下半个,留给我吃。在长达几年的时间内,这是我每天最高的享受,最大的愉快。

大概到了四五岁的时候,对门住的宁大婶和宁大姑,每天夏秋收割庄稼的时候,总带我走出去老远到别人割过的地里去拾麦子或者豆子、谷子。一天辛勤之余,可以拣到一小篮麦穗或者谷穗。晚上回家,把篮子递给母亲,看样子她是非常欢喜的。有一年夏天,大概我拾的麦子比较多,她把麦粒磨成面粉,贴了一锅死面饼子。我大概是吃出味道来了,吃完了饭以后,我又偷了一块吃,让母亲看到了,赶着我要打。我当时是赤条条浑身一丝不挂,我逃到房后,往水坑里一跳。母亲没有法子下来捉我,我就站在水中把剩下的白面饼子尽情地享受了。

现在写这些事情还有什么意义呢?这些芝麻绿豆般的小事是不折不扣的身边琐事,使我终生受用不尽。它有时候能激励我前进,有时候能鼓舞我振作。我一直到今天对日常生活要求不高,对吃喝从不计较,难道同我小时候的这一些经历没有关系吗?我看到一些独生子女的父母那样溺爱子女,也颇不以为然。儿童是祖国的花朵,花朵当然要爱护;但爱护要得当,否则无异是坑害子女。

不记得是从什么时候起我开始学着认字,大概也总在四岁到六岁之间。我的老师是马景功先生。现在我无论如何也记不起有什么类似私塾之类的场所,也记不起有什么《百家姓》、《千字文》之类的书籍。我那一个家徒四壁的家就没有一本书,连带字的什么纸条子也没有见过。反正我总是认了几个字,否则哪里来的老师呢?马景功先生的存在是不能怀疑的。

虽然没有私塾,但是小伙伴是有的。我记得最清楚的有两个:一个叫杨狗,我前几年回家,才知道他的大名,他现在还活着,一字不识;另一个叫哑巴小(意思是哑巴的儿子),我到现在也没有弄清楚他姓字名谁。我们三个天天在一起玩,浮水、打枣、捉知了、摸虾,不见不散,一天也不间断。后来听说哑巴小当了山大王,练就了一身蹿房越脊的惊人本领,能用手指抓住大庙的椽子,浑身悬空,围绕大殿走一周。有一次被捉住,是十冬腊月,赤身露体,浇上凉水,被捆起来,倒挂一夜,仍然能活着。据说他从来不到官庄来作案,"兔子不吃窝边草",这是绿林英雄的义气。后来终于被捉杀掉。我每次想到这样一个光着屁股游玩的小伙伴竟成为这样一个"英雄",就颇有骄傲之意。

我在故乡只呆了六年,我能回忆起来的事情还多得很,但是我不想再写下去了。已经到了同我那一个一片灰黄的故乡告别的时候了。

我六岁那一年,是在春节前夕,公历可能已经是一九一七年,我离开父母,离开故乡,是叔父把我接到济南去的。叔父此时大概日子已经可以了,他兄弟俩只有我一个男孩子,想把我培养成人,将来能光大门楣,只有到济南去一条路。这可以说是我一生中最关键的一个转折点,否则我今天仍然会在故乡种地(如果我能活着的话),这当然算是一件好事。但是好事也会有成为坏事的时候。"文化大革命"中间,我曾有几次想到:如果我叔父不把我从故乡接到济南的话,我总能过一个浑浑噩噩但却舒舒服服的日子,哪能被"革命家"打倒在地,身上踏上一千只脚还要永世不得翻身呢?呜呼,世事多变,人生易老,真叫做没有法子!

到了济南以后,过了一段难过的日子。一个六七岁的孩子离开母亲,他心里会是什么滋味,非有亲身经历者,实难体会。我曾有几次从梦里哭着醒来。尽管此时不但能吃上白面馒头,而且还能吃上肉;但是我宁愿再啃红高粱饼子就苦咸菜。这种愿望当然只是一个幻想。我毫无办法,久而久之,也就习以为常了。

叔父望子成龙,对我的教育十分关心。先安排我在一个私塾里学习。老师是一个白胡子老头,面色严峻,令人见而生畏。每天入学,先向孔子牌位行礼,然后才是"赵钱孙李"。大约就在同时,叔父又把我送到一师附小去念书。这个地方在旧城墙里面,街名叫升官街,看上去很堂皇,实际上"官"者"棺"也,整条街都是做棺材的。此时五四运动大概已经起来了。校长是一师校长兼任,他是山东得风气之先的人物,在一个小学生眼里,他是一个大人物,轻易见不到面。想不到在十几年以后,我大学毕业到济南高中去教书的时候,我们俩竟成了同事,他是历史教员。我执弟子礼甚恭,他则再三逊谢。我当时觉得,人生真是变幻莫测啊!

因为校长是维新人物,我们的国文教材就改用了白话。教科书里面有一段课文,叫做《阿拉伯的骆驼》。故事是大家熟知的。但当时对我却是陌生而又新鲜,我读起来感到非常有趣味,简直是爱不释手。然而这篇文章却惹了祸。有一天,叔父翻看我的课本,我只看到他蓦地勃然变色。"骆驼怎么能说人话呢?"他愤愤然了。"这个学校不能念下去了,要转学!"

于是我转了学。转学手续比现在要简单得多,只经过一次口试就行了。而且口试也非常简单,只出了几个字叫我们认。我记得字中间有一个"骡"字,我认出来了,于是定为高一。一个比我大两岁的亲戚没有认出来,于是定为初三。为了一个字,我沾了一年的便宜。这也算是轶事吧。

这个学校靠近南圩子墙,校园很空阔,树木很多。花草茂密,景色算是秀丽的。在用木架子支撑起来的一座柴门上面,悬着一块木匾,上面刻着四个大字:"循规蹈矩。"我当时并不懂这四个字的涵义,只觉得笔画多得好玩而已。我就天天从这个木匾下出出进进,上学,游戏。当时立匾者的用心到了后来我才了解,无非是想让小学生规规矩矩做好孩子而已。但是用了四个古怪的字,小孩子谁也不懂,结果形同虚设,多此一举。

我"循规蹈矩"了没有呢? 大概是没有。我们有一个珠算教员,眼睛长得凸了出来,我们给他起了一个绰号,叫做 shao qianr(济南话,意思是知了)。他对待学生特别蛮横。打算盘,错一个数,打一板子。打算盘错上十个八个数,甚至上百数,是很难避免的。我们都挨了不少的板子。不知是谁一嘀咕:"我们架(小学生的行话,意思是赶走)他!"立刻得到大家的同意。我们这一群十岁左右的小孩子也要"造反"了。大家商定:他上课时,我们把教桌弄翻,然后一起离开教室,躲在假山背后。我们自己认为这个锦囊妙计实在非常高明;如果成功了,这位教员将无颜见人,非卷铺盖回家不可。然而我们班上出了"叛徒",虽然只有几个人,他们想拍老师的马屁,没有离开教室。这一来,大大长了老师的气焰,他知道自己还有"群众",于是威风大振,把我们这一群不知天高地厚的"叛逆者"狠狠地用大竹板打手心打了一阵,我们每个人的手都肿得像发面馒头。然而没有一个人掉泪。我以后每次想到这一件事,觉得很可以写进我的"优胜纪略"中去。"革命无罪,造反有理",如果当时就有哪一位伟大的"革命家"创造了这两句口号,那该有多么好呀!

谈到学习,我记得在三年之内,我曾考过两个甲等第三(只有三名甲等),两个乙等第一,总起来看,属于上等;但是并不拔尖。实际上,我当时并不用功,玩的时候多,念书的时候少。我们班上考甲等第一的叫李玉和,年年都是第一。他比我大五六岁,好像已经很成熟了,死记硬背,刻苦努力,天天皱着眉头,不见笑容,也不同我们打闹。我从来就是少无大志,一点也不想争那个状元。但是我对我这一位老学长并无敬意,还有点瞧不起的意思,觉得他是非我族类。

我虽然对正课不感兴趣,但是也有我非常感兴趣的东西,那就是看小说。我叔父是古板人,把小说叫做"闲书",闲书是不许我看的。在家里的时候,我书桌下面有一个盛白面的大缸,上面盖着一个用高粱秆编成的"盖垫"(济南话)。我坐在桌旁,桌上摆着《四书》,我看的却是《彭公案》、《济公传》、《西游记》、《三国志演义》等等旧小说。《红楼梦》大概太深,我看不懂其中的奥妙,黛玉整天价哭哭啼啼,为我所不喜,因此看不下去。其余的书都是看得津津有味。冷不防叔父走了进来,我就连忙掀起盖垫,把闲书往里一丢,嘴巴里念起"子曰"、"诗云"来。

到了学校里,用不着防备什么,一放学,就是我的天下。我往往躲到假山背后,或者一个盖房子的工地上,拿出闲书,狼吞虎咽似地大看起来。常常是忘记了时间,忘记了吃饭,有时候到了天黑,才摸回家去。我对小说中的绿林好汉非常熟悉,他们的姓名背得滚瓜烂熟,连他们用的兵器也如数家珍,比教科书熟悉多了,自己当然也希望成为那样的英雄。有一回,一个小朋友告诉我,把右手五个指头往大米缸里猛戳,一而再,再而三,一直到几百次,上千次。练上一段时间以后,再换上砂粒,用手猛戳,最终可以练成铁砂掌,五指一戳,能够戳断树木。我颇想有一个铁砂掌,信以为真,猛练起来,结果把指头戳破了,鲜血直流。知道自己与铁砂掌无缘,遂停止不练。

学习英文,也是从这个小学开始的。当时对我来说,外语是一种非常神奇的东西。我认为,方块字是天经地义,不用方块字,只弯弯曲曲像蚯蚓爬过的痕迹一样,居然能发出音来,还能有意思,简直是不可思议。越是神秘的东西,便越有吸引力。英文对于我就有极大的吸引力。我万没有想到望之如海市蜃楼般的可望而不可及的东西竟然唾手可得了。我现在已经记不清楚,学习的机会是怎么来的。大概是有一位教员会一点英文,他答应晚上教一点,可能还要收点学费。总之,一个业余英文学习班很快就组成了,参加的大概有十几个孩子。究竟学了多久,我已经记不清楚,时候好像不太长,学的东西也不太多,二十六个字母以后,学了一些单词。我当时有一个非常伤脑筋的问题:为什么"是"和"有"算是动词,它们一点也不动嘛? 当时老师答不上来;到了中学,英文老师也答不上来。当年用"动词"来译英文的 verb 的人,大概不会想到他这个译名惹下的祸根吧。

每次回忆学习英文的情景时,我眼前总有一团零乱的花影,是绛紫色的芍药花。原来在校长办公室前的院子里有几个花畦,春天一到,芍药盛开,都是绛紫色的花朵。白天走过那里,紫花绿叶,极为分明。到了晚上,英文课结束后,再走过那个院子,紫花与绿叶化成一个颜色,朦朦胧胧的一堆一团,因为有白天的印象,所以还知道它们的颜色。但夜晚眼前却只能看到花影,鼻子似乎有点花香而已。这一幅情景伴随了我一生,只要是一想起学习英文,这一幅美妙无比的情景就浮现到眼前来,带给我无量的幸福与快乐。

然而时光像流水一般飞逝,转瞬三年已过:我小学该毕业了,我要告别这一个美丽的校园了。我十三岁那一年,考上了城里的正谊中学。我本来是想考鼎鼎大名的第一中学的。但是我左衡量,右衡量,总觉得自己这一块料分量不够,还是考与"烂育英"齐名的"破正谊"吧。我上面说到我幼无大志,这又是一个证明。正谊虽"破",风景却美。背靠大明湖,万顷苇绿,十里荷香,不啻人间乐园。然而到了这里,我算是已经越过了童年,不管正谊的学习生活多么美妙,我也只好搁笔,且听下回分解了。

综观我的童年,从一片灰黄开始,到了正谊算是到达了一片浓绿的境界——我进步了。但这只是从表面上来看,从生活的内容上来看,依然是一片灰黄。即使到了济南,我的生活也难找出什么有声有色的东西。我从来没有什么玩具,自己把细铁条弄成一个圈,再弄个钩一推,就能跑起来,自己就非常高兴了。贫困、单调、死板、固执,是我当时生活的写照。接受外面信息,仅凭五官。什么电视机、收录机,连影都没有。我小时连电影也没有看过,其余概可想见了。

今天的儿童有福了。他们有多少花样翻新的玩具呀! 他们有多少儿童乐园、儿童活动中心呀! 他们饿了吃面包,渴了喝这可乐、那可乐,还有牛奶、冰激凌。电影看厌了,看电视。广播听厌了,听收录机。信息从天空、海外,越过高山大川,纷纷蜂拥而来。他们才真是"儿童不出门,便知天下事"。可是他们偏偏不知道旧社会。就拿我来说,如果不认真回忆,我对旧社会的情景也逐渐淡漠,有时竟淡如云烟了。

今天我把自己的童年尽可能真实地描绘出来,不管还多么不全面,不管怎样挂一漏万,也不管我的笔墨多么拙笨,就是上面写出来的那些,我们今天的儿童读了,不是也可以从中得到一点启发,从中悟出一些有用的东西来吗?

1986年6月6日

雾

——尼泊尔随笔

浓雾又升起来了。

近几天以来,我早晨起床后第一件事就是推开窗子,欣赏外面的大雾。

我从来没有喜欢过雾。为什么现在忽然喜欢起来了呢?这其中有一点因缘。前天在飞机上,当飞临西藏上空时,机组人员说,加德满都现在正弥漫着浓雾,能见度只有一百米,飞机降落怕有困难。加德满都方面让我们飞得慢一点。我当时一方面有点担心,害怕如果浓雾不消,我们将降落何方?另一方面,我还有点好奇:加德满都也会有浓雾吗?但是,浓雾还是消了,我们的飞机按时降落在尼泊尔首都机场,机场上阳光普照。

因此,我就对雾产生了好奇心和兴趣。

抵达加德满都的第二天凌晨,我一起床,推开窗子:外面是大雾弥天。昨天下午我们从加德满都的大街上看到城北面崇山峻岭,层峦叠嶂,个个都戴着一顶顶的白帽子,这些都是万古雪峰,在阳光下闪出了耀眼的银光。这是我生平第一次看到这种景象,我简直像小孩子一般地喜悦。现在大雾遮蔽了一切,连那些万古雪峰也隐没不见,一点影子也不给留下。旅馆后面的那几棵参天古树,在平常时候,高枝直刺入晴空,现在只留下淡淡的黑影,衬着白色的大雾,宛如一张中国古代的画。昨天抵达旅馆下车时,我看到一个尼泊尔妇女背着一筐红砖,倒在一大堆砖上。现在我看到一个男子,手里拿着一堆红红的东西,我以为他拿的也是红砖。但是当他走得近了一点时,我才发现那一堆红红的东西簌簌抖动,原来是一束束红色的鲜花。我不禁自己笑了起来。

正当我失神落魄地自己暗笑的时候,忽然听到不知从哪里传来了咕咕的叫声。浓雾虽然遮蔽了形象,但是却遮蔽不住声音。我知道,这是鸽子的声音。当我倾耳细听时,又不知从哪里传来了阵阵的犬吠声。这都是我意想不到的情景。我万万没有想到,我在加德满都学会了喜欢的两种动物:鸽子和狗,竟同时都在浓雾中出现了。难道浓雾竟成了我在这个美丽的山城里学会欣赏的第三件东西吗?

世界上,喜欢雾的人似乎是并不多的。英国伦敦的大雾是颇有一点名气的。有一些作家写散文、写小说来描绘伦敦的雾,我们读起来觉得韵味无穷。对于尼泊尔文学我所知甚少,我不知道,是否也有尼泊尔作家专门写加德满都的雾。但是,不管是在伦敦,还是在加德满都,明目张胆大声赞美浓雾的人,恐怕是不会多的,其中原因我不甚了了,我也没有那种闲情逸致去钻研探讨。我现在在这高山王国的首都来对浓雾大唱赞歌,也颇出自己的意料。过去我不但没有赞美过雾,而且也没有认真去观察过雾。我眼前是由赞美而达到观察,由观察而加深了赞美。雾能把一切东西:美的、丑的、可爱的、不可爱的,都给罩上一层或厚或薄的轻纱,让清楚的东西模糊起来,从而带来了另外一种美,一种在光天化日之下看不到的美,一种朦胧的美,一种模糊的美。

一些时候以前,当我第一次听到"模糊数学"这个名词的时候,我曾说过几句怪话:数学比任何科学都更要求清晰、要求准确,怎么还能有什么模糊数学呢?后来我读了一些介绍文章,逐渐了解了模糊数学的内容。我一反从前的想法,觉得模糊数学真是一个了不起的发现。在人类社会中,在日常生活中,在社会科学和自然科学中,有着大量模糊的东西。无论如何也无法否认这些东西的模糊性。承认这个事实,对研究学术和制定政策等等都是有好处的。

在大自然中怎样呢？在大自然中模糊不清的东西更多。连审美观念也不例外。有很多东西,在很多时候,朦胧模糊的东西反而更显得美。月下观景,雾中看花,不是别有一番情趣在心头吗？在这里,观赏者有更多的自由,自己让自己的幻想插上翅膀,上天下地,纵横六合,神驰于无何有之乡,情注于自己制造的幻象之中;你想它是什么样子,它立刻就成了什么样子,比那些一清见底、纤毫不遗的东西要好得多,而且绝对一清见底、纤毫不遗的东西,在大自然中是根本不存在的。

我的幻想飞腾,忽然想到了这一切。我自诧是神来之笔,我简直陶醉在这些幻象中了。这时窗外的雾仍然稠密厚重,它似乎了解了我的心情,感激我对它的赞扬。它无法说话,只是呈现出更加美妙更加神秘的面貌,弥漫于天地之间。

1986 年 11 月 26 日

1987年元旦试笔

从孩提到青年,年年盼望着过年。中年以后,年年害怕过年。而今已进入老境,既不盼望,也不害怕,觉得过年也平淡得很,我的心情也平淡得如古井寂波。

但是,夜半枕上,听到外面什么地方的爆竹声,我心里不禁一震:又过年了。仿佛在古井中投下了一块小石头。今天早晨起来,心中顿有年意,我要提笔写元旦试笔了。

时间本来是无始无终的,又没有任何痕迹。人类偏偏把三百六十多天定为一年,硬在时间上刻上痕记。这在天文学上不能说没有根据,对人类生活分上个春夏秋冬,也不无意义。你可切莫小看这个痕记,它实际上支配着我们的生命。人的一生要计算个年龄,皇帝老子要定个年号。和尚有僧腊,今天有工龄、教龄和党龄。工龄碰巧多上几天,工资就能向上调一级。什么地方你也逃不掉这一个人为的痕迹。

我也并没有处心积虑来逃掉。我只觉得,这有点自找麻烦。如果像原始人那样浑浑噩噩,不识不知,大概可以免掉不少麻烦:至少不会像后代文明人那样伤春悲秋,自伤老大。一切顺乎自然,心情要平静得多了。

我现在心情也平静得很,是在激烈活动后的平静。当人们意识到自己老大时,大概有两种反应:一是自伤自悲,一是认为这是自然规律,而处之泰然。我属于后者。去年一年,有几位算是老师一辈的学者离开人间,对我的心情不能说没有影响,我非常悲伤。但是，在内心深处，我认为这是自然规律，是极其平常的事情，短暂悲伤之后，立即恢复了平静，仍然兴致勃勃地活了下来。

活下来，就有希望。我希望在新的一年内，天下太平，人民康乐，我那些老师一辈的人不再匆匆离开人间，我自己也健康愉快，多做点对人民有益的工作。

1987 年元旦之晨

赞"代沟"

现在常常听到有人使用"代沟"这个词儿。这个词儿看起来像一个外来语。然而它表达的内容却不限于外国,而是有普遍意义的,中国当然也不能够例外。

青年人怎样议论"代沟",我不清楚。老年人一谈起来,往往流露出不十分满意的神气,有时候甚至有类似"人心不古,世道浇漓"之类的慨叹。这种神气和慨叹我也有过。我现在是一个地地道道的老年人,老年人的心理状态,我同样也是有的。我们大概都感觉到,在青年人身上有一些东西,我们看着不顺眼;青年人嘴里讲一些话,我们听上去不大顺耳,特别是那一些新造的名词更是特别刺耳。他们的衣着、他们的态度、他们的言谈举动以及接物待人的礼节、他们欣赏的对象和趣味,总之,一切的一切,我们无不觉得不那么顺溜。脾气好一点的老头摇一摇头,叹一口气,脾气不太好的就难免发发牢骚,成为九斤老太的同党了。

如果说有一条沟的话,那么,我们就站在沟的这一边,那一边站的是年轻人。但是若干年以前,我们也曾在沟的那一边站过,站在这一边的是我们的父母、老师、长辈。不知道从什么时候起,好像是在一夜之间,我们忽然站到这边来了。原来站在这边的人,由于自然规律不可抗御,一个个地让出了位置,走向涅槃,空出来的位置由我们来递补。有如秋后的树木,落叶渐多,枝头渐空,全身都在秋风里,只有日渐凋零了。这一个过程是非常非常微妙的,好像一点痕迹都没有留下,然而它确实是存在的。

站在沟这一边的老人,往往有一些杞忧。过去老人喜欢说一些世风日下之类的话,其尤甚者甚至缅怀什么羲皇盛世。现在这种人比较少了,但是类似这样的感慨还是有的。我在这一方面似乎更特别敏感。最近几年,我曾数次访问日本。年纪大一点的日本朋友对于中国文化能够理解,能够欣赏,他们感谢中国文化带给日本的好处,感激之情,溢于言表。中国古代的诗词和书画,他们熟悉。他们身上有一股"老"味,让我们觉得很亲切。然而据日本朋友说,现在的年轻人可完全不是这个样子了。中国古代的那一套,他们全不懂,全不买账,他们喝咖啡,吃西餐,一切惟西方马首是瞻。同他们交往,他们的身上有一股"新"味,这种"新"味使我觉得颇不舒服。我自己反复琢磨,中日交往垂二千年。到了近代,日本虽然进行了改革,成为世界上头号经济强国,但是在过去还多少有点共同语言。好像在一夜之间,忽然从地里涌出了一代"新人类",同过去几乎完全割断了纽带联系。同这一群新人打交道,我简直手足无所措。这样下去,我们两国不是越来越疏远吗?为什么几千年没有变,而今天忽然变了呢?我冥思苦想,不得其解。

在中国,我也有这种杞忧。过去,当我站在沟的那一边的时候,我虽然也感到同沟这一边的老年人有点隔阂,但并不认为十分严重;然而到了今天,世界变化空前加速,真正是一天等于二十年,我来到了沟的这一边,顿时觉得沟那一边的年轻人也颇有"新人类"的味道。他们所作所为,很多我都觉得有点难以理解。男女自由恋爱在封建时期是不允许的;在解放前允许了,但也多半不敢明目张胆。如果男女恋人之间接一个吻,恐怕也要秘密举行。然而今天呢,青年们在光天化日之下,大庭广众之间,公然拥抱接吻,坦然,泰然,甚至还有比这更露骨的举动,我看了确实感到吃惊,又觉得难以理解。我原来自认为脑筋还没有僵化,同九斤老太划清了界限。曾几何时,我也竟成了她的"同路人",

岂不大可异哉！又岂不大可哀哉！

不管从世界范围来看，还是从中国范围来看，代沟自古以来就存在；任何国家，任何时代，都是不可避免的。然而，根据我个人感觉，好像是"自古已然，于今为烈"，好像任何时候也没有今天这样明显。青年老年之间存在的好像已经不是沟，而是长江大河，其中波涛汹涌，难以逾越，我们两代人有点难以互相理解的势头了。为代沟而杞忧者自古就有，今天也决不乏人。我也是其中之一，而且还可能是"积极分子"。

说了上面这一些话以后，倘若有人要问："你对代沟抱什么态度呢？"答曰："坚决拥护，竭诚赞美！"

试想一想：如果没有代沟，青年人和老年人完全一模一样，人类的进步表现在什么地方呢？再往上回溯一下，如果在猴子中间没有代沟，所有的猴子都只能用四条腿在地上爬行，哪一只也决不允许站立起来，哪一只也决不允许使用工具劳动，某一类猴子如何能转变成人呢？从语言方面来讲，如果不允许青年们创造一些新词，我们的语言如何能进步呢？孔老夫子说的话如果原封不动地保留到今天，这种情况你能想象吗？如果我们今天的报刊杂志孔老夫子这位圣人都完全能懂，这是可能的吗？人类社会在不停地变化，世界新知识日新月异，如果不允许创造新词，那么，语言就不能表达新概念、新事物，语言就失去存在的意义了，这种情况是可取的吗？总之，代沟是不可避免的，而且是十分必要的。它标志着变化，它标志着进步，它标志着社会演化，它标志着人类前进。不管你是否愿意，它总是要存在的，过去存在，现在存在，将来也还要存在。

因此，我赞美代沟，用满腔热忱来赞美代沟。

1987年4月29日
上海华东师大

1937年5月，季羡林先生（左二）与留德的中国学生合影于哥廷根。

1947年,季羡林教授(右)与北大东语系马坚教授合影。

我记忆中的老舍先生

老舍先生含冤逝世已经二十多年了。在这一段相当长的时间内,我经常想到他,想到的次数远远超过我认识他以后直至他逝世的三十多年。每次想到他,我都悲从中来。我悲的是中国失去一个热爱祖国、热爱人民的正直的大作家,我自己失去一位从年龄上来看算是师辈的和蔼可亲的老友。目前,我自己已经到了晚年,我的内心再也承受不住这一份悲痛,我也不愿意把它带着离开人间。我知道,原始人是颇为相信文字的神秘力量的,我从来没有这样相信过。但是,我现在宁愿做一个原始人,把我的悲痛和怀念转变成文字,也许这悲痛就能突然消逝掉,还我心灵的宁静,岂不是天大的好事吗?

我从高中时代起,就读老舍先生的著作,什么《老张的哲学》、《赵子曰》、《二马》,我都读过。到了大学以后,以及离开大学以后,只要他有新作出版,我一定先睹为快,什么《离婚》、《骆驼祥子》等等,我都认真读过。最初,由于水平的限制,他的著作我不敢说全都理解。可是我总觉得,他同别的作家不一样。他的语言生动幽默,是地道的北京话,间或也夹上一点山东俗语。他没有许多作家那种忸怩作态让人读了感到浑身难受的非常别扭的文体,一种新鲜活泼的力量跳动在字里行间。他的幽默也同林语堂之流的那种着意为之的幽默不同。总之,老舍先生成了我毕生最喜爱的作家之一,我对他怀有崇高的敬意。

但是,我认识老舍先生却完全出于一个偶然的机会。三十年代初，我离开了高中，到清华大学来念书。当时老舍先生正在济南齐鲁大学教书。济南是我的老家，每年暑假，我都回去。李长之是济南人，他是我的惟一的一个小学、中学、大学"三连贯"的同学。有一年暑假，他告诉我，他要在家里请老舍先生吃饭，要我作陪。在旧社会，大学教授架子一般都非常大，他们与大学生之间宛然是两个阶级。要我陪大学教授吃饭，我真有点受宠若惊。及至见到老舍先生，他却全然不是我心目中的那种大学教授。他谈吐自然，蔼然可亲，一点架子也没有，特别是他那一口地道的京腔，铿锵有致，听他说话，简直就像是听音乐，是一种享受。从那以后，我们就算是认识了。

以后是激烈动荡的几十年。我在大学毕业以后，在济南高中教了一年国文，就到欧洲去了，一住就是十一年。中国胜利了，我才回来，在南京住了一个暑假。夜里睡在国立编译馆长之的办公桌上；白天没有地方呆，就到处云游，什么台城、玄武湖、莫愁湖等等，我游了一个遍。老舍先生好像同国立编译馆有什么联系，我常从长之口中听到他的名字。但是没有见过面。到了秋天，我也就离开了南京，乘海船绕道秦皇岛，来到北平。

以后又是更为激烈震荡的三年。用美式装备武装到牙齿的国民党军队，被彻底消灭。蒋介石一小撮到台湾去了。中国人民苦斗了一百多年，终于迎来解放的春天。我们这一群知识分子都亲身感受到，我们确实已经站起来了。就在这样的情况下，我在当时所谓故都又会见了老舍先生，上距第一次见面已经有二十多年了。

我现在已经记不清楚我们重逢时的情景。但是我却清晰地记得起五十年代初期召开的一次汉语规范化会议时的情景。当时语言学界的知名人士，以及曲艺界的名人，都被邀请参加，其中有侯宝林、马增芬姊妹等等。老舍先生、叶圣陶先生、罗常培先生、吕叔湘先生、黎锦熙先生等等都参加了。这是解放后语言学界的第一次盛会。当时还没有达到会议成灾的程度，因此大家的兴致都很高，会上的气氛也十分亲切融洽。

有一天中午，老舍先生忽然建议，要请大家吃一顿地道的北京饭。大家都知道，老舍先生是地道的北京人，他讲的地道的北京饭一定会是非常地道的，都欣然答应。老舍先生对北京人民生活之熟悉，是众所周知的。有人戏称他为"北京土地"。他结交的朋友，三教九流都有。他能一个人坐在大酒缸旁，同洋车夫、旧警察等旧社会的"下等人"，开怀畅饮，亲密无间，宛如亲朋旧友，谁也感觉不到他是大作家、名教授、留洋的学士。能做到这一步的，并世作家中没有第二人。这样一位老北京想请大家吃北京饭，大家的兴致哪能不高涨起来呢？商议的结果是到西四砂锅居去吃白煮肉，当然是老舍先生做东。他同饭馆的经理一直到小伙计都是好朋友，因此饭菜极佳，服务周到。大家尽兴地饱餐了一顿。虽然是一顿简单的饭，然而却令人毕生难忘。当时参加宴会今天还健在的叶老、吕先生大概还都记得这一顿饭吧。

还有一件小事，也必须在这里提一提。忘记了是哪一年了，反正我还住在城里翠花胡同没有搬出城外。有一天，我到东安市场北门对门的一家著名的理发馆里去理发，猛然瞥见老舍先生也在那里，正躺在椅子上，下巴上白糊糊的一团肥皂泡沫，正让理发师刮脸。这不是谈话的好时机，只寒暄了几句，就什么也不说了。等我坐在椅子上时，从镜子里看到他跟我打招呼，告别，看到他的身影走出门去。我理完发要付钱时，理发师说：老舍先生已经替我付过了。这样芝麻绿豆的小事殊不足以见老舍先生的精神；但是，难道也不足以见他这种细心体贴人的心情吗？

老舍先生的道德文章，光如日月，巍如山斗，用不着我来细加评论，我也没有那个能力。我现在写的都是一些小事。然而小中见大，于琐细中见精神，于平凡中见伟大，豹窥一斑，鼎尝一脔，不也能反映出老舍先生整个人格的一个缩影吗？

中国有一句俗话："好死不如赖活着。"这一句话道出了一个真理。一个人除非万不得已决不会自己抛掉自己的生命。印度梵文中"死"这个动词，变化形式同被动态一样。我一直觉得非常有趣，非常有意思。印度古代语法学家深通人情，才创造出这样一个形式。死几乎都是被动的，有几个人主动地去死呢？老舍先生走上自沉这一条道路，必有其不得已之处。有人说，人在临死前总会想到许多许多东西的，他会想到自己的一生的。可惜我还没有这个经验，只能在这里胡思乱想。当老舍先生徘徊在湖水岸边决心自沉时，眼望湖水茫茫，心里悲愤填膺，唤天天不应，唤地地不答，悠悠天地，仿佛只剩下自己孤身一人，他会想到自己的一生吧！这一生是忠诚于祖国、忠诚于人民的一生，然而到头来却落到这等地步。为什么呢？究竟是为什么呢？如果自己留在美国不回来，著书立说，优游自在，洋房、汽车、声名禄利，无一缺少，舒舒服服地过一辈子，说不定能寿登耄耋，富埒王侯。他不是为了热爱自己的祖国母亲，才毅然历尽艰辛回来的吗？是今天祖国母亲无法庇护自己那远方归来的游子了呢？还是不愿意庇护了呢？我猜想，老舍先生决不会埋怨自己的祖国母亲，祖国母亲永远是可爱的，在任何情况下都是可爱的。他也决不会后悔回来的，但是，他确实有一些问题难以理解，他只有横下一条心，一死了之。这样的问题，我们今天又有谁能够理解呢？我想，老舍先生还会想到自己院子里种的柿子树和菊花，他当然也会想到自己的亲人，想到自己的朋友。所有这一些都是十分美好可爱的。对于这一些难道他就一点也不留恋吗？决不会的，决不会的，但是，有一种东西梗在他的心中，像大毒蛇缠住了他，他只能纵身一跳，投入波心，让弥漫的湖水给自己带来解脱了。

两千多年以前,屈原自沉于汨罗江。他行吟泽畔,心里想的恐怕同老舍先生有类似之处吧。他想到:"蝉翼为重,千钧为轻;黄钟毁弃,瓦釜雷鸣。"他又想到:"世人皆浊我独清,众人皆醉我独醒。"难道老舍先生也这样想过吗?这样的问题,有谁能够答复我呢?恐怕到了地球末日也没有人能答复了。我在泪眼模糊中,看到老舍先生戴着眼镜,在和蔼地对我笑着;我耳朵里仿佛听到了他那铿锵有节奏的北京话。我浑身颤抖,连灵魂也在剧烈地震动。

　　呜呼!我欲无言。

1987 年 10 月 1 日晨

为胡适说几句话

在中国近现代史上,胡适是一个起过重要作用但争议又非常多的人物。过去,在极"左"思想的支配下,我们曾一度把他完全抹煞,把他说得一文不值,反动透顶。十一届三中全会以后,我们看问题比较实事求是了。因此对胡适的评价也有了一些改变。但是,最近我在一份报刊上一篇文章中读到(胡适)"一生追随国民党和蒋介石",好像他是一个铁杆国民党员、蒋介石的崇拜者。根据我的了解,好像事情不完全是这个样子,因此禁不住要说几句话。

胡适不赞成共产主义,这是一个事实,是谁也否认不掉的。但是,他是不是就是死心塌地地拥护国民党和蒋介石呢?这是一个值得探讨的问题。他从来就不是国民党员,他对国民党并非一味地顺从。他服膺的是美国的实用主义,他崇拜的是美国的所谓民主制度。只要不符合这两个尺度,他就挑点小毛病,闹着独立性。对国民党也不例外。最著名的例子是他在《新月》上发表的文章:《知难行亦不易》,是针对孙中山先生的著名学说"知难行易"的 我在这里不想讨论"知难行易"的哲学奥义,也不想涉及孙中山先生之所以提出这样主张的政治目的。我只想说,胡适敢于对国民党的"国父"的重要学说提出异议,是需要一点勇气的。蒋介石从来也没有听过"国父"的话,他打出孙中山先生的牌子,其目的只在于欺骗群众。但是,有谁胆敢碰这块牌子,那是断断不能容许的。于是,文章一出,国民党蒋介石的御用党棍一下子炸开了锅,认为胡适简直是大不敬,竟敢在太岁头上动土,一犬吠影,百犬吠声,这群走狗一拥而上。但是,胡适却一笑置之,这一场风波不久也就平息下去了。

另外一个例子是胡适等新月派的人物曾一度宣扬"好人政府",他们大声疾呼,一时甚嚣尘上。这立刻又引起了一场喧闹。有人说,他们这种主张等于不说,难道还有什么人主张坏人政府吗?但是,我个人认为,在国民党统治下面提倡好人政府,其中隐含着国民党政府不是好人政府的意思。国民党之所以暴跳如雷,其原因就在这里。

这样的小例子还可以举出一些来,但是,这两个也就够了。它充分说明,胡适有时候会同国民党闹一点小别扭。个别"诛心"的君子义正辞严地昭告天下说,胡适这样做是为了向国民党讨价还价。我没有研究过"特种"心理学,对此不敢赞一辞,这里且不去说它。至于这种小别扭究竟能起什么作用,也不在我研究的范围之内,也不去说它了。我个人觉得,这起码表明胡适不是国民党蒋介石的忠顺奴才。

但是,解放以后,我们队伍中的一些人创造了一个新术语,叫做"小骂大帮忙"。胡适同国民党闹点小别扭就归入这个范畴。什么叫"小骂大帮忙"呢?理论家们说,胡适同国民党蒋介石闹点小别扭,对他们说点比较难听的话,这就叫做"小骂"。通过这样的"小骂",给自己涂上一层保护色,这种保护色是有欺骗性的,是用来迷惑人民的。到了关键时刻,他又出来为国民党讲话。于是人民都相信了他的话,天下翕然从之,国民党就"万寿无疆"了。这样的"理论"未免低估了中国老百姓的觉悟水平。难道我们的老百姓真正这样糊涂、这样低能吗?国民党反动派最后垮台的历史,也从反面证明了这种说法是不正确的,是不符合实际情况的。把胡适说得似乎比国民党的中统、军统以及其他助纣为虐的忠实走狗还要危险,还要可恶,也是不符合实际情况的。

我最近常常想到,解放以后,我们中国的知识分子学习了辩证法,对于这一件事无论怎样评价也不会过高的。但是,正如西方一句俗语所说的那样:一切闪光的不都是金子。有人把辩证法弄成了诡辩术,老百姓称之为"变戏法"。辩证法稍一过头,就成了形而上学、唯心主义、教条主义,就成了真正的变戏法。一个最著名的例子就是,在封建时代赃官比清官要好。清官能延长封建统治的寿命,而赃官则能促其衰亡。周兴、来俊臣一变而为座上宾,包拯、海瑞则成了阶下囚。当年我自己也曾大声疾呼宣扬这种荒谬绝伦的谬论,以为这才是真正的辩证法,为了自己这种进步,这种"顿悟",而心中沾沾自喜。一回想到这一点,我脸上就不禁发烧。我觉得,持"小骂大帮忙"论者的荒谬程度,与此不相上下。

上面讲的对胡适的看法,都比较抽象。我现在从回忆中举两个具体的例子。我于一九四六年回国后来北大工作,胡适是校长,我是系主任,在一起开会,见面讨论工作的机会是非常多的。我们俩都是国立北平图书馆的什么委员,又是北大文科研究所的导师,更增加了见面的机会。同时,印度尼赫鲁政府派来了一位访问教授师觉月博士和六七位印度留学生。胡适很关心这一批印度客人,经常要见见他们,到他们的住处去看望,还请他们吃饭。他把照顾印度朋友的任务交给了我。所有这一切都给了我更多的机会,来观察、了解胡适这样一个当时在学术界和政界都红得发紫的大人物。我写的一些文章也拿给他看,他总是连夜看完,提出评价。他这个人对任何人都是和蔼可亲的,没有一点盛气凌人的架子。这一点就是拿到今天来也是颇为难能可贵的。今天我们个别领导干部那种目中无人、天上天下惟我独尊的气势我们见到的还少吗?根据我几年的观察,胡适是一个极为矛盾的人物。要说他没有政治野心,那不是事实。但是,他又死死抓住学术研究不放。一谈到他有兴趣的学术问题,比如说《水经注》《红楼梦》、神会和尚等等,他便眉飞色舞,忘掉了一切,颇有一些书呆子的味道。蒋介石是流氓出身,一生也没有脱掉流氓习气。他实际上是玩胡适于股掌之上。可惜胡适对于这一点似乎并不清醒。有一度传言,蒋介石要让胡适当总统。连我这个政治幼儿园的小学生也知道,这根本是不可能的,这是一场地地道道的骗局。可胡适似乎并不这样想。当时他在北平的时候不多,经常乘飞机来往于北平南京之间,仆仆风尘,极为劳累,他却似乎乐此不疲。我看他是一个异常聪明的糊涂人。这就是他留给我的总印象。

我现在谈两个小例子。首先谈胡适对学生的态度。我到北大以后,正是解放战争激烈的展开、国民党反动派垂死挣扎的时候。北大学生一向是在政治上得风气之先的,在反对国民党反动统治方面,也是如此。北大的民主广场号称北平城内的"解放区"。学生经常从这里列队出发,到大街上游行示威,反饥饿,反迫害,反内战。国民党反动派大肆镇压,逮捕学生。从"小骂大帮忙"的理论来看,现在应当是胡适挺身出来给国民党帮忙的时候了,是他协助国民党反动派压制学生的时候了。但是,据我所知道的,胡适并没有这样干,而是张罗着保释学生,好像有一次他还亲自找李宗仁,想利用李的势力让学生获得自由。有的情景是我亲眼目睹的,有的是听到的。恐怕与事实不会相距过远。

还有一件小事,是我亲身经历的。大约在一九四八年的秋天,人民解放军已经对北平形成了一个大包围圈,蒋介石集团的末日快要来临了。有一天我到校长办公室去见胡适,商谈什么问题。忽然走进来一个人——我现在忘记是谁了,告诉胡适说,解放区的广播电台昨天夜里有专门给胡适的一段广播,劝他不要跟着蒋介石集团逃跑,将来让他当北京大学校长兼北京图书馆馆长。我们在座的人听了这个消息,都非常感兴趣,都想看一看胡适怎样反应。只见他听了以后,既不激动,也不愉快,而是异常地平静,只微笑着说一句:"他们要我吗?"短短的五个字道出了他的心声。看样子他已经胸有成竹,要跟国民党逃跑。但又不能说他对共产党有刻骨的仇恨。不然,他决不会如此镇定自若,他一定会暴跳如雷,大骂一通,来表示自己的对国民党和蒋介石的忠诚。我这种推理是不是实事求是呢?我认为是的。

总之,我认为胡适是一位非常复杂的人物,他反对共产主义,但是拿他那一把美国尺子来衡量,他也不见得赞成国民党。在政治上,他有时候想下水,但又怕湿了衣裳。他一生就是在这种矛盾中度过的。他晚年决心回国定居,说明他还是热爱我们祖国大地的。因此,说他是美国帝国主义的走狗,说他"一生追随国民党和蒋介石",都不符合实际情况。

解放后,我们有过一段极"左"的历史,对胡适的批判不见得都正确。十一届三中全会以后,我们拨乱反正,知人论世,真正的辩证法多了,形而上学、教条主义、似是而非的伪辩证法少了。我觉得,这是了不起的成就,了不起的转变。在这种精神的鼓舞下,我为胡适说了上面这一些话,供同志们探讨时参考。

1987 年 11 月 25 日

梦萦未名湖

——《精神的魅力》代序

北京大学正在庆祝九十周年华诞。对一个人来说，九十周年是一个很长的时期，就是所谓耄耋之年。自古以来，能够活到这个年龄的只有极少数的人。但是，对一个大学来说，九十周年也许只是幼儿园阶段。北京大学肯定还要存在下去的，二百年，三百年，一千年，甚至更长的时期。同这样长的时间相比，九十周年难道还不就是幼儿园阶段吗？

我们的校史，还有另外一种计算方法，那就是从汉代的太学算起。这绝非我的发明创造，国外不乏先例。这样一来，我们的校史就要延伸到两千来年，要居世界第一了。就算是两千来年吧，我们的北大还要照样存在下去的。也许三千年，四千年，谁又敢说不行呢？同将来的历史比较起来，活了两千年也只能算是如日中天，我们的学校远远没有达到耄耋之年。

一个大学的历史存在于什么地方呢？在书面的记载里，在建筑的实物上，当然是的。但是，它同样也存在于人们的记忆中。相对而言，存在于人们的记忆中，时间是有限的，但它毕竟是存在。而且这个存在更具体、更生动、更动人心魄。在过去九十年中，从北京大学毕业的人数无法统计，每个人都有自己对母校的回忆。在这些人中，有许多在中国近代史上非常显赫的名字。离开这一些人，中国近代史的写法恐怕就要改变。这当然只是极少数人。其他绝大多数的人，尽管知名度不尽相同，也都在自己的工作岗位上,对祖国的建设事业做出了自己的贡献。他们个人的情况错综复杂,他们的工作岗位五花八门。但是,我相信,有一点却是共同的:他们都没有忘记自己的母校北京大学。本书中收集的几十篇文章完全可以证明这一点。母校像是一块大磁石吸引住了他们的心。让他们那记忆的丝缕永远同母校挂在一起,挂在巍峨的红楼上面,挂在未名湖的湖光塔影上面,挂在燕园的四时不同的景光上面:春天的桃杏藤萝,夏天的绿叶红荷,秋天的红叶黄花,冬天的青松瑞雪;甚至临湖轩的修篁,红湖岸边的古松,夜晚大图书馆的灯影,绿茵上飘动的琅琅书声,所有这一切无不挂上校友们回忆的丝缕,他们的梦永远萦绕在未名湖畔。《沙恭达罗》里面有一首著名的诗:

　　你无论走得多么远也不会走出了我的心,
　　黄昏时刻的树影拖得再长也离不开树根。

北大校友们不完全就是这个样子吗?

至于我自己,我七十多年的一生(我只是说到目前为止,并不想就要做结论),除了当过一年高中国文教员,在国外工作了几年以外,惟一的工作岗位就是北京大学,到现在已经四十多年了,占了我一生的一半还要多。我于一九四六年深秋回到故都,学校派人到车站去接。汽车行驶在十里长街上,凄风苦雨,街灯昏黄,我真有点悲从中来。我离开故都已经十几年了,身处万里以外的异域,作为一个海外游子经常给自己描绘重逢的欢悦情景。谁又能想到,重逢竟是这般凄苦?我心头不由自主地涌出了两句诗:"西风凋碧树,落叶满长安(长安街也)。"我心头有一个比深秋更深秋的深秋。

到了学校以后,我被安置在红楼三层楼上。在日寇占领时期,红楼驻有日寇的宪兵队,地下室就是行刑杀人的地方,传说里面有鬼叫声。我从来不相信有什么鬼神。但是,在当时,整个红楼上下五层,寥寥落落,只住着四五个人,再加上电灯不明,在楼道的薄暗处真仿佛有鬼影飘忽。走过长长的楼道,听到自己的脚音回荡,颇疑非置身人间了。

但是,我怕的不是真鬼,而是假鬼,这就是决不承认自己是魔鬼的国民党特务,以及由他们纠集来的当打手的天桥的地痞流氓。当时国民党反动派正处在垂死挣扎阶段。号称北平解放区的北大的民主广场成了他们的眼中钉,肉中刺。红楼又是民主广场的屏障,于是就成了他们进攻的目标。他们白天派流氓到红楼附近来捣乱,晚上还想伺机进攻。住在红楼的人逐渐多起来了。大家都提高警惕,注意动静。我记得有几次甚至想用椅子堵塞红楼主要通道,防备坏蛋冲进来。这样紧张的气氛颇延续了一段时间。

延续了一段时间,恶魔们终于也没能闯进红楼,而北平却解放了。我于此时真正是耳目为之一新。这件事把我的一生明显地分成了两个阶段。从此以后,我的回忆也截然分成了两个阶段:一段是魑魅横行,黑云压城;一段是魍魉现形,天日重明。二者有天渊之别,云泥之分。北大不久就迁至城外有名的燕园中,我当然也随学校迁来,一住就住了将近四十年。我的记忆的丝缕会挂在红楼上面,会挂在截然不同的两个世界上,这是不言自喻的。

一住就是四十年,天天面对未名湖的湖光塔影。难道我还能有什么回忆的丝缕要挂在湖光塔影上面吗?别人认为没有,我自己也认为没有。我住房的窗子正面对未名湖畔的宝塔。一抬头,就能看到高耸的塔尖直刺蔚蓝的天空。层楼栉比,绿树历历,这一切都是活生生的现实,一睁眼,就明明白白能够看到,哪里还用去回忆呢?

然而,世事多变。正如世界上没有一条完全平坦笔直的道路一样,我脚下的道路也不可能是完全平坦笔直的。在魍魉现形、天日重明之后,新生的魑魅魍魉仍然可能出现。我在美丽的燕园中,同一些真正善良的人们在一起,又经历了一场群魔乱舞、黑云压城的特大暴风骤雨。这在中国人民的历史上是空前的(我但愿它也能绝后)!我同一些善良正直的人们被关了起来,一关就是八九个月。但是,终于又像"凤凰涅槃"一般,活了下来。遗憾的是,燕园中许多美好的东西遭到了破坏。许多楼房外面墙上的"爬山虎"、那些有一二百年寿命的丁香花、在北京城颇有一点名气的西府海棠、繁荣茂盛了三四百年的藤萝,都坚决、彻底、干净、全部地被消灭了。为什么世间一些美好的花草树木也竟像人一样成了"反革命",成了十恶不赦的罪犯呢?我百思不得其解。

我自己总算侥幸活下来了。但是,这一些为人们所深深喜爱的花草树木,却再也不能见到了。如果它们也有灵魂的话(我希望它们有!),这灵魂也决不会离开美丽的燕园。月白风清之夜,它们也会流连于未名湖畔湖光塔影中吧!如果它们能回忆的话,它们回忆的丝缕也会挂在未名湖上吧!可惜我不是活神仙,起死无方,回生乏术。它们消逝了,永远消逝了。这里用得上一句旧剧的戏词:"要相会,除非是梦里团圆。"

到了今天,这场噩梦早已消逝得无影无踪。我又经历了一次魑魅现形、天日重明的局面。我上面说到,将近四十年来,我一直住在燕园中、未名湖畔,我那回忆的丝缕用不着再挂在未名湖上。然而,那些被铲除的可爱的花草时来入梦。我那些本来应该投闲置散的回忆的丝缕又派上了用场。它挂在苍翠繁茂的爬山虎上,芳香四溢的丁香花上,红绿皆肥的西府海棠上,葳蕤茂密的藤萝花上。这样一来,我就同那些离开母校的校友一样,也梦萦未名湖了。

尽管我们目前还有这样那样的困难,但是我们未来的道路将会越走越宽广。我们今天回忆过去,决不仅仅是发思古之幽情。我们回忆过去是为了未来。愿普天之下的北大校友：国内的、海外的、男的、女的、老的、少的，什么时候也不要割断你们对母校的回忆的丝缕，愿你们永远梦萦未名湖，愿我们大家在十年以后都来庆祝母校的百岁华诞。"但愿人长久，千里共婵娟！"

           1988年1月3日

梦萦水木清华

离开清华园已经五十多年了,但是我经常想到她,我无论如何也忘不掉清华的四年学习生活。如果没有清华母亲的哺育,我大概会是一事无成的。

在三十年代初期,清华和北大的门坎是异常高的。往往有几千学生报名投考,而被录取的还不到十分甚至二十分之一。因此,清华学生的素质是相当高的,而考上清华,多少都有点自豪感。

我当时是极少数的幸运儿之一,北大和清华我都考取了。经过了一番艰苦的思考,我决定入清华。原因也并不复杂,据说清华出国留学方便些。我以后没有后悔。清华和北大各有其优点,清华强调计划培养,严格训练;北大强调兼容并包,自由发展,各极其妙,不可偏执。

在校风方面,两校也各有其特点。清华校风我想以八个字来概括:清新、活泼、民主、向上。我只举几个小例子。新生入学,第一关就是"拖尸",这是英文字 toss 的音译。意思是,新生在报到前必须先到体育馆,旧生好事者列队在那里对新生进行"拖尸"。办法是,几个彪形大汉把新生的两手、两脚抓住,举了起来,在空中摇晃几次,然后抛到垫子上,这就算是完成了手续,颇有点像《水浒传》上提到的杀威棍。墙上贴着大字标语:"反抗者入水!"游泳池的门确实在敞开着。我因为有同乡大学篮球队长许振德保驾,没有被"拖尸"。至今回想起来,颇以为憾:这个

在德国与中国同学合影留念。

季羡林先生的夫人彭德华女士。

终生难遇的机会轻轻放过，以后想补课也不行了。

这个从美国输入的"舶来品"，是不是表示旧生"虐待"新生呢？我不认为是这样。我觉得，这里面并无一点敌意，只不过是对新伙伴开一点玩笑，其实是充满了友情的。这种表示友情的美国方式，也许有人看不惯，觉得洋里洋气的。我的看法正相反。我上面说到清华校风清新和活泼，就是指的这种"拖尸"还有其他一些行动。

我为什么说清华校风民主呢？我也举一个小例子。当时教授与学生之间有一条鸿沟，不可逾越。教授每月薪金高达三四百元大洋，可以购买面粉二百多袋，鸡蛋三四万个。他们的社会地位极高，往往目空一切，自视高人一等。学生接近他们比较困难。但这并不妨碍学生开教授的玩笑。开玩笑几乎都在《清华周刊》上。这是一份由学生主编的刊物，文章生动活泼，而且图文并茂。现在著名的戏剧家孙浩然同志，就常用"古巴"的笔名在《周刊》上发表漫画。有一天，俞平伯先生忽然大发豪兴，把脑袋剃了个净光，大摇大摆，走上讲台，全堂为之愕然。几天以后，《周刊》上就登出了文章，讽刺俞先生要出家当和尚。

第二件事情是针对吴雨僧（宓）先生的。他正教我们"中西诗之比较"这一门课。在课堂上，他把自己的新作《空轩》十二首诗印发给学生。这十二首诗当然意有所指，究竟指的是什么？我们说不清楚。反正当时他正在多方面地谈恋爱，这些诗可能与此有关。他热爱毛彦文是众所周知的。他的诗句："吴宓苦受毛彦文，三洲人士共惊闻。"是夫子自道。《空轩》诗发下来不久，校刊上就刊出了一首七律今译，我只记得前一半：

　　一见亚北貌似花，
　　顺着秋秸往上爬。
　　单独进攻忽失利，
　　跟踪盯梢也挨刷。

最后一句是:"椎心泣血叫妈妈。"诗中的人物呼之欲出,熟悉清华今典的人都知道是谁。

学生同俞先生和吴先生开这样的玩笑,学生觉得好玩,威严方正的教授也不以为忤。这种气氛我觉得很和谐有趣。你能说这不民主吗?这样的琐事我还能回忆起一些来,现在不再啰嗦了。

清华学生一般都非常用功,但同时又勤于锻炼身体。每天下午四点以后,图书馆中几乎空无一人,而体育馆内则是人山人海,著名的"斗牛"正在热烈进行。操场上也挤满了跑步、踢球、打球的人。到了晚饭以后,图书馆里又是灯火通明,人人伏案苦读了。

根据上面谈到的各方面的情况,我把清华校风归纳为八个字:清新、活泼、民主、向上。

我在这样的环境中生活、学习了整整四个年头,其影响当然是非同小可的。至于清华园的景色,更是有口皆碑,而且四时不同:春则繁花烂漫,夏则藤影荷声,秋则枫叶似火,冬则白雪苍松。其他如西山紫气、荷塘月色,也令人忆念难忘。

现在母校八十周年了,我可以说是与校同寿。我为母校祝寿,也为自己祝寿。我对清华母亲依恋之情,弥老弥浓。我祝她长命千岁,千岁以上。我祝自己长命百岁,百岁以上。我希望在清华母亲百岁华诞之日,我自己能参加庆祝。

1988年7月22日

悼念沈从文先生

去年有一天,老友萧离打电话告诉我,从文先生病危,已经准备好了后事。我听了大吃一惊,悲从中来。一时心血来潮,提笔写了一篇悼念文章,自诧为倚马可待,情文并茂。然而,过了几天,萧离又告诉我说,从文先生已经脱险回家。我心里一块石头落了地,又窃笑自己太性急,人还没去,就写悼文,实在非常可笑。我把那一篇"杰作"往旁边一丢,从心头抹去了那一件事,稿子也沉入书山稿海之中,从此"云深不知处"了。

到了今年,从文先生真正去世了。我本应该写点什么的。可是,由于有了上述一段公案,懒于再动笔,一直拖到今天。同时我注意到,像沈先生这样一个人,悼念文章竟如此之少,有点不太正常,我也有点不平。考虑再三,还是自己披挂上马吧。

我认识沈先生已经五十多年了。当我还是一个大学生的时候,我就喜欢读他的作品。我觉得,在所有的并世的作家中,文章有独立风格的人并不多见。除了鲁迅先生之外,就是从文先生。他的作品,只要读上几行,立刻就能辨认出来,决不含糊。他出身湘西的一个破落小官僚家庭,年轻时当过兵,没有受过多少正规的教育。他完全是自学成家。湘西那一片有点神秘的土地,其怪异的风土人情,通过沈先生的笔而大白于天下。湘西如果没有像沈先生这样的大作家和像黄永玉先生这样的大画家,恐怕一直到今天还是一片充满了神秘的 terra incognita(没有人了解的土地)。

我同沈先生打交道,是通过一件不大不小的事情。丁玲的《母亲》出版以后,我读了觉得有一些意见要说,于是写了一篇书评,刊登在郑振铎、靳以主编的《文学季刊》创刊号上。刊出以后,我听说,沈先生有一些意见。我于是立即写了一封信给他,同时请郑先生在《文学季刊》创刊号再版时,把我那一篇书评抽掉。也许是就由于这一个不能算是太愉快的因缘,我们就认识了。我当时是一个穷学生,沈先生是著名的作家。社会地位,虽不能说如云泥之隔,毕竟差一大截子。可是他一点名作家的架子也不摆,这使我非常感动。他同张兆和女士结婚,在北京前门外大栅栏撷英番菜馆设盛大宴席,我居然也被邀请。当时出席的名流如云,证婚人好像是胡适之先生。

从那以后,有很长的时间,我们并没有多少接触。我到欧洲去住了将近十一年。他在抗日烽火中在昆明住了很久,在西南联大任国文系教授。彼此音问断绝。他的作品我也读不到了。但是,有时候,不知是出于什么原因,我在饥肠辘辘、机声嗡嗡中,竟会想到他。我还是非常怀念这一位可爱、可敬、淳朴、奇特的作家。

一直到一九四六年夏天,我回到祖国。这一年的深秋,我终于又回到了别离了十几年的北平。从文先生也于此时从云南复员来到北大,我们同在一个学校任职。当时我住在翠花胡同,他住在中老胡同,都离学校不远,因此我们也相距很近,见面的次数就多了起来。他曾请我吃过一顿相当别致、毕生难忘的饭,云南有名的汽锅鸡。锅是他从昆明带回来的,外表看上去像宜兴紫砂,上面雕刻着花卉书法,古色古香,虽系厨房用品,然却古朴高雅,简直可以成为案头清供,与商鼎周彝斗艳争辉。

就在这一次吃饭时,有一件小事给我留下了深刻的印象。当时要解开一个用麻绳捆得紧紧的什么东西,只需用剪子或小刀轻轻地一剪一割,就能开开。然而从文先生却抢了过去,硬是用牙把麻绳咬断。这一个小小的举动,有点粗劲,有点蛮劲,有点野劲,有点土劲,并不高雅,并不优美。然而,它却完全透露了沈先生的个性。在达官贵人、高等华人眼中,这简直非常可笑,非常可鄙。可是,我欣赏的却正是这一种劲头。我自己也许就是这样一个"土包子",虽然同那一些只会吃西餐、穿西装、半句洋话也不会讲偏又自认为是"洋包子"的人比起来,我并不觉得低他们一等。不是有一些人也认为沈先生是"土包子"吗?

还有一件小事,也使我忆念难忘。有一次,我们到什么地方去游逛,可能是中山公园之类。我们要了一壶茶。我正要拿起壶来倒茶,沈先生连忙抢了过去,先斟出了一杯,又倒入壶中,说只有这样才能把茶味调得均匀。这当然是一件微不足道的小事,然而在琐细中不是更能看到沈先生的精神吗?

小事过后,来了一件大事:我们共同经历了北平的解放。在这个关键时刻,我并没有听说,从文先生有逃跑的打算。他的心情也是激动的,虽然他并不故做革命状,以达到某种目的,他仍然是朴素如常。可是噩运还是降临到他头上来。一个著名的马列主义文艺理论家,在香港出版的一个进步的文艺刊物上,发表了一篇长文,题目大概是什么《文坛一瞥》之类,前面有一段相当长的修饰语。这一位理论家视觉似乎特别发达,他在文坛上看出了许多颜色。他"一瞥"之下,就把沈先生"瞥"成了粉红色的小生。我没有资格对这一篇文章发表意见。但是,沈先生好像是当头挨了一棒,从此被"瞥"下了文坛,销声匿迹,再也不写小说了。

一个惯于舞笔弄墨的人,一旦被剥夺了写作的权利,他心里是什么滋味,我说不清;他有什么苦恼,我也说不清。然而,沈先生并没有因此而消沉下去。文学作品不能写,还可以干别的事嘛。他是一个精力旺盛的人,他是一个闲不住的人,他转而研究起中国古代的文物来,什么古纸、古代刺绣、古代衣饰等等,他都研究。凭了他那一股惊人的钻研的能力,过了没有多久,他就在新开发的领域内取得了可喜的成绩。他那一本讲中国服饰史的书,出版以后,洛阳纸贵,受到国内外一致的高度的赞扬。他成了这方面权威。他自己也写章草,又成了一个书法家。

有点讽刺意味的是,正当他手中的写小说的笔被"瞥"掉的时候,从国外沸沸扬扬传来了消息,说国外一些人士想推选他做诺贝尔文学奖金的候选人。我在这里着重声明一句,我们国内有一些人特别迷信诺贝尔奖金,迷信的劲头,非常可笑。试拿我们中国没有得奖的那几位文学巨匠同已经得奖的欧美的一些作家来比一比,其差距简直有如高山与小丘。同此辈争一日之长,有这个必要吗?推选沈先生当候选人的事是否进行过,我不得而知。沈先生怎样想,我也不得而知。我在这里提起这一件事,只不过把它当做沈先生一生中一个小小的插曲而已。

我曾在几篇文章中都讲到,我有一个很大的缺点(优点?),我不喜欢拜访人。有很多可尊敬的师友,比如我的老师朱光潜先生、董秋芳先生等等,我对他们非常敬佩,但在他们健在时,我很少去拜访。对沈先生也一样。偶尔在什么会上,甚至在公共汽车上相遇,我感到非常亲切,他好像也有同样的感情。他依然是那样温良、淳朴,时代的风风雨雨在他身上,似乎没有留下什么痕迹,说白了就是没有留下伤痕。一谈到中国古代科技、艺术等等,他就喜形于色,眉飞色舞,娓娓而谈,如数家珍,天真得像一个大孩子。这更增加了我对他的敬意。我心里曾几次动过念头:去看一看这一位可爱的老人吧!然而,我始终没有行动。现在人天隔绝,想见面再也不可能了。

有生必有死,是大自然的规律。我知道,这个规律是违抗不得的,我也从来没有想去违抗。古代许多圣君贤相,聪明一世,糊涂一时,想方设法,去与这个规律对抗,妄想什么长生不老,结果却事与愿违,空留下一场笑话。这一点我很清楚。但是,生离死别,我又不能无动于衷。古人云:太上忘情。我是一个微不足道的凡人,无论如何也做不到忘情的地步,只有把自己钉在感情的十字架上了。我自谓身体尚颇硬朗,并不服老。然而,曾几何时,宛如黄粱一梦,自己已接近耄耋之年,许多可敬可爱的师友相继离我而去。此情此景,焉能忘情?现在从文先生也加入了去者的行列。他一生安贫乐道,淡泊宁静,死而无憾矣。对我来说,忧思却着实难以排遣。像他这样一个有特殊风格的人,现在很难找到了。我只觉得大地茫茫,顿生凄凉之感。我没有别的本领,只能把自己的忧思从心头移到纸上,如此而已。

1988年11月2日写于
香港中文大学会友楼

室伏佑厚先生一家

这篇文章我几年前就已经动笔写了。但是只起了个头,再也没有写下去,宛如一只断了尾巴的蜻蜓。难道是因为我没有什么可写的吗?难道说我没有什么激情吗?都不是,原因正相反。我要写的东西太多,我的激情也太充沛,以致我踟蹰迟疑,不知如何下笔。现在我由于一个偶然的机会,又来到了香港,住在山顶上的一座高楼上,开窗见海,混混茫茫,渺无涯际。我天天早晨起来,总要站在窗前看海。我凝眸远眺,心飞得很远很远,多次飞越大海,飞到东瀛,飞到室伏佑厚一家那里,我再也无法遏止我这写作的欲望了。

我认识室伏佑厚先生一家,完全是一件偶然的事,约在十年前,室伏先生的二女儿法子和他的大女婿三友量顺博士到北大来参观,说是要见我。见就见吧。我们会面了。我的第一个印象是异常好的:两个年轻人都温文尔雅,一举一动,有规有矩。当天晚上,他们就请我到北海仿膳去,室伏佑厚先生在那里大宴宾客。我这是第一次同室伏先生见面,我觉得他敦厚诚恳,精明内含,印象也是异常好的。从此我们就成了朋友。其实我们之间共同的东西并不多,各人的专行也相距千里,岁数也有差距。这样两个人成为朋友,实在不大容易解释。佛家讲究因缘,难道这就是因缘吗?

实事求是的解释也并非没有。一九五九年,日本前首相石桥湛山先生来中国同周恩来总理会面,商谈中日建交的问题。

室伏佑厚先生是石桥的私人秘书。他可以说是中日友谊的见证人。也许是在这之前他已经对中国人民就怀有好感,也许是在这之后,我无法也无须去探讨。总之,室伏先生从此就成了中国人民的好朋友。在过去的三十年内,他来中国已经一百多次了。他大概是把我当成中国人民某一方面的一个代表者。他的女婿三友量顺先生是研究梵文的,研究佛典的。这也许是原因之一吧。

不管是出于什么原因,我们从此就往来起来。1980年,室伏先生第一次邀请我访问日本。在日本所有的费用都由他负担。他同法子和三友亲自驱车到机场去迎接我们。我们下榻新大谷饭店。我在这里第一次会见了日本梵文和佛学权威、蜚声世界学林的东京大学教授中村元博士。他著作等身,光是选集已经出版了二十多巨册。他虽然已是皤然一翁,但实际上还小我一岁。有一次,在箱根,我们笔谈时,他在纸上写了四个字:"以兄事之",指的就是我。我们也成了朋友。据说他除了做学问以外,对其他事情全无兴趣,颇有点书呆子气。他出国旅行,往往倾囊购书,以致经济拮据。但是他却乐此不疲。有一次出国,他夫人特别叮嘱,不要乱买书。他满口应允。回国时确实没有带回多少书。他夫人甚为宽慰。然而不久,从邮局寄来的书就联翩而至,弄得夫人哭笑不得。

我们在万丈红尘的东京住了几天以后,室伏先生就同法子和三友亲自陪我们乘新干线特快火车到京都去参观。中村元先生在那里等我们。京都是日本故都,各种各样的寺院特别多,大小据说有一千五百多所。中国古诗:"南朝四百八十寺,多少楼台烟雨中。"一个城中有四百八十寺,数目经不算小了。但是同日本京都比较起来,仍然是小巫见大巫。我们在京都主要就是参观这些寺院,有名的古寺都到过了。在参观一座古寺时,遇到了一位一百多岁的老和尚。在谈话中,他常提到李鸿章。我一时颇为吃惊。但是仔细一想,这位老人幼年时正是李鸿章活动的时期,他们原来是同时代的人,只是岁数相差有点悬殊而已。我们在这里参加了日本国际佛教讨论会,会见了许多日本著名的佛教学者。还会见日本佛教一个宗派的门主,一个英姿飒爽的年轻的东京大学的毕业生,给我留下了深刻而亲切的印象。

在参观佛教寺院时,我的第一个想法就是:在日本当和尚实在是一种福气。寺院几乎都非常宽敞洁净,楼殿巍峨,佛像庄严,花木扶疏,曲径通幽,清池如画,芙蕖倒影,幽静绝尘,恍若世外。有时候风动檐铃,悠扬悦耳,仿佛把我们带到了另外一个世界去,西方的极乐世界难道说就是这个样子吗?

中村元先生在大学里是一个谨严的学者,他客观地研究探讨佛教问题。但是一进入寺院,他就变成了一个信徒。他从口袋里掏出念珠,匍伏在大佛像前,肃穆虔诚,宛然另外一个人了。其间有没有矛盾呢!我看不出。看来二者完全可以和谐地结合起来的。人生的需要多矣,有一点宗教需要,也用不着大惊小怪。只要不妨碍他对于社会和国家做出贡献,可以听其自然的。

在日本期间,最让我难以忘怀的是箱根之行。箱根是日本,甚至世界的旅游胜地。我也久仰大名了。室伏先生早就说过,要我们到箱根去休养几天。我们从京都回到东京以后,又乘火车到了一个地方,下车换成缆车,到了芦湖边上,然后乘轮船渡芦湖来到箱根。记得我们到的时候,天已经黑下来了。街灯也不是很亮。在淡黄的灯光中,街上寂静无人。商店已经关上了门,但是陈列商品的玻璃窗子仍然灯火通明。我们看不清周围的树木是什么颜色,但是苍翠欲滴的树木的浓绿,我们却能感觉出来。这浓绿是有层次的,从淡到浓,一直到浓得漆黑一团,扑上我们眉头,压上我们心头。此时,薄雾如白练,伸手就可以抓到。我有一种奇异的感觉,仿佛遨游在阆苑仙宫之中。这一种感觉我从来没有过，从那以后也没有过。至今回忆，当时情景，如在眼前。

旅馆的会客厅里则是另一番景象，灯火辉煌，华筵溢香。室伏先生把他的全家人都邀来了。首先是他的夫人千津子，然后是他的大女儿、三友先生的夫人厚子，最后是他的外孙女才不过一岁多的朋子。我抱过了这一个小女孩儿，她似乎并不认生，对着我直笑。室伏先生等立刻拍下了这个镜头，说是要我为他的外孙女儿祝福。这个小孩子的名字来自中国的一句话：我们的朋友遍天下。据说还是周总理预先取下来的。这无疑是中日友好的一桩佳话。到了一九八六年，室伏先生第二次邀请我访日时，我们又来到了箱根，他又把全家都找了来。此时厚子已经又生了一个小女孩：明子。朋子已经三四岁了。岁数大了，长了知识，见了我反而不像第一次那样坦然了。这也是很自然的事情，人生本来就是这样。我同室伏先生一家两度会面，在同一个地方——令人永远忘不掉的天堂乐园般的箱根。这是否是室伏先生有意安排的，我不知道。但是我个人却觉得，这真是再好不过的安排。在这样一个地方，会见一家这样的日本朋友，难道这不算是珠联璧合吗？难道说这不是非常有意义吗？我眼前看到这一个祖孙三代亲切和睦的日本家庭，脑筋里却不禁又回忆起第一次见面时的情景。我简直想把这两幅情景联结在一起，又觉得它们本来就是在一起的。除了增添了一个小女孩外，人还是那一些人，地方还是那个地方，虽然实际上不是一回事，但看上去又确乎像是一回事。我一时间真有点迷离恍惚，然而却满怀喜悦了。

这一次在箱根会面，同上次有一点不同之处，就是，中村元先生也参加了。这一位粹然儒雅又带有一点佛气的日本大学者，平常很少参加这样的集会。这次惠然肯来，对我们来说，实在是一种幸福。我们虽然很少谈论佛教和梵学问题，但是谈的事情却多与此有关。我们有共同的爱好，所以很容易谈得来。

他曾对我说,日文中的"箱根",实际上就是中文的"函谷(关)"。我听了很感兴趣。在箱根这个人间胜境,同这样一位日本学者在一起生活了几天,确实令我永远难忘。这两件事情:一件是能来到箱根,第二件是能同中村元先生在一起,都出于室伏佑厚先生之赐。因此,只要我想到室伏一家,就会想到中村元先生;只要想到中村元先生,就会想到室伏一家。对我来说,这二者真有点难解难分了。

我最近越来越感觉到,佛家说人生如电光石火,中国古人说人生如白驹过隙,这两句话意思一样,确是都非常正确的。我从前很少感觉到老,从来也不服老。然而,一转瞬间,蓦地发现,自己已垂垂老矣。室伏先生也已届还历之年,也算是初入老境了。当我在他这个年龄时,我自认为还是中年。他的心情怎么样,我没有问过他。但是,我想,他也会有同样的心情吧。遥望东天,我潜心默祷,祝他长寿超过百岁!

我同几乎所有的人一样,忙忙碌碌了几十年,天天面对实际,然而真正抓得到的实际好像并不多。一切事物几乎都如镜花,似水月,如轻梦,似白云,什么也抓不住。对待人生,我自认为态度是积极的,唯物的。我觉得,人有生、老、病、死,是自然规律,用不着伤春,也用不着悲秋,叹老不必,嗟贫无由。将来有朝一日离开这个世界时,我也决不会饮恨吞声。但是,如果能在一切都捉不住的情况下,能捉住哪怕是小小的一点东西,抓住一鳞半爪,我将会得到极大的安慰。同室伏佑厚先生一家的交往,我个人认为,就属于这种极难捉到的东西之一,是异常可贵的。但愿在十年以后,当我即将进入期颐之年,而室伏先生庆祝他的古稀华诞时,我们都还能健壮地活在人间,那时我将会再给他的一家写点什么。

1988年1月3日写于香港
中文大学会友楼

《吴宓先生回忆录》序

雨僧先生离开我们已经十多年了。作为他的受业弟子,我同其他弟子一样,始终在忆念着他。

雨僧先生是一个奇特的人,身上也有不少的矛盾。他古貌古心,同其他教授不一样,所以奇特。他言行一致,里表如一,同其他教授不一样,所以奇特。别人写白话文,写新诗;他偏写古文,写旧诗,所以奇特。他反对白话文,但又十分推崇用白话写成的《红楼梦》,所以矛盾。他看似严肃、古板,但又颇有一些恋爱的浪漫史,所以矛盾。他能同青年学生来往,但又凛然、俨然,所以矛盾。

总之,他是一个既奇特又有矛盾的人。

我这样说,不但丝毫没有贬义,而且是充满了敬意。雨僧先生在旧社会是一个不同流合污、特立独行的畸人,是一个真正的人。

当年在清华读书的时候,我听过他几门课:"英国浪漫诗人"、"中西诗之比较"等。他讲课认真、严肃,有时候也用英文讲,议论时有警策之处。高兴时,他也把自己所写成的旧诗印发给听课的同学,《空轩》十二首就是其中之一。这引得编《清华周刊》的学生秀才们把他的诗译成白话,给他开了一个不大不小而又无伤大雅的玩笑。他一笑置之,不以为忤。他的旧诗确有很深的造诣,同当今想附庸风雅的、写一些根本不像旧诗的旧诗的"诗人"决不能同日而语。他的"中西诗之比较"实际上讲的就是比较文学。当时这个名词还不像现在这样流行。他实际上是中国比较文学的奠基人之一,值得我们永远怀念的。

他坦诚率真,十分怜才。学生有一技之长,他决不掩没。对同事更是不懂得什么叫做忌妒。他在美国时,邂逅结识了陈寅恪先生。他立即驰书国内,说:"合古今中外各种学问而论之,吾必以陈寅恪为当今第一人。"也许就是由于这个缘故,他在清华作为西洋文学系的教授而一度兼国学研究院的主任。

他当时给天津《大公报》主编一个《文学副刊》。我们几个喜欢舞笔弄墨的青年学生,常常给副刊写点书评一类的短文。因而无形中就形成了一个小团体。我们曾多次应邀到他那在工字厅的住处:藤影荷声之馆去做客,也曾被请在工字厅的教授们的西餐餐厅去吃饭。这在当时教授与学生之间存在着一条看不见但感觉到的鸿沟的情况下,是非常难能可贵的。至今回忆起来还感到温暖。

我离开清华以后,到欧洲去住了将近十一年。回到国内时,清华和北大刚刚从云南复员回到北平。雨僧先生留在四川,没有回来。其中原因,我不清楚,也没有认真去打听。但是,我心中却有一点疑团:这难道会同他那梗直的为人有某些联系吗?是不是有人早就把他看做眼中钉了呢?在这漫长的几十年内,我只在六十年代初期,在燕东园李赋宁先生家中拜见过他。以后就再没有见过面。

在十年浩劫中,他当然不会幸免。听说,他受过惨无人道的折磨,挨了打,还摔断了什么地方。我对此丝毫也不感到奇怪。以他那种奇特的特立独行的性格,他决不会投机说谎,决不会媚俗取巧,受到折磨,倒是合乎规律的。反正知识久已不值一文钱,知识分子被视为"老九"。在黄钟毁弃,瓦釜雷鸣的时代,我们又有什么话好说呢?雨僧先生受到的苦难,我有意不去仔细打听。不知道反而能减轻良心上的负担。至于他有什么想法,我更是无从得知。现在,他终于离开我们,走了。从此人天隔离,永无相见之日了。

雨僧先生这样一个奇特的人,这样一个不同流合污特立独行的人,是会受到他的朋友们和弟子们的爱戴和怀念的。现在编集的这一本《吴宓先生回忆录》就是一个充分的证明。

他的弟子和朋友都对他有自己的一份怀念之情,自己的一份回忆。这些回忆不可能完全一样,因为每一个人都有自己观察事物和人物的角度和特点。但是又不可能完全不一样,因为回忆的毕竟是同一个人,我们敬爱的雨僧先生。这一部回忆录就是这样一部既一样又不太一样的汇合体。从这个一样又不一样的汇合体中可以反照出雨僧先生整个的性格和人格。

我是雨僧先生的弟子之一,在贡献上我自己那一份回忆之余,又应主编的邀请写了这一篇序。这两件事都是我衷心愿意去做的,也算是我献给雨僧先生的心香一瓣吧。

1989 年 3 月 22 日

忆念胡也频先生

胡也频,这个在中国近代革命史上和文学史上宛如夏夜流星一闪即逝但又留下永恒光芒的人物,知道其名者很多很多,但在脑海中尚能保留其生动形象者,恐怕就很少很少了。

我有幸是其中的一个。

我初次见到胡先生是六十年前在山东济南省立高中的讲台上。我当时只有十八岁,是高中三年级的学生。他个子不高,人很清秀,完全是一副南方人的形象。此时日军刚刚退出了占领一年的济南。国民党的军队开了进来,教育有了改革。旧日的山东大学附设高中改为省立高中。校址由绿柳红荷交相辉映的北园搬到车水马龙的杆石桥来,环境大大地改变了,校内颇有一些新气象。专就国文这一门课程而谈,在一年前读的还是《诗经》、《书经》和《古文观止》一类的书籍,现在完全改为读白话文学作品。作文也由文言文改为白话文。教员则由前清的翰林、进士改为新文学家。对于我们这一批年轻的大孩子来说,顿有耳目为之一新的感觉,大家都兴高采烈了。

高中的新校址是清代的一个什么大衙门,崇楼峻阁,雕梁画栋,颇有一点威武富贵的气象。尤其令人难忘的是里面有一个大花园。园子的全盛时期早已成为往事,花坛不修,水池干涸,小路上长满了草。但是花木却依然青翠茂密,浓绿扑人眉宇。到了春天、夏天,仍然开满似锦的繁花,把这古园点缀得明丽耀目。枝头、丛中时有鸟鸣声,令人如入幽谷。老师们和学生们有

作者在1952年。

1958年，参加塔什干亚非作家会议。

时来园中漫步，各得其乐。

　　胡先生的居室就在园门口旁边，常见他走过花园到后面的课堂中去上课。他教书同以前的老师完全不同。他不但不讲《古文观止》，好像连新文学作品也不大讲。每次上课，他都在黑板上大书："什么是现代文艺？"几个大字，然后滔滔不绝地讲了起来，直讲得眉飞色舞，浓重的南方口音更加难懂了。下一次上课，黑板上仍然是七个大字："什么是现代文艺？"我们这一群年轻的大孩子听得简直像着了迷。我们按照他的介绍买了一些当时流行的马克思主义文艺理论书籍。那时候，"马克思主义"这个词儿是违禁的，人们只说"普罗文学"或"现代文学"，大家心照不宣，谁也了解。有几本书的作者我记得名叫弗里茨，以后再也没见到这个名字。这些书都是译文，非常难懂。据说是从日文转译的俄国书籍。恐怕日文译者就不太懂俄文原文，再转为汉文，只能像"天书"了。我们当然不能全懂，但是仍然怀着朝圣者的心情，硬着头皮读下去。生吞活剥，在所难免。然而"现代文艺"这个名词却时髦起来，传遍了高中的每一个角落，仿佛为这古老的建筑增添了新的光辉。

　　我们这一批年轻的中学生其实并不真懂什么"现代文艺"，更不全懂什么叫"革命"。胡先生在这方面没有什么解释。但是我们的热情却是高昂的，高昂得超过了需要。当时还是国民党的天下，学校大权当然掌握在他们手中。国民党最厌恶、最害怕的就是共产党，似乎有不共戴天之仇，必欲除之而后快。在这样的气氛下，胡先生竟敢明目张胆地宣传"现代文艺"，鼓动学生革命，真如太岁头上动土。国民党对他的仇恨是完全可以想象的。

　　胡先生却是处之泰然。我们阅世未深，对此完全是麻木的。胡先生是有社会经历的人，他应该知道其中的利害。可是他也毫不在乎。只见他那清瘦的小个子，在校内课堂上，在那座大花园中，迈着轻盈细碎的步子，上身有点向前倾斜，匆匆忙忙，仓仓促促，满面春风，忙得不亦乐乎。他照样在课堂上宣传他的"现代文艺"，侃侃而谈，视敌人如草芥，宛如走入没有敌人的敌人阵中。

他不但在课堂上宣传，还在课外进行组织活动。他号召组织了一个现代文艺研究会，由几个学生积极分子带头参加，公然在学生宿舍的走廊上，摆上桌子，贴出布告，昭告全校，踊跃参加。当场报名、填表，一时热闹得像是过节一样。时隔六十年，一直到今天，当时的情景还历历如在眼前，当时的笑语声还在我耳畔回荡，留给我的印象之深，概可想见了。

有了这样一个组织，胡先生还没有满足，他准备出一个刊物，名称我现在忘记了。第一期的稿子中有我的一篇文章，名叫《现代文艺的使命》。内容现在完全忘记了，无非是革命，革命，革命之类。以我当时的水平之低，恐怕都是从"天书"中生吞活剥地抄来了一些词句，杂凑成篇而已，决不会是什么像样的文章。

正在这时候，当时蜚声文坛的革命女作家、胡先生的夫人丁玲女士到了济南省立高中，看样子是来探亲的。她是从上海去的。当时上海是全国最时髦的城市，领导全国服饰的新潮流。丁玲的衣着非常讲究，大概代表了上海最新式的服装。相对而言，济南还是相当闭塞淳朴的。丁玲的出现，宛如飞来的一只金凤凰，在我们那些没有见过世面的青年学生眼中，她浑身闪光，辉耀四方。

记得丁玲那时候比较胖，又穿了非常高的高跟鞋。济南比不了上海，马路坑坑洼洼，高低不平。高中校内的道路，更是年久失修。穿平底鞋走上去都不太牢靠，何况是高跟鞋。看来丁玲就遇上了"行路难"的问题。胡先生个子比丁玲稍矮，夫人"步履维艰"，有时要扶着胡先生才能迈步。我们这些年轻的学生看了这情景，觉得非常有趣。我们就窃窃私议，说胡先生成了丁玲的手杖。我们其实不但毫无恶意,而且是充满了敬意的。在我们心中真觉得胡先生是一个好丈夫,因此对他更增加了崇敬之感,对丁玲我们同样也是尊敬的。

不管胡先生怎样处之泰然,国民党却并没有睡觉。他们的统治机器当时运转得还是比较灵的。国民党对抗大清帝国和反动军阀有过丰富的斗争经验,老谋深算,手法颇多。相比之下,胡先生这个才不过二十多岁的真正的革命家,却没有多少斗争经验,专凭一股革命锐气,革命斗志超过革命经验,宛如初生的犊子不怕虎一样,头顶青天,脚踏大地,把活动都摆在光天化日之下。这确实值得尊敬。但是,勇则勇矣,面对强大的掌握大权的国民党,是注定要失败的。这一点,我始终不知道胡先生是否意识到了。这个谜将永远成为一个谜了。

事情果然急转直下。有一天,国文课堂上见到的不再是胡先生那瘦小的身影,而是一位完全陌生的老师。全班学生都为之愕然。小道消息说,胡先生被国民党通缉,连夜逃到上海去了。到了第二年,一九三一年,他就同柔石等四人在上海被国民党逮捕,秘密杀害,身中十几枪。当时他只有二十八岁。

鲁迅先生当时住在上海,听到这消息以后,他怒发冲冠,拿起如椽巨笔,写了这样一段话:"我们现在以十分的哀悼和铭记,纪念我们的战死者,也就是要牢记中国无产阶级革命文学的历史的第一页,是同志的鲜血所记录,永远在显示敌人的卑劣的凶暴和启示我们的不断的斗争。"这一段话在当时真能掷地作金石声。

胡先生牺牲到现在已经六十年了。如果他能活到现在,也不过八十七八岁,在今天还不算是太老,正是"余霞尚满天"的年龄,还是大有可为的。而我呢,在这一段极其漫长的时间内,经历了极其曲折复杂的行程,天南海北,神州内外,高山大川,茫茫巨浸;走过阳关大道,也走过独木小桥,在"空前的十年"中,几乎走到穷途。到了今天,我已由一个不到二十岁的中学生变成了皤然一翁,心里面酸甜苦辣,五味俱全。但是胡先生的身影忽然又出现在眼前,我有点困惑。我真愿意看到这个身影,同时却又害怕看到这个身影,我真有点诚惶诚恐了。我又担心,等到我这一辈人同这个世界告别以后,脑海中还能保留胡先生身影者,大概也就要完全彻底地从地球上消逝了。对某一些人来说,那将是一个永远无法弥补的损失。在这里,我又有点欣慰:看样子,我还不会在短期中同地球"拜拜"。只要我在一天,胡先生的身影就能保留一天。愿这一颗流星的光芒尽可能长久地闪耀下去。

1990年2月9日

神奇的丝瓜

今年春天，孩子们在房前空地上，斩草挖土，开辟出来了一个一丈见方的小花园。周围用竹竿扎了一个篱笆，移来了一棵玉兰花树，栽上了几株月季花，又在竹篱下面随意种上了几棵扁豆和两棵丝瓜。土壤并不肥沃，虽然也铺上了一层河泥，但估计不会起很大的作用，大家不过是玩玩而已。

过了不久，丝瓜竟然长了出来，而且日益茁壮、长大。这当然增加了我们的兴趣。但是我们也并没有过高的期望。我自己每天早晨工作疲倦了，常到屋旁的小土山上走一走，站一站，看看墙外马路上的车水马龙和亚运会招展的彩旗，顾而乐之，只不过顺便看一看丝瓜罢了。

丝瓜是普通的植物，我也并没有想到会有什么神奇之处。可是忽然有一天，我发现丝瓜秧爬出了篱笆，爬上了楼墙。以后，每天看丝瓜，总比前一天向楼上爬了一大段；最后竟从一楼爬上了二楼，又从二楼爬上了三楼。说它每天长出半尺，绝非夸大之词。丝瓜的秧不过像细绳一般粗，如不注意，连它的根在什么地方，都找不到。这样细的一根秧竟能在一夜之间输送这样多的水分和养料，供应前方，使得上面的叶子长得又肥又绿，爬在灰白色的墙上，一片浓绿，给土墙增添了无量活力与生机。

这当然让我感到很惊奇，我的兴趣随之大大地提高。每天早晨看丝瓜成了我的主要任务，爬小山反而成为次要的了。我往往注视着细细的瓜秧和浓绿的瓜叶，陷入沉思，想得很远，很远……

又过了几天,丝瓜开出了黄花。再过几天,有的黄花就变成了小小的绿色的瓜。瓜越长越长,越长越大,重量当然也越来越增加,最初长出的那一个小瓜竟把瓜秧坠下来了一点,直挺挺地悬垂在空中,随风摇摆。我真是替它担心,生怕它经不住这一份重量,会整个地从楼上坠了下来落到地上。

然而不久就证明了,我这种担心是多余的。最初长出来的瓜不再长大,仿佛得到命令停止了生长。在上面,在三楼一位一百零二岁的老太太的窗外窗台上,却长出来了两个瓜。这两个瓜后来居上,发疯似的猛长,不久就长成了小孩胳膊一般粗了。这两个瓜加起来恐怕有五六斤重,那一根细秧怎么能承担得住呢?我又担心起来。没过几天,事实又证明了我是杞人忧天。两个瓜不知从什么时候忽然弯了起来,把躯体放在老太太的窗台上,从下面看上去,活像两个粗大弯曲的绿色牛角。

不知道从哪一天起,我忽然又发现,在两个大瓜的下面,在二三楼之间,在一根细秧的顶端,又长出来了一个瓜,垂直地悬在那里。我又犯了担心病:这个瓜上面够不到窗台,下面也是空空的;总有一天,它越长越大,会把上面的两个大瓜也坠了下来,一起坠到地上,落叶归根,同它的根部聚合在一起。

然而今天早晨,我却看到了奇迹。同往日一样,我习惯地抬头看瓜:下面是小的那一个早已停止生长,孤零零地悬在空中,似乎一点分量都没有;上面老太太窗台上那两个大的,似乎长得更大了,威武雄壮地压在窗台上;中间的那一个却不见了。我看看地上,没有看到掉下来的瓜。等我倒退几步抬头再看时,却看到那一个我认为失踪了的瓜,平着身子躺在抗震加固时筑上的紧靠楼墙凸出的一个台子上。这真让我大吃一惊。这样一个原来垂直悬在空中的瓜怎么忽然平身躺在那里了呢?这个凸出的台子无论是从上面还是从下面都是无法上去的,决不会有人把丝瓜摆平的。

　　我百思不得其解,徘徊在丝瓜下面,像达摩老祖一样,面壁参禅。我仿佛觉得这棵丝瓜有了思想,它能考虑问题,而且还有行动,它能让无法承担重量的瓜停止生长;它能给处在有利地形的大瓜找到承担重量的地方,给这样的瓜特殊待遇,让它们疯狂地长;它能让悬垂的瓜平身躺下。如果不是这样的话,无论如何也无法解释我上面谈到的现象。但是,如果真是这样的话,又实在令人难以置信。丝瓜用什么来思想呢?丝瓜靠什么来指导自己的行动呢?上下数千年,纵横几万里,从来也没有人说过,丝瓜会有思想。我左考虑,右考虑;越考虑越糊涂。我无法同丝瓜对话,这是一个沉默的奇迹。瓜秧仿佛成了一根神秘的绳子,绿叶上照旧浓翠扑人眉宇。我站在丝瓜下面,陷入梦幻。而丝瓜则似乎心中有数,无言静观,它怡然泰然悠然坦然,仿佛含笑面对秋阳。

1990 年 10 月 9 日

八十述怀

我从来没有想到,我能活到八十岁;如今竟然活到了八十岁,然而又一点也没有八十岁的感觉。岂非咄咄怪事!

我向无大志,包括自己活的年龄在内。我的父母都没有活过五十;因此,我自己的原定计划是活到五十。这样已经超过了父母,很不错了。不知怎么一来,宛如一场春梦,我活到了五十岁。那时正值所谓三年自然灾害,我流年不利,颇挨了一阵子饿。但是,我是"曾经沧海难为水",在二次世界大战时,我正在德国,我经受了而今难以想象的饥饿的考验,以致失去了饱的感觉。我们那一点灾害,同德国比起来,真如小巫见大巫;我从而顺利地度过了那一场灾难,而且我当时的精神面貌是我一生最好的时期,一点苦也没有感觉到,于不知不觉中冲破了我原定的年龄计划,度过了五十岁大关。

五十一过,又仿佛一场春梦似的,一下子就到了古稀之年,不容我反思,不容我踟蹰。其间跨越了一个十年浩劫。我当然是在劫难逃,被送进牛棚。我现在不知道应当感谢哪一路神灵:佛祖、上帝、安拉;由于一个万分偶然的机缘,我没有走上绝路,活下来了。活下来了,我不但没有感到特别高兴,反而时有悔愧之感在咬我的心。活下来了,也许还是有点好处的。我一生写作翻译的高潮,恰恰出现在这个期间。原因并不神秘:我获得了余裕和时间。在浩劫期间,我被打得一佛出世,二佛升天。后来不打不骂了,我却变成了"不可接触者"。在很长时间内,我被分配挖大粪,看门房,守电话,发信件。没有以前的会议,没有以前的发言。没有人敢来找我,很少人有勇气同我谈上几句话。一两年内,没收到一封信。我服从任何人的调遣与指挥,只敢规规矩矩,不敢乱说乱动。然而我的脑筋还在,我的思想还在,我的感情还在,我的理智还在。我不甘心成为行尸走肉,我必须干点事情。二百多万字的印度大史诗《罗摩衍那》,就是在这时候译完的。"雪夜闭门写禁文",自谓此乐不减羲皇上人。

又仿佛是一场缥缈的春梦,一下子就活到了今天,行年八十矣,是古人称之为耄耋之年了。倒退二三十年,我这个在寿命上胸无大志的人,偶尔也想到耄耋之年的情况:手拄拐杖,白须飘胸,步履维艰,老态龙钟。自谓这种事情与自己无关,所以想得不深也不多。哪里知道,自己今天就到了这个年龄了。今天是新年元旦,从夜里零时起,自己已是不折不扣的八十老翁了。然而这老景却真如古人诗中所说的"青霭入看无",我看不到什么老景。看一看自己的身体,平平常常,同过去一样,看一看周围的环境,平平常常,同过去一样。金色的朝阳从窗子里流了进来,平平常常,同过去一样。楼前的白杨,确实粗了一点,但看上去也是平平常常,同过去一样。时令正是冬天叶子落尽了;但是我相信,它们正蜷缩在土里,做着春天的梦。水塘里的荷花只剩下残叶,"留得残荷听雨声",现在雨没有了,上面只有白皑皑的残雪。我相信,荷花们也蜷缩在淤泥中,做着春天的梦。总之,我还是我,依然故我;周围的一切也依然是过去的一切……

我是不是也在做着春天的梦呢?我想,是的。我现在也处在严寒中,我也梦着春天的到来。我相信英国诗人雪莱的两句话:"既然冬天已经到了,春天还会远吗?"我梦着楼前的白杨重新长出了浓密的绿叶;我梦着池塘里的荷花重新冒出了淡绿的大叶子;我梦着春天又回到了大地上。

可是我万万没有想到,"八十"这个数目字竟有这样大的威力,一种神秘的威力。"自己已经八十岁了!"我吃惊地暗自思忖。它逼迫着我向前看一看,又回头看一看。向前看,灰蒙蒙的一团,路不清楚,但也不是很长。确实没有什么好看的地方。不看也罢。

而回头看呢,则在灰蒙蒙的一团中,清晰地看到了一条路,路极长,是我一步一步地走过来的,这条路的顶端是在清平县的官庄。我看到了一片灰黄的土房,中间闪着苇塘里的水光,还有我大奶奶和母亲的面影。这条路延伸出去,我看到了泉城的大明湖。这条路又延伸出去,我看到了水木清华,接着又看到德国小城哥廷根斑斓的秋色,上面飘动着我那母亲似的女房东和祖父似的老教授的面影。路陡然又从万里之外折回到神州大地,我看到了红楼,看到了燕园的湖光塔影。令人泄气而且大煞风景的是,我竟又看到了牛棚的牢头禁子那一副牛头马面似的狞恶的面孔。再看下去,路就缩住了,一直缩到我的脚下。

在这一条十分漫长的路上,我走过阳关大道,也走过独木小桥。路旁有深山大泽,也有平坡宜人;有杏花春雨,也有塞北秋风;有山重水复,也有柳暗花明;有迷途知返,也有绝处逢生。路太长了,时间太长了,影子太多了,回忆太重了。我真正感觉到,我负担不了,也忍受不了,我想摆脱掉这一切,还我一个自由自在身。

回头看既然这样沉重,能不能向前看呢?我上面已经说到,向前看,路不是很长,没有什么好看的地方。我现在正像鲁迅的散文诗《过客》中的一个过客。他不知道是从什么地方走来的,终于走到了老翁和小女孩的土屋前面,讨了点水喝。老翁看他已经疲惫不堪,劝他休息一下。他说:"从我还能记得的时候起,我就在这么走,要走到一个地方去,这地方就在前面。我单记得走了许多路,现在来到这里了。我接着就要走向那边去……况且还有声音常在前面催促我,叫唤我,使我息不下。"那边,西边是什么地方呢？老人说："前面，是坟。"小女孩说："不，不，不的，那里有许多野百合、野蔷薇，我常常去玩，去看他们的。"

我理解这个过客的心情，我自己也是一个过客，但是却从来没有什么声音催着我走，而是同世界上任何人一样，我是非走不行的，不用催促，也是非走不行的。走到什么地方去呢？走到西边的坟那里，这是一切人的归宿。我记得屠格涅夫的一首散文诗里，也讲了这个意思。我并不怕坟，只是在走了这么长的路以后，我真想停下来休息片刻。然而我不能，不管你愿意不愿意，反正是非走不行。聊以自慰的是，我同那个老翁还不一样，有的地方颇像那个小女孩，我既看到了坟，也看到野百合和野蔷薇。

我面前还有多少路呢？我说不出，也没有仔细想过。冯友兰先生说："何止于米？相期以茶。""米"是八十八岁，"茶"是一百零八岁。我没有这样的雄心壮志，我是"相期以米"。这算不算是立大志呢？我是没有大志的人，我觉得这已经算是大志了。

我从前对穷通寿夭也是颇有一些想法的。十年浩劫以后，我成了陶渊明的志同道合者。他的一首诗，我很欣赏：

　　纵浪大化中
　　不喜亦不惧
　　应尽便须尽
　　无复独多虑

我现在就是抱着这种精神，昂然走上前去。只要有可能，我一定做一些对别人有益的事，绝不想成为行尸走肉。我知道，未来的路也不会比过去的更笔直、更平坦。但是我并不恐惧。我眼前还闪动着野百合和野蔷薇的影子。

1991年1月1日

晚节善终　大节不亏

——悼念冯芝生（友兰）先生

芝生先生离开我们，走了。对我来说，这噩耗既在意内，又出意外。约摸三四个月以前，我曾到医院去看过他，实际上含有诀别的意味。但是，过了不久，他又奇迹般地出了院。后来又听说，他又住了进去。以九十五周岁的高龄，对医院这样几出几进。最后终于永远离开了医院，也离开了我们。难道说这还不是意内之事吗？

可是芝生先生对自己的长寿是充满了信心的。他在八八自寿联中写道：

何止于米？相期以茶。

胸怀四化，寄意三松。

米寿指八十八岁，茶寿指一百零八岁。他活到九十五岁，离茶寿还有十三年，当然不会满足的。去年，中国文化书院准备为他庆祝九十五岁诞辰，并举办国际学术讨论会。他坚持要到今年九十五周岁时举办。可见他信心之坚。他这种信心也感染了我们。我们都相信，他会创造奇迹的。今年的庆典已经安排妥帖，国内外请柬都已发出，再过一个礼拜，就要举行了。可惜他偏在此时离开了我们。使庆祝改为悼念。不说这是意外又是什么呢？

在芝生先生弟子一辈的人中，我可能是接触到冯友兰这个名字的最早的人。1926年,我在济南一所高中读书。这是一所文科高中。课程中除了中外语文、历史、地理、心理、伦理、《诗经》、《书经》等等以外,还有一门人生哲学,用的课本就是芝生先生的《人生哲学》。我当时只有十五岁,既不懂人生,也不懂哲学。但是对这一门课的内容,颇感兴趣。从此芝生先生的名字,就深深地印在我的心中。我认为,他是一个高不可攀的大人物。屈指算来,现在已有六十四年了。

后来,我考进了清华大学,入西洋文学系。芝生先生是文学院长。当时清华大学规定,文科学生必须选一门理科的课,逻辑学可以代替。我本来有可能选芝生先生的课,临时改变主意,选了金岳霖先生的课。因此我一生没有上过芝生先生的课。在大学期间,同他根本没有来往,只是偶尔听他的报告或者讲话而已。

时过境迁,我大学毕业后,当了一年高中国文教员,到欧洲去漂泊了将近十一年。抗日战争后,回到了祖国。由于陈寅恪先生的介绍,到北大来工作。这时芝生先生从大后方复员回到北平,仍然在清华任教。我们没有接触的机会。只是偶尔从别人口中得知芝生先生在西南联大时的情况,也有过一些议论。这在当时是难以避免的。至于真相究竟如何,谁也不去探究了。

不久就迎来了解放。据我的推测,芝生先生本来有资格到台湾去的。然而他留下没走,同我们共同度过了一段既感到光明、又感到幸福的时刻。至于他是怎样想的,我完全不知道。不管怎样,他的朋友和弟子们从此对他有了新的认识,这却是事实。他曾给毛泽东同志写过一封信,毛回复了一封比较长的信。十年浩劫期间,我听他亲口读过。他当时是异常激动的。此是后话,这里暂且不表了。

不久,我国政府组成了一个文化代表团,应邀赴印度和缅甸访问。这是新中国开国后第一个比较大型的出访代表团。团员中颇有一些声誉卓著、有代表性的学者、文学家和艺术家。丁西林任团长,郑振铎、陈翰笙、钱伟长、吴作人、常书鸿、张骏祥、周小燕等等,以及芝生先生都是团员,我也滥竽其中。秘书长是刘白羽。因为这个团很重要,周总理亲自关心组团的工作,亲自审查出国展览的图片。记得是,1951年整个夏天,我们都在做准备工作,最费事的是画片展览。我们到处拍摄、搜集能反映新中国新气象的图片,最后汇总在故宫里面的一个大殿里,满满的一屋子,请周总理最后批准。我们忙忙碌碌,过了一个异常紧张但又兴奋愉快的夏天。

那一年国庆节前,我们到了广州,参加了观礼活动。我们在广州又住了一段时间,将讲稿或其他文件译为英文,做好最后的准备工作。此时,广州解放时间不长,国民党的飞机有时还来骚扰,特务活动也时有所闻。我们出门,都有便衣怀藏手枪的保安人员跟随,暗中加以保护。我们一切都准备好后,便乘车赴香港,换乘轮船,驶往缅甸,开始了对天竺和缅甸的、长达几个月的长征。……

从此以后,我们全团十几个人就马不停蹄,跋山涉水,几乎是一天换一个新地方,宛如走马灯一般,脑海里天天有新印象,眼前时时有新光景,乘船,乘汽车,乘火车,乘飞机,几乎看尽了春、夏、秋、冬四季风光,享尽了印缅人民无法形容的热情的款待。我不能忘记,我们曾在印度洋的海船上,看飞鱼飞跃。晚上在当空的皓月下,面对浩渺蔚蓝的波涛,追怀往事。我不能忘记,我们在印度闻名世界的奇迹泰姬陵上欣赏"琼楼玉宇高处不胜寒"的奇景。我不能忘记,我们在亚洲大陆最南端科摩林海角沐浴大海,晚上共同招待在黑暗中摸黑走八十里路、目的只是想看一看中国代表团的印度青年。我不能忘记,我们在佛祖释迦牟尼打坐成佛的金刚座旁流连瞻谒,我从印度空军飞机驾驶员手中接过几片菩提树叶,而芝生先生则用口袋装了一点金刚座上的黄土。我不能忘记,我们在金碧辉煌的土邦王公的天方夜谭般的宫殿里,共同享受豪华晚餐,自己也仿佛进入了童话世界。我不能忘记,在缅甸茵莱湖上,看缅甸船主独脚划船。我不能忘记,我们在加尔各答开着电风扇,啃着西瓜,度过新年。我不能忘记的事情太多太多了,怎么说也是说不完的。一想起印缅之行,我脑海里就成了万花筒,光怪陆离,五彩缤纷。中间总有芝生先生的影子在,他长须飘胸,道貌岸然。其他团员也都各具特点,令人忆念难忘。这情景,当时已道不寻常,何况现在事后追思呢?

根据解放后一些代表团出国访问的经验,在团员与团员之间的关系方面,往往可以看出三个阶段。初次聚在一起时,大家都和和睦睦,客客气气。后来逐渐混熟了,渐渐露出真面目,放言无忌。到了后期,临解散以前,往往又对某一些人心怀不满,胸有芥蒂。这个三段论法,真有点厉害,常常真能兑现。

但是,我们的团却不是这个样子。

我们自始至终,都是能和睦相处的。我们团中还产生了一对情侣,后来有情人终成了眷属。可见气氛之融洽。在所有的团员和工作人员中,最活跃的是郑振铎先生。他身躯高大魁梧,说话声音洪亮。虽然已经渐入老境,但不失其赤子之心。他同谁都谈得来,也喜欢开个玩笑,而最爱抬杠。团中爱抬杠者,大有人在。代表团成立了一个抬杠协会,简称杠协。大家想选一个会长,领袖群伦。于是月旦群雄,最后觉得郑先生喜抬杠,而不自知其为抬杠,已经达到抬杠圣境,圆融无碍。大家一致推选他为杠协会长。在他领导之下,团中杠业发达,皆大欢喜。

郑先生同芝生先生年龄相若,而风格迥异。芝生先生看上去很威严,说话有点口吃。但有时也说点笑话,足证他是一个懂得幽默的人。郑先生开玩笑的对象往往就是芝生先生。他经常喊芝生先生为"大胡子",不时说些开玩笑的话。有一次,理发师正给芝生先生刮脸,郑先生站在旁边起哄,连声对理发师高呼:"把他的络腮胡子刮掉!"理发师不知所措,一失手,真把胡子刮掉一块。这时候,郑先生大笑,旁边的人也陪着哄笑。然而芝生先生只是微微一笑,神色不变,可见先生的大度包容的气概。《世说新语》载:"王子猷、子敬曾俱坐一室,上忽发火。子猷遽走避,不惶取屐。子敬神色恬然,徐唤左右,扶凭而出,不异平常。世以此定二王神宇。"芝生先生的神宇有点近似子敬。

上面举的只是一件微末小事。但是由小可以见大。总之,我们的代表团就是在这种熟悉而不亵渎、亲切而互相尊重的气氛中,共同生活了半年。我得以认识芝生先生,也是在一段时期内的事。屈指算来,到现在也近四十年了。

对于芝生先生的专门研究领域,中国哲学史,我几乎完全是一个门外汉,不敢胡言乱语。但是他治中国哲学史的那种坚韧不拔的精神,我却是能体会到的,而且是十分敬佩的。为了这一门学问,他不知遭受了多少批判。他提倡的道德抽象继承论,也同样受到严厉的诡辩式的批判。但是,他能同时在几条战线上应战,并没有被压垮。他坚持真理,修正错误,不惜以今日之我非昨日之我,经常在修订他的《中国哲学史》,我说不清已经修订过多少次了。我相信,倘若能活到一百零八岁,他仍然是要继续修订的。只是这一点精神,难道还不值得我们认真学习吗?

芝生先生走过了九十五年的漫长的人生道路。九十五岁几乎等于一个世纪。自从公元建立后,至今还不到二十个世纪。芝生先生活了公元的二十分之一,时间够长的了。他一生经历了清代、民国、洪宪、军阀混乱、国民党统治、抗日战争,一直迎来了解放。道路并不总是平坦的,有阳关大道,也有独木小桥,曲曲折折,坎坎坷坷。然而芝生先生以他那奇特的乐观精神和适应能力,不断追求真理,追求光明,忠诚于自己的学术事业,热爱祖国,热爱祖国的传统文化,终于走完了人生长途,仰不愧于天,俯不怍于地。我们可以说是他晚节善终,大节不亏。他走了一条中国老知识分子应该走的道路。在他身上,我们是可以学习到很多东西的。

芝生先生!你完成了人生的义务,掷笔去世,把无限的怀思留给了我们。

芝生先生!你度过漫长疲劳的一生,现在是应该休息的时候了。你永远休息吧!

1990年12月3日

留德十年(节选)

十八　在饥饿地狱中

同轰炸并驾齐驱的是饥饿。

我初到德国的时候，供应十足充裕，要什么有什么，根本不知饥饿为何物。但是，法西斯头子侵略成性，其实法西斯的本质就是侵略，他们早就扬言：要大炮，不要奶油。在最初，德国人桌子上还摆着奶油，肚子里填满了火腿，根本不了解这句口号的真正意义。于是，全国翕然响应，仿佛他们真不想要奶油了。大概从一九三七年开始，逐渐实行了食品配给制度。最初限量的就是奶油，以后接着是肉类，最后是面包和土豆。到了一九三九年，希特勒悍然发动第二次世界大战，德国人的腰带就一紧再紧了。这一句口号得到了完满的实现。

我虽生也不辰，在国内时还没有真正挨过饿。小时候家里穷，一年至多只能吃两三次白面，但是吃糠咽菜，肚子还是能勉强填饱的。现在到了德国，才真受了"洋罪"。这种"洋罪"是慢慢地感觉到的。我们中国人本来吃肉不多，我们所谓"主食"实际上是西方人的"副食"。黄油从前我们根本不吃。所以在德国人开始沉不住气的时候，我还悠哉游哉，处之泰然。但是，到了我的"主食"面包和土豆限量供应的时候，我才感到有点不妙了。黄油失踪以后，取代它的是人造油。这玩意儿放在汤里面，还能呈现出几个油珠儿。但一用来煎东西,则在锅里嗞嗞几声,一缕轻烟,油就烟消云散了。在饭馆里吃饭时,要经过几次思想斗争,从战略观点和全局观点反复考虑之后,才请餐馆服务员(Herr Ober)"煎"掉一两肉票。倘在汤碗里能发现几滴油珠,则必大声唤起同桌者的注意,大家都乐不可支了。

最困难的问题是面包。少且不说,实质更可怕。完全不知道里面掺了什么东西。有人说是鱼粉,无从否认或证实。反正是只要放上一天,第二天便有腥臭味。而且吃了,能在肚子里制造气体。在公共场合出虚恭,俗话就是放屁,在德国被认为是极不礼貌,有失体统的。然而肚子里带着这样的面包去看电影,则在影院里实在难以保持体统。我就曾在看电影时亲耳听到虚恭之声,此伏彼起,东西应和。我不敢耻笑别人。我自己也正在同肚子里过量的气体做殊死斗争,为了保持体面,想把它镇压下去,而终于还以失败告终。

但是也不缺少令人兴奋的事:我打破了记录,是自己吃饭的记录。有一天,我同一位德国女士骑自行车下乡,去帮助农民摘苹果。在当时,城里人谁要是同农民有一些联系,别人会垂涎三尺的,其重要意义决不亚于今天的走后门。这一位女士同一户农民挂上了钩,我们就应邀下乡了。苹果树都不高,只要有一个短梯子,就能照顾全树了。德国苹果品种极多,是本国的主要果品。我们摘了半天,工作结束时,农民送了我一篮子苹果,其中包括几个最优品种的;另外还有五六斤土豆。我大喜过望,跨上了自行车,有如列子御风而行,一路青山绿水看不尽,轻车已过数重山。到了家,把土豆全部煮上,蘸着积存下的白糖,一鼓作气,全吞进肚子,但仍然还没有饱意。

"挨饿"这个词儿,人们说起来,比较轻松。但这些人都是没有真正挨过饿的。我是真正经过饥饿炼狱的人,其中滋味实不足为外人道也。我非常佩服东西方的宗教家们,他们对人情世事真是了解到令人吃惊的程度,在他们的地狱里,饥饿是被列为最折磨人的项目之一。中国也是有地狱的,但却是舶来品,其来源是印度。谈到印度的地狱学,那真是博大精深,蔑以加矣。"死鬼"在梵文中叫 Preta,意思是"逝去的人"。到了中国译经和尚的笔下,就译成了"饿鬼",可见"饥饿"在他们心目中占多么重要的地位。汉译佛典中,关于地狱的描绘,比比皆是。《长阿含经》卷十九《地狱品》的描绘可能是有些代表性的。这里面说,共有八大地狱:第一大地狱名想,其中有十六小地狱:第一小地狱名黑沙,二名沸屎,三名五百钉,四名饥,五名渴,六名一铜釜,七名多铜釜,八名石磨,九名脓血,十名量火,十一名灰河,十二名铁丸,十三名斩斧,十四名豺狼,十五名剑树,十六名寒冰。地狱的内容,一看名称就能知道。饥饿在里面占了一个地位。这个饥饿地狱里是什么情况呢?《长阿含经》说:

(饿鬼)到饥饿地狱。狱卒来问:"汝等来此,欲何所求?"报言:"我饿!"狱卒即捉扑热铁上,舒展其身,以铁钩钩口使开,以热铁丸着其口中,焦其唇舌,从咽至腹,通彻下过,无不焦烂。

这当然是印度宗教家的幻想。西方宗教家也有地狱幻想,在但丁的《神曲》里面也有地狱。第六篇,但丁在地狱中看到一个怪物,张开血盆大口,露出长牙;但丁的引导人俯下身子,在地上抓了一把泥土,对准怪物的嘴,投了过去。怪物像狗一样猖猖狂吠,无非是想得到食物。现在嘴里有了东西,就默然无声了。西方的地狱内容实在太单薄,比起东方地狱来,大有小巫见大巫之势了。

为什么东西方宗教家都幻想地狱,而在地狱中又必须忍受饥饿的折磨呢?他们大概都认为饥饿最难忍受,恶人在地狱中必须尝一尝饥饿的滋味。这个问题我且置而不论。不管怎样,我当时实在是正处在饥饿地狱中,如果有人向我嘴里投掷热铁丸或者泥土,为了抑制住难忍的饥饿,我一定会毫不迟疑地不顾一切地把它们吞了下去,至于肚子烧焦不烧焦,就管不了那样多了。

我当时正在读俄文原文的果戈理的《钦差大臣》。在第二幕第一场里,我读到了奥西普躺在主人的床上独白的一段话:

> 现在旅馆老板说啦,前账没有付清就不开饭;可我们要是付不出钱呢?(叹口气)唉,我的天,哪怕有点菜汤喝喝也好呀。我现在恨不得要把整个世界都吞下肚子里去。

这写得何等好呀!果戈理一定挨过饿,不然的话,他无论如何也写不出要把整个世界都吞下去的话来。

长期挨饿的结果是,人们都逐渐瘦了下来。现在有人害怕肥胖,提倡什么减肥,往往费上极大的力量,却不见效果。于是有人说:"我就是喝白水,身体还是照样胖起来的。"这话现在也许是对的,但在当时却完全不是这样。我的男房东在战争激烈时因心脏病死去。他原本是一个大胖子,到死的时候,体重已经减轻了二三十公斤,成了一个瘦子了。我自己原来不胖,没有减肥的物质基础。但是饥饿在我身上也留下了伤痕:我失掉了饱的感觉,大概有八年之久。后来到了瑞士,才慢慢恢复过来。此是后话,这里不提了。

二十二　学习吐火罗文

我在上面曾讲到偶然性,我也经常想到偶然性。一个人一生中不能没有偶然性,偶然性能给人招灾,也能给人造福。

我学习吐火罗文,就与偶然性有关。

说句老实话,我到哥廷根以前,没有听说过什么吐火罗文。

到了哥廷根以后，读通了吐火罗文的大师西克就在眼前，我也还没有想到学习吐火罗文。原因其实是很简单的。我要学三个系，已经选了那么多课程，学了那么多语言，已经是超负荷了。我是有自知之明的（有时候我觉得过了头），我学外语的才能不能说一点都没有，但是绝非语言天才。我不敢在超负荷上再超负荷。而且我还想到，我是中国人，到了外国，我就代表中国。我学习砸了锅，丢个人的脸是小事，丢国家的脸却是大事，决不能掉以轻心。因此，我随时警告自己：自己的摊子已经铺得够大了，决不能再扩大了。这就是我当时的想法。

但是，正如我在上面已经讲到的，第二次世界大战一爆发，瓦尔德施米特被征从军，西克出来代理他。老人家一定要把自己的拿手好戏统统传给我。他早已越过古稀之年，难道他不知道教书的辛苦吗？难道他不知道在家里颐养天年会更舒服吗？但又为什么这样自找苦吃呢？我猜想，除了个人感情因素之外，他是以学术为天下之公器，想把自己的绝学传授给我这个异域的青年，让印度学和吐火罗学在中国生根开花。难道这里面还有一些极"左"的先生们所说的什么侵略的险恶用心吗？中国佛教史上有不少传法、传授衣钵的佳话，什么半夜里秘密传授，什么有其他弟子嫉妒，等等，我当时都没有碰到，大概是因为时移事迁今非昔比了吧。倒是最近我碰到了一件类似这样的事情。说来话长，不讲也罢。

总之，西克教授提出了要教我吐火罗文，丝毫没有征询意见的意味，他也不留给我任何考虑的余地。他提出了意见，立刻安排时间，马上就要上课。我真是深深地被感动了，除了感激之外，还能有什么话说呢？我下定决心，扩大自己的摊子，"舍命陪君子"了。

能够到哥廷根来跟这一位世界权威学习吐火罗文，是世界上许多学者的共同愿望。多少人因为得不到这样的机会而自怨自艾。我现在是近水楼台,是为许多人所艳羡的。这一点我是非常清楚的。我要是不学,实在是难以理解的。正在西克给我开课的时候,比利时的一位治赫梯文的专家沃尔特·古勿勒(Walter Couvreur)来到哥廷根,想从西克教授治吐火罗文。时机正好,于是一个吐火罗文特别班就开办起来了。大学的课程表上并没有这样一门课,而且只有两个学生,还都是外国人,真是一个特别班。可是西克并不马虎。以他那耄耋之年,每周有几次从城东的家中穿过全城,走到高斯—韦伯楼来上课,精神矍铄,腰板挺直,不拿手杖,不戴眼镜,他本身简直就是一个奇迹。走这样远的路,却从来没有人陪他。他无儿无女,家里没有人陪,学校里当然更不管这些事。尊老的概念,在西方的国家,几乎根本没有。西方社会是实用主义的社会。一个人对社会有用,他就有价值;一旦没用,价值立消。没有人认为其中有什么不妥之处。因此西克教授对自己的处境也就安之若素,处之泰然了。

吐火罗文残卷只有中国新疆才有。原来世界上没有人懂这种语言,是西克和西克灵在比较语言学家 W·舒尔策(W. Schulzs)帮助下,读通了的。他们三人合著的吐火罗语语法,蜚声全球士林,是这门新学问的经典著作。但是,这一部长达五百一十八页的皇皇巨著,却绝非一般的入门之书,而是异常难读的。它就像是一片原始森林,艰险复杂,歧路极多,没有人引导,自己想钻进去,是极为困难的。读通这一种语言的大师,当然就是最理想的引路人。西克教吐火罗文,用的也是德国的传统方法,这一点我在上面已经谈到过。他根本不讲解语法,而是从直接读原文开始。我们一起头就读他同他的伙伴西克灵共同转写成拉丁字母、连同原卷影印本一起出版的吐火罗文残卷——西克经常称之为"精制品"(Prachtstück)的《福力太子因缘经》。我们自己在下面翻读文法,查索引,译生词;到了课堂上,我同古勿勒轮流译成德文,西克加以纠正。这工作是异常艰苦的。原文残卷残缺不全,没有一页是完整的,连一行完整的都没有,虽然是"精制品",也只是相对而言,这里缺几个字,那里缺几个音节。不补足就抠不出意思,而补足也只能是以意为之,不一定有很大的把握。结果是西克先生讲的多,我们讲的少。读贝叶残卷,补足所缺的单词儿或者音节,一整套做法,我就是在吐火罗文课堂上学到的。我学习的兴趣日益浓烈,每周两次上课,我不但不以为苦,有时候甚至有望穿秋水之感了。

不知道什么原因,我回忆当时的情景,总是同积雪载途的漫长的冬天联系起来。有一天,下课以后,黄昏已经提前降临到人间,因为天阴,又由于灯火管制,大街上已经完全陷入一团黑暗中。我扶着老人走下楼梯,走出大门。十里长街积雪已深,阒无一人。周围静得令人发怵,脚下响起了我们踏雪的声音,眼中闪耀着积雪的银光。好像宇宙间就只剩下我们师徒二人。我怕老师摔倒,紧紧地扶住了他,就这样一直把他送到家。我生平可以回忆值得回忆的事情,多如牛毛,但是这一件小事却牢牢地印在我的记忆里。每一回忆就感到一阵凄清中的温暖,成为我回忆的"保留节目"。然而至今已时移境迁,当时认为是细微小事,今生今世却绝无可能重演了。

同这一件小事相联的,还有一件小事。哥廷根大学的教授们有一个颇为古老的传统:星期六下午,约上二三同好,到山上林中去散步,边走边谈,谈的也多半是学术问题;有时候也有争论,甚至争得面红耳赤。此时大自然的旖旎风光,在这些教授心目中早已不复存在了,他们关心的还是自己的学问。不管怎样,这些教授在林中漫游倦了,也许找一个咖啡馆,坐下喝点什么,吃点什么。然后兴尽回城。有一个星期六的下午,我在山下散步,逢巧遇到西克先生和其他几位教授正要上山。我连忙向他们致敬。西克先生立刻把我叫到眼前,向其他几位介绍说:"他刚通过博士论文答辩,是最优等。"言下颇有点得意之色。我真是既感且愧。我自己那一点学习成绩,实在是微不足道,然而老人竟这样赞誉,真使我不安了。中国唐诗中杨敬之诗:"平生不解藏人善,到处逢人说项斯。""说项"传为美谈,不意于万里之外的异域见之。除了砥砺之外,我还有什么好说呢?

有一次,我发下宏愿大誓,要给老人增加点营养,给老人一点欢悦。要想做到这一点,只有从自己的少得可怜的食品分配中硬挤。我大概有一两个月没有吃奶油,忘记了是从哪里弄到的面粉和贵似金蛋的鸡蛋,以及一斤白糖,到一个最有名的糕点店里,请他们烤一个蛋糕。这无疑是一件极其贵重的礼物,我像捧着一个宝盒一样把蛋糕捧到老教授家里。这显然有点出他意料,他的双手有点颤抖,叫来了老伴,共同接了过去,连"谢谢"二字都说不出来了。这当然会在我腹中饥饿之火上又加上了一把火。然而我心里是愉快的,成为我一生最愉快的回忆之一。

等到美国兵攻入哥廷根以后,炮声一停,我就到西克先生家去看他。他的住房附近落了一颗炮弹,是美军从城西向城东放的。他的夫人告诉我,炮弹爆炸时,他正伏案读有关吐火罗文的书籍,窗子上的玻璃全被炸碎,玻璃片落满了一桌子,他奇迹般地竟然没有受任何一点伤。我听了以后,真不禁后怕起来了。然而对这一位把研读吐火罗文置于性命之上的老人,我的崇敬之情在内心里像大海波涛一样汹涌澎湃起来。西克先生的个人成就,德国学者的辉煌成就,难道是没有原因的吗?从这一件小事中我们可以学习多少东西呢?同其他一些有关西克先生的小事一样,这一件也使我毕生难忘。

我拉拉杂杂地回忆了一些我学习吐火罗文的情况。我把这归之于偶然性。这是对的,但还有点不够全面。偶然性往往与必然性相结合。在这里有没有必然性呢?不管怎样,我总是学了这一种语言,而且把学到的知识带回到中国。尽管我始终没有把吐火罗文当做主业,它只是我的副业,中间还由于种种原因我几乎有三十年没有搞,只是由于另外一个偶然性我才又重理旧业;但是,这一种语言的研究在中国毕竟算生了根,开花结果是必然的结果。一想到这一点,我对我这一位像祖父般的老师的怀念之情和感激之情,便油然而生。

现在西克教授早已离开人世,我自己也年届耄耋,能工作的日子有限了。但是,一想我的老师西克先生,我的干劲就无限腾涌。中国的吐火罗学,再扩大一点说,中国的印度学,现在可以说是已经奠了基。我们有一批朝气蓬勃的中青年梵文学者,是金克木先生和我的学生和学生的学生,当然也可以说是西克教授和瓦尔德施米特教授学生的学生的学生。他们将肩负起繁荣这一门学问的重任,我深信不疑。一想到这一点,我虽老迈昏庸,又不禁有一股清新的朝气涌上心头。

1991年5月11日写毕

牛棚杂忆(节选十四·牛棚生活)

(二)我们的住处

关于我们的住处,我在上面已经有所涉及。现在再简略地谈一谈。

"罪犯"们被分配到三排平房中去住。

这些平房,建筑十分潦草,大概当时是临时性的建筑,其规模比临时搭起的棚子略胜一筹。学校教室紧张的时候,这里曾用作临时教室。现在全国大学都停课闹革命已经快两年了,北大连富丽堂皇的大教室都投闲置散,何况这简陋的小屋?所以里面尘土累积,蛛网密集,而且低矮潮湿,霉气扑鼻。此地有老鼠、壁虎,大概也有蝎子。地上爬着多足之虫,还有土鳖,以及其他许许多多的小动物,总之,低矮潮湿之处所有的动物,这里应有尽有。实际上是无法住人的。但是我们此时已经被剥夺了"人"籍,我们是"罪犯",让我们在任何地方住,都是天恩高厚。我们还敢有什么奢望!

最初几天,我们就在湿砖地上铺上席子,晚上睡在上面,席子下面薄薄一层草实在挡不住湿气。白天苍蝇成群,夜里蚊子成堆。每个人都被咬得遍体鳞伤,奇痒难忍。后来,运来了木头,席子可以铺在木头上了。夜里每间房子里还发给几个蘸着敌敌畏的布条,悬挂在屋内,据说可以防蚊。对于这一些"人道"

措施,我们几乎要感激涕零了。

这时候,比起太平庄来,劳动"罪犯"的队伍大大地扩大了,至少扩大了一倍。其中原因我们不清楚,也不想清楚,这同我们有什么关系呢?我观察了一下,陆平等几个"钦犯",最初并没有关在这里,大概旁处还有"劳改小院"之类,这事我就更不清楚了。有一些新面孔,有的过去在某个批斗会上见过面,有一些则从没有见过面,大概是随着"阶级斗争"的深入发展,新"揪"出来的。事实上,从入院一直到大院解散,经常不断地有新"罪犯"参加进来。我们这个大家庭在不断扩大。

(三)日常生活

牛棚里有了《劳改罪犯守则》,就等于有了宪法。以后虽然也时常有所补充,但大都是口头的,没有形诸文字。这里没有"劳改罪犯"大会,用不着什么人通过。好在监改人员——我不知道这是不是官方的称呼?一出口成法,说什么都是真理。

在"宪法"和口头补充法律条文的约束下,我们的牛棚生活井然有序。早晨六点起床,早了晚了都不允许。一声铃响,穿衣出屋,第一件事情就是绕着院子跑步。监改人员站在院子正中,发号施令。在我的记忆中,他们很少手执长矛,大概是觉得此地安全了。跑步算不算体育锻炼呢?按常理说,是的。但是实际上我们这一群"劳改罪犯",每天除了干体力活以外,谁也不允许看一点书,我们的体育锻炼已经够充分的了,何必再多此一举?再说我们"这一群王八蛋"已经被警告过,我们是铁案如山,谁也别想翻案。我们已经罪该万死,死有余辜,身体锻炼不锻炼完全是无所谓的。惟一的合理解释就是我发现的"折磨论"。早晨跑步也是折磨"罪犯"的一种办法。让我们在整天体力劳动之前,先把体力消耗净尽。

跑完步，到院子里的自来水龙头那里去洗脸漱口。洗漱完，排队到员二食堂去吃早饭。走在路上，一百多人的浩浩荡荡的队伍，个个垂头丧气，如丧考妣。根据口头法律，谁也不许抬头走路，谁也不敢抬头走路。有违反者，背上立刻就是一拳，或者踹上一脚。到了食堂，只许买窝头和咸菜，油饼一类的"奢侈品"，是绝对禁止买的。当时"劳改罪犯"的生活费是每月十六元五角，家属十二元五角。即使让我买，我能买得起吗？靠这一点钱，我们又怎样"生"，怎样"活"呢？餐厅里当然有桌有凳；但那是为"人"准备的，我们无份。我们只能在楼外树底下，台阶上，或蹲在地上"进膳"。中午和晚上的肉菜更与我们无关，只能吃点盐水拌黄瓜，清水煮青菜之类。整天剧烈的劳动，而肚子里却滴油没有。我们只能同窝头拼命，可是我们又哪里去弄粮票呢？这是我继在德国挨饿和所谓"三年困难时期"之后的第三次堕入饥饿地狱。但是，其间也有根本性的区别：前两次我只是饿肚子而已，这次却是在饿肚之外增加了劳动和随时会有的皮肉之苦。回思前两次的挨饿宛如天堂乐园可望而不可即了。

早饭以后，回到牛棚，等候分配劳动任务。此时我们都成了牛马。全校的工人没有哪个再干活了，他们都变成了监工和牢头禁子。他们有了活，不管是多脏多累，一律到劳改大院来，要求分配"劳改罪犯"。这就好比是农村生产队队长分配牛马一样。分配完了以后，工人们就成了甩手大掌柜的，在旁边颐指气使。解放后的北大工人阶级，此时真是踌躇满志了。

还有一件最最重要的事情，无论如何也是不能忘记的。在出发劳动之前，我们必须到树干上悬挂的黑板下，抄录今天要背诵的"最高指示"。这指示往往相当长。每一个"罪犯"，今天不管是干什么活，到哪里去干活，都必须背得滚瓜烂熟。任何监改人员，不管在什么场合，都可能让你背诵。倘若背错一个字，轻则一个耳光，重则更严厉的惩罚。现在，如果我们被叫到办公室去,先喊一声:"报告!"然后垂首肃立。监改人员提一段语录的第一句,你必须接下去把整段背完。倘若背错一个字,则惩罚如上。有一位地球物理老教授,由于年纪实在太老了,而且脑袋里除了数学公式之外,似乎什么东西也挤不进去。连据说有无限威力的"最高指示"也不例外。我经常看到他被打得鼻青脸肿,双眼下鼓起两个肿泡。我颇有兔死狐悲之感。

背语录有什么用处呢?也许有人认为,我们这些"罪犯"都是花岗岩的脑袋瓜,用平常的办法来改造,几乎是不可能的。"革命家"于是就借用了耶稣教查经的办法,据说神力无穷。但是,我很惭愧,我实在没有感觉出来。我有自己的解释,这解释仍然是我发明创造的"折磨论"。我一直到今天还认为,这是惟一合理的解释。监改人员自己也不相信,"最高指示"会有这样的威力,他们自己也并背不熟几条语录。连向"罪犯"提头时,也往往出现错误。有时候他提了一个头,我接着背下去,由于神经紧张,也曾背错过一两个字;但监改人员并没有发现。我此时还没有愚蠢到"自首"的地步,蒙混过了关。我如真愚蠢到起来"自首",那么监改人员面子不是受到损害了吗?那后果就不堪设想了。

从此,我们就边干活,边背语录。身体和精神都紧张到要爆炸的程度。

至于我参加的劳动工种,那还是非常多的。劳动时间最长的有几个地方,根据我现在的回忆,首先是北材料厂。这里面的工人都属于新北大公社一派,都是拥护"老佛爷"的。在"劳改罪犯"中,也还是有派别区分的。同是"罪犯",而待遇有时候会有不同。我在这里,有两重身份:一是"劳改罪犯",二是原井冈山成员。因此颇受到一些"特殊待遇",被训斥的机会多了一点。我们在这里干的活,先是搬运耐火砖,从厂内一个地方搬到小池旁边,码了起来。一定要码整整齐齐,否则会塌落下来。耐火砖非常重,砸到人身上,会把人砸死的。我们"罪犯们"都知道这一点,干起活来都万分小心谨慎。耐火砖搬完,又被分配来拔掉旧柱子和旧木板上的钉子。干这活,允许坐在木墩子上,而且活也不累,我们简直是享受天福了。厂内的活干完了后,又来到厂外堆建房用的沙堆旁边,去搬运沙子,从一堆运到另一堆上。在北材料厂我大概干了几个星期。我在这里还要补充说明几句,在这里干活的只是"罪犯"的一小部分。其余的人都各有安排,情况我不清楚,我只好略而不谈了。

我从北材料厂又被调到学生宿舍区去运煤。现在是夏天,大汽车把煤从什么地方运到学校,卸在地上,就算完成任务。我们的任务是把散堆在地上的煤,用筐抬着,堆成煤山,以减少占地的面积,这个活并不轻松:一是累,二是脏。两个老人抬一筐重达百斤以上的煤块或煤末,有时还要爬上煤山,是非常困难的。大风一起,我们满脸满身全是煤灰。在平常时候这种地方我们连走近都不会的。然而此时情况变了,我们已能安之若素。什么卫生不卫生,更不在话下了。同我长时间抬一个筐的是解放前在燕京大学冒着生命的危险参加地下工作的穆斯林老同志,趁着监督劳动的工人不在眼前的时候,低声对我说:"我们的命运看来已经定了。我们将来的出路,不外是到什么边远地区劳改终生了。"这种想法是有些代表性的。我自己何尝不是这样想呢?

以后,我的工种有过多次变化。我曾随大队人马到今天勺园大楼的原址稻田的地方去搬过石头,挖过稻田。有一次同西语系的一位老教授被分配跟着一个工人,到学生宿舍三十五楼东墙外面去修理地下水管。这次工人师傅亲自下了手,我们两个老头只能算是"助教",帮助他抬抬洋灰包,递递铁锹。这位工人虽然也绷着脸,一言不发,但是对我们一句训斥的话都没有说过。我心里实在是铭感五内。十年浩劫以后,我在校园里还常见到他骑车而过,我总是用感激的眼光注视着他的背影渐渐消逝。

此外,我还被分配到一些地方去干活,比如修房子,拔草之类,这里不一一叙述了。

既然叫做"劳改",劳动当然就是我们主要的生活内容。不管是在劳动中,还是在其他活动中,总难避开同监改人员打交道。见了他们,同在任何地方一样,我们从不许抬头,这已经是金科玉律。往往我们不知道,站在面前谈话的是什么人。但是对方则一张口就用上一句"国骂",这同美国人见面时说"hello!"一样,不过我们只许对面的人说而已。监改人员用的词汇很丰富,除了说"妈的"以外,还说"你这混蛋!""你这王八蛋!"等等,词彩丰富多了。如果哪个监改人员不用"国骂"开端,我反而觉得非常反常,非常不舒服了。

(四)晚间训话

我先郑重声明一句:这是劳改监改人员最伟大的最富有天才的发明创造。

在我上面谈"劳改罪犯"的日常生活时,曾谈过监改人员在管理"劳改罪犯"时的许多发明创造。这些监改人员,除了个别职员和一些工人以外,有一多半是学生。这些学生平常学习成绩怎样,我说不清楚。但在管理劳改大院时的表现,我作为一个老师,却不能不给他们打很高的分数。过去我们的教学颇多脱离实际的地方。这主要由教学制度负责,我们当教员的也难辞其咎。在劳改大院里,他们是完全联系实际的,他们表现出来的才能是多方面的:组织的才能,管理的才能,训话的才能,说歪理诡辩的才能,株连罗织的才能,等等,简直说也说不完。再加上他们表现出来的果断和勇气,说打人伸手就打,抬脚就踢,丝毫

1962年，季羡林教授（右二）访问埃及，与吴晗教授（左三）等合影。

与黄宗江先生（左），张中行先生（右）。

也不游移迟疑,我辈老师实在是望尘莫及。

但是,他们发明创造的天才表现得最最突出的地方,却是晚间训话。

什么叫"晚间训话"呢?每天晚上,吃过晚饭,照例要全体"罪犯"集合,地点在两排平房之间的小院子里。每天总有一个监改人员站在队列前面训话,这个人好像是上边来的,不是我们在大院里常碰到的那些人,他大概是学校公社的头子之一。这个训话者常换人,个中详情我说不清楚。训话的内容,每天不同。因为它的目的不在讲大道理,而大道理是没有多少的,讲大道理必然每天重复。他们的训话是属于"折磨学"的,是这一门学问的实践。训话者每天主要做法是抓小辫子,而小辫子我们满头都是,如果真正没有,他们还可以栽在你头上嘛。小辫的来源大体上有两个:一个是白天劳动时一些芝麻绿豆大的小事;一个是我们每天的书面思想汇报中一些所谓"问题"。我们劳动都是非常兢兢业业的,并不是由于我们"觉悟"高,而是由于害怕拳打脚踢。但是,欲加之罪,何患无辞?说不定哪一个"棚友"今天要倒霉,让监改人员看中了。到了晚间训话时,就给你来算账。至于写书面的思想汇报,那更是每天的重要工作。不管我们怎样苦思苦想,细心推敲,在中国这个文字之国,这个刀笔师爷之国,挑点小毛病是易如反掌的。中国历史上这类著名的例子多如牛毛。清朝雍正皇帝就杀过一个大臣,原因是他把"朝乾夕惕",为了使文章别开生面,写成了"夕惕朝乾"。这二者其实是一样的,都是"颂圣"之句。然而"龙颜大怒",结果丢掉了脑袋。我们监改人员的智商要比封建皇帝高多了,他们反正每天必须从某个"罪犯"的书面汇报中挑点小毛病。不管是谁,只要被他们选中,晚间训话时就倒了大霉。

晚间训话的程序大体上是这样的:"罪犯"们先列队肃立,因为院子不大,排成四行,监改人员先点名。这种事情我一生经历多了,没有留下什么深刻的记忆。只有一件极小极小的小事,却给我留下了毕生难忘的回忆,就是我将来见了阎王爷,也不会忘记的。有一位西语系的归国华侨教授,年龄早过了花甲,而且有重病在身,躺在床上起不来。不知道是用什么东西把他也弄到黑帮大院里来。他行将就木,根本不能劳动,连吃饭都起不来,就让他躺在床上"改造"。他住的房子门外就是晚间训话"罪犯"们排队的地方。每次点名,他都能听到自己的名字。此时就从屋中木板上传出来一声:"到!"声音微弱、颤抖、苍老、凄凉。我每次都想哭上一场。这声音震动了我的灵魂!

其他"罪犯"站在这一间房子的门外,个个心里打鼓。说不定训话者高声点到了谁的名字,还没有等他自己出队,就有两个年轻力壮的监改人员,走上前去,用批斗会上常用的方式,倒剪双臂,拳头按在脖子上,押出队列,上面是耳光,下面是脚踢。清脆的耳光声响彻夜空。更厉害的措施是打倒在地,身上踏上一两只脚——一千只脚是踏不上的,这只不过是修辞学的夸大而已,用不着推敲,这也属于我所发现的"折磨论"之列的。

这样的景观大概只有在十年浩劫中才能看到。我们不是非常爱"中国之最"吗?有一些"最"是颇有争议的;但是,我相信,这里决无任何争议。因此,劳改大院的晚间训话的英名不胫而走,不久就吸引了大量的观众,成为北大最著名的最有看头的景观。简直可以同英国的白金汉宫前每天御林军换岗的仪式媲美了。每天,到了这个时候,站在队列之中,我一方面心里紧张到万分,生怕自己的名字被点到;另一方面在低头中偶一斜眼,便能看到席棚外小土堆上,影影绰绰地,隐隐约约地,在暗淡的电灯光下,在小树和灌木的丛中,站满了人。数目当然是数不清的。反正是里三层外三层的人不在少数。这都是赶来欣赏这极为难得又极富刺激性的景观的。这恐怕要比英国戴着极高的黑帽子,骑在高头大马上的御林军的换岗难得得多。这仪式在英国已经持续了几百年,而在中国首都的最高学府中只持续了几个月。这未免太煞风景了。否则将会给我们旅游业带来极大的经济效益。

还有一点十分值得惋惜的是,我们晚间训话的棚外欣赏者们,没有耐性站到深夜。如果他们有这个耐性的话,他们一定能够看到比晚间训话更为阴森森的景象。这个景象连我们这个大院里的居民都不一定每个人都能看到。偶尔有一夜,我出来小解,我在黑暗中看到院子里一些树下都有一个人影,笔直地站在那里,抬起两只胳臂,向前做拥抱状。实际上拥抱的只是空气,什么东西都没有。我不知道,我们这几个棚友已经站在那儿拥抱空虚有多久了。对此我没有感性认识,我只觉得,这玩意儿大概同喷气式差不多。让我站的话,站上一刻钟恐怕都难以撑住。棚友们却不知道已经站了多久了,更不知道将站到何时。我们棚里的居民都知道,在这时候,什么话也别说,什么声也别出。我连忙回到屋里,在梦里还看到一些拥抱空虚的人。

(五)离奇的规定

在黑帮大院里面,除了有《劳改罪犯守则》这一部宪法以外,还有一些不成文法或者口头的法规。这我在上面已经说过几句。现在再选出两个典型的例证来说上一说。

这两个例证:一是走路不许抬头,二是坐着不许跷二郎腿。

我虽不是研究法律的学者,但是在许多国家呆过,也翻过一些法律条文;可是无论在什么地方也没有看到或者听到一个人走路不许抬头的规定。除了生理上的歪脖子以外,头总是要抬起来的。

但是,在北京大学的劳改大院里,牢头禁子们却规定"罪犯"走路不许抬头。我不知道,他们是怎样想出这个极为离奇的规定来的。难道说他们读到过什么祖传的秘典？或者他们得到了像《水浒传》中说的那种石碣文？抑或是他们天才的火花闪耀的结果？这些问题我研究不出来。反正走路不许抬头，这就是法律，我们必须遵守。

除了在个人的牢房里以外，在任何地方，不管是在院内，还是在院外，抬头是禁止的。特别在同牢头禁子谈话的时候，绝对不允许抬头看他一眼的。如果哪一个"罪犯"敢于这样干，那后果真是不堪设想。轻则一个耳光，重则拳打脚踢，甚至被打翻在地。因此，我站在牢头禁子面前，眼光总是落在地上，或者他的脚上，再往上就会有危险。他们穿的鞋，我观察得一清二楚，面孔则是模糊一团。在干活时，比如说抬煤筐，抬头是可以的。因为此时再不允许抬头，活就没法干了。有一次，我们排队去吃饭，不知道由于什么原因，我稍稍抬了一下头，时间最多十分之一秒。然而押送我们到食堂的监改人员立即作狮子吼："季羡林！你老实点！"我本能地期望着脸上挨一耳光，或者腿上挨一脚。幸而都没有，我从此以后再也不敢不"老实"了。

至于跷二郎腿，那几乎是人人都有的一个习惯。因为这种姿势确实能够解除疲乏。但是在劳改大院里却是被严厉禁止的。记得在什么书上看到有关袁世凯的记载，说他一生从来不跷二郎腿，坐的时候总是双腿并拢，威仪俨然。这也许是由于他是军人，才能一生保持这样坐的姿势。我们这一群"劳改罪犯"都是平常的人，不是洪宪皇帝，怎么能做得到呢？

还有一件不大不小的事情，我想在这里提一提。我在上面已经说到过，我们"罪犯"们已经丢掉了笑的本领。笑本来是人的本能，怎么竟能丢掉了呢？这个"丢掉"，不是来自"劳改宪法"，也不是出自劳改监督人员的金口玉言，而是完全"自觉自愿"。试问，在打骂随时威胁着自己的时候，谁还能笑得起来呢？劳改大院里也不是没有一点笑声的，有的话，就是来自牢头禁子的口中的。在寂静如古墓般的大院中,偶尔有一点笑声,清脆如音乐,使大院顿时有了生气。然而,这笑声会在我们心中引起什么感觉呢?别人我不知道,在我耳中心中,这笑声就如鸱鸮在夜深人静时的狞笑,听了我浑身发抖。

1992 年 6 月 20 日

老　猫

老猫虎子蜷曲在玻璃窗外窗台上一个角落里,缩着脖子,眯着眼睛,浑身一片寂寞、凄清、孤独、无助的神情。

外面正下着小雨,雨丝一缕一缕地向下飘落,像是珍珠帘子。时令虽已是初秋,但是隔着雨帘,还能看到紧靠窗子的小土山上丛草依然碧绿,毫无要变黄的样子。在万绿丛中赫然露出一朵鲜艳的红花。古诗"万绿丛中一点红",大概就是这般光景吧。这一朵小花如火似燃,照亮了浑茫的雨天。

我从小就喜爱小动物,同小动物在一起,别有一番滋味。它们天真无邪,率性而行;有吃抢吃,有喝抢喝;不会说谎,不会推诿;受到惩罚,忍痛挨打;一转眼间,照偷不误。同它们在一起,我心里感到怡然,坦然,安然,欣然。不像同人在一起那样,应对进退,谨小慎微;斟酌词句,保持距离,感到异常地别扭。

十四年前,我养的第一只猫,就是这个虎子。刚到我家来的时候,比老鼠大不了多少。蜷曲在窄狭的窗内窗台上,活动的空间好像富富有余。它并没有什么特点,仅只是一只最平常的狸猫,身上有虎皮斑纹,颜色不黑不黄,并不美观。但是异于常猫的地方也有,它有两只炯炯有神的眼睛,两眼一睁,还真虎虎有虎气,因此起名叫虎子。它脾气也确实暴烈如虎。它从来不怕任何人。谁要想打它,不管是用鸡毛掸子,还是用竹竿,它从不回避,而是向前进攻,声色俱厉。得罪过它的人,它永世不忘。我的外孙打过一次,从此结仇。只要他到我家来,隔着玻璃窗子,一见人影,它就做好准备,向前进攻,爪牙并举,吼声震耳。他没有办法,在家中走动,都要手持竹竿,以防万一,否则寸步难行。有一次,一位老同志来看我,他显然是非常喜欢猫的。一见虎子,嘴里连声说着:"我身上有猫味,猫不会咬我的。"他伸手想去抚摩它,可万没有想到,我们虎子不懂什么猫味,回头就是一口。这位老同志大惊失色。总之,到了后来,虎子无人不咬,只有我们家三个主人除外。它的"咬声"颇能耸人听闻了。

但是,要说这就是虎子的全面,那也是不正确的。除了暴烈咬人以外,它还有另外一面,这就是温柔敦厚的一面。我举一个小例子。虎子来我们家以后的第三年,我又要了一只小猫。这是一只混种的波斯猫,浑身雪白,毛很长,但在额头上有一小片黑黄相间的花纹。我们家人管这只猫叫洋猫,起名咪咪;虎子则被尊为土猫。这只猫的脾气同虎子完全相反:胆小、怕人,从来没有咬过人。只有在外面跑的时候,才露出一点野性。它只要有机会溜出大门,但见它长毛尾巴一摆,像一溜烟似的立即窜入小山的树丛中,半天不回家。这两只猫并没有血缘关系。但是,不知道是由于什么原因,一进门,虎子就把咪咪看做是自己的亲生女儿。它自己本来没有什么奶,却坚持要给咪咪喂奶,把咪咪搂在怀里,让它吮自己的干奶头,它眯着眼睛,仿佛在享着天福。我在吃饭的时候,有时丢点鸡骨头、鱼刺,这等于猫们的燕窝、鱼翅。但是,虎子却只蹲在旁边,瞅着咪咪一只猫吃,从来不同它争食。有时还"咪噢"上两声,好像是在说:"吃吧,孩子!安安静静地吃吧!"有时候,不管是春夏还是秋冬,虎子会从西边的小山上逮一些小动物,麻雀、蚱蜢、蝉、蛐蛐之类,用嘴叼着,蹲在家门口,嘴里发出一种怪声。这是猫语,屋里的咪咪,不管是睡还是醒,耸耳一听,立即跑到门口,馋涎欲滴,等着吃母亲带来的佳肴,大快朵颐。我们家人看到这样母子亲爱的情景,都由衷地感动,一致把虎子称做"义猫"。有一年,小咪咪生了两个小猫。大概是初做母亲,没有经验,正如我们圣人所说的那样:"未有学养子而后嫁者也。"人们能很快学会,而猫们则不行。咪咪丢下小猫不管,虎子却大忙特忙起来,觉不睡,饭不吃,日日夜夜把小猫搂在怀里。但小猫是要吃奶的,而奶正是虎子所缺的。于是小猫暴躁不安,虎子眉头一皱,计上心来,叼起小猫,到处追着咪咪,要它给小猫喂奶。还真像一个姥姥样子,但是小咪咪并不领情,依旧不给小猫喂奶。有几天的时间,虎子不吃不喝,瞪着两只闪闪发光的眼睛,嘴里叼着小猫,从这屋赶到那屋;一转眼又赶了回来。小猫大概真是受不了啦,便辞别了这个世界。

我看了这一出猫家庭里的悲剧又是喜剧,实在是爱莫能助,惋惜了很久。

我同虎子和咪咪都有深厚的感情。每天晚上,它们俩抢着到我床上去睡觉。在冬天,我在棉被上面特别铺上了一块布,供它们躺卧,我有时候半夜里醒来,神志一清醒,觉得有什么东西重重地压在我身上,一股暖气仿佛透过了两层棉被,扑到我的双腿上。我知道,小猫睡得正香,即使我的双腿由于僵卧时间过久,又酸又痛,但我总是强忍着,决不动一动双腿,免得惊了小猫的轻梦。它此时也许正梦着捉住了一只耗子。只要我的腿一动,它这耗子就吃不成了,岂非大煞风景吗?

这样过了几年,小咪咪大概有八九岁了。虎子比它大三岁,十一岁的光景。依然威风凛凛,脾气暴烈如故,见人就咬,大有死不改悔的神气。而小咪咪则出我意料地露出了下世的光景,常常到处小便,桌子上、椅子上、沙发上,无处不便。如果到医院里去检查的话,大夫在列举的病情中一定会有一条的:小便失禁。最让我心烦的是,它偏偏看上了我桌子上的稿纸。我正写着什么文章,然而它却根本不管这一套,跳上去,屁股往下一蹲,一泡猫尿流在上面,还闪着微弱的光。说我不急,那不是真的。我心里真急,但是,我谨遵我的一条戒律:决不打小猫一掌,在任何情况之下,也不打它。此时,我赶快把稿纸拿起来,抖掉了上面的猫尿,等它自己干。心里又好气,又好笑,真是哭笑不得。家人对我的嘲笑,我置若罔闻,"全等秋风过耳边。"

我不信任何宗教,也不归依任何神灵。但是,此时我却有点想迷信一下。我期望会有奇迹出现,让咪咪的病情好转。可世界上是没有什么奇迹的,咪咪的病一天一天地严重起来。它不想回家,喜欢在房外荷塘边上石头缝里呆着,或者藏在小山的树木丛里。它再也不在夜里睡在我的被子上了。每当我半夜里醒来,觉得棉被上轻飘飘的,我惘然若有所失,甚至有点悲伤了。我每天凌晨起来,第一件事情就是拿着手电到房外塘边山上去找咪咪。它浑身雪白,是很容易找到的。在薄暗中,我眼前白白地一闪,我就知道是咪咪。见了我,"咪噢"一声,起身向我走来。我把它抱回家,给它东西吃,它似乎根本没有口味。我看了直想流泪。有一次我拖着疲惫的身子,走几里路,到海淀的肉店里去买猪肝和牛肉。拿回来,喂给咪咪,它一闻,似乎有点想吃的样子;但肉一沾唇,它立即又把头缩回去,闭上眼睛,不闻不问了。

有一天傍晚,我看咪咪神情很不妙,我预感要发生什么事情。我唤它,它不肯进屋。我把它抱到篱笆以内,窗台下面。我端来两只碗,一只盛吃的,一只盛水。我拍了拍它的脑袋,它偎依着我,"咪噢"叫了两声,便闭上了眼睛。我放心进屋睡觉。第二天凌晨,我一睁眼,三步并作一步,手里拿着手电,到外面去看。哎呀不好!两碗全在,猫影顿杳。我心里非常难过,说不出是什么滋味。我手持手电找遍了塘边,山上,树后,草丛,深沟,石缝。有时候,眼前白光一闪。"是咪咪!"我狂喜。走近一看,是一张白纸。我嗒然若丧,心头仿佛被挖掉了点什么。"屋前屋后搜之遍,几处茫茫皆不见。"从此我就失掉了咪咪,它从我的生命中消逝了,永远永远地消逝了。我简直像是失掉了一个好友,一个亲人。至今回想起来,我内心里还颤抖不止。

在我心情最沉重的时候,有一些通达世事的好心人告诉我,猫们有一种特殊的本领,能知道自己什么时候寿终。到了此时此刻,它们决不呆在主人家里,让主人看到死猫,感到心烦,或感到悲伤。它们总是逃了出去,到一个最僻静、最难找的角落里,地沟里、山洞里、树丛里,等候最后时刻的到来。因此,养猫的人大都在家里看不见死猫的尸体。只要自己的猫老了,病了,出去几天不回来,他们就知道,它已经离开了人世,不让举行遗体告别的仪式,永远永远不再回来了。

我听了以后,憬然若有所悟。我不是哲学家,也不是宗教家。但却读过不少哲学家和宗教家谈论生死大事的文章。这些文章多半有非常精辟的见解,闪耀着智慧的光芒,我也想努力从中学习一些有关生死的真理。结果却是毫无所得。那些文章中,除了说教以外,几乎没有什么有用的东西。大半都是老生常谈,不能解决什么实际问题,没能给我留下深刻的印象。现在看来,倒是猫们临终时的所作所为,即使仅仅是出于本能吧,却给了我很大的启发。人们难道就不应该向猫们学习这一点经验吗?有生必有死,这是自然规律,谁都逃不过。中国历史上的赫赫有名的人物,秦皇、汉武,还有唐宗,想方设法,千方百计,想求得长生不老。到头来仍然是竹篮子打水一场空,只落得黄土一抔呢,"西风残照汉家陵阙。"我辈平民百姓又何必煞费苦心呢?一个人早死几个小时,或者晚死几个小时,甚至几天,实在是无所谓的小事,决影响不了地球的转动、社会的前进。再退一步想,现在有些思想开明的人士,不想长生不死,不想在大地上再留黄土一抔,甚至开明到不要遗体告别,不要开追悼会。但是仍会给后人留下一些麻烦:登报,发讣告,还要打电话四处通知,总得忙上一阵。何不学一学猫们呢?它们这样处理生死大事,干得何等干净利索呀!一点痕迹也不留,走了,走了,永远地走了,让这花花世界的人们不见猫尸,用不着落泪,照旧做着花花世界的梦。

　　我忽然联想到我多次看过的敦煌壁画上的西方净土变。所谓"净土",指的就是我们常说的天堂、乐园,是许多宗教信徒烧香念佛、查经祷告,甚至实行苦行,折磨自己,梦寐以求想到达的地方。据说在那里可以享受天福,得到人世间万万得不到的快乐。我看了壁画上画的房子、街道、树木、花草,以及大人、小孩,林林总总,觉得十分热闹。可我觉得没有什么出奇之处。只有一件事给我留下了永不磨灭的印象,那就是,那里的人们都是笑口常开,没有一个人愁眉苦脸,他们的日子大概过得都很惬意。不像在我们人间有这样许多不如意的事情,有时候办点事,还要找后门,钻空子。在他们的商店里——净土里面还实行市场经济吗?他们还用得着商店吗?——售货员大概都很和气,不给人白眼,不训斥"上帝",不扎堆闲侃,不给人钉子碰。这样的天堂乐园,我也真是心向往之的。但是给我印象最深,使我最为吃惊或者羡慕的还是他们对待要死的人的态度。那里的人,大概同人世间的猫们差不多,能预先知道自己寿终的时刻。到了此时,要死的老嬷嬷或者老头,健步如飞地走在前面,身后簇拥着自己的子子孙孙、至亲好友,个个喜笑颜开,全无悲戚的神态,仿佛是去参加什么喜事一般,一直把老人送进坟墓。后事如何,壁画不是电影,是不能动的。然而画到这个程度,以后的事尽在不言中。如果一定要画上填土封坟,反而似乎是多此一举了。我觉得,净土中的人们给我们人类争了光。他们这一手比猫们又漂亮多了。知道必死,而又兴高采烈,多么豁达!多么聪明!猫们能做得到吗?这证明,净土里的人们真正参透了人生奥秘,真正参透了自然规律。人为万物之灵,他们为我们人类在同猫们对比之下真真增了光!真不愧是净土!

　　上面我胡思乱想得太远了,还是回到我们人世间来吧。我坦白承认,我对人生的奥秘参透得还不够,我对自然规律参透得也还不够,我仍然十分怀念我的咪咪。我心里仿佛有一个空白,非填起来不行。我一定要找一只同咪咪一模一样的白色波斯猫。后来果然朋友又送来了一只,浑身长毛,洁白如雪,两只眼睛全是绿的,亮晶晶像两块绿宝石。为了纪念死去的咪咪,我仍然为它命名"咪咪",见了它,就像见到老咪咪一样。过了大约又有一年的光景,友人又送了我一只据说是纯种的波斯猫,两只眼睛颜色不同,一黄一蓝。在太阳光下,黄的特别黄,蓝的特别蓝,像两颗黄蓝宝石,闪闪发光,竞妍争艳。这只猫特别调皮,简直是胆大无边,然而也因此就更特别可爱。这一下子又忙坏了虎子,它认为这两只小猫都是自己的亲生女儿,硬逼着它们吮吸自己那干瘪的奶头。只要它走出去,不知在什么地方弄到了小鸟、蚱蜢之类,就带回家来,给两只小猫吃。好久没有听到的"咪噢"唤小猫的声音,现在又听到了,我心里漾起了一丝丝甜意。这大大地减轻了我对老咪咪的怀念。

  可是岁月不饶人,也不会饶猫的。这一只"土猫"虎子已经活到十四岁。据通达世情的人们说,猫的十四岁,就等于人的八九十岁。这样一来,我自己不是成了虎子的同龄"人"了吗?这个虎子却也真怪。有时候,颇现出一些老相。两只炯炯有神的眼睛里忽然被一层薄膜蒙了起来,嘴里流出了哈喇子,胡子上都沾得亮晶晶的。不大想往屋里来,日日夜夜趴在阳台上蜂窝煤堆上,不吃,不喝。我有了老咪咪的经验,知道它快不行了。我也跑到海淀,去买来牛肉和猪肝,想让它不要饿着肚子离开这个世界,我随时准备着:第二天早晨一睁眼,虎子不见了。结果虎子并没有这样干。我天天凌晨第一件事就是来看虎子,隔着窗子,依然黑糊糊的一团,卧在那里。我心里感到安慰。有时候,它也起来走动了。我在本文开头时写的就是去年深秋一个下雨天我隔窗看到的虎子的情况。

  到了今天,半年又过去了。虎子不但没有走,而且顽健胜昔,仍然是天天出去。有时候在晚上,窗外的布帘子的一角蓦地被掀了起来,一个丑角似的三花脸一闪。我便知道,这是虎子回来了,连忙开门,放它进来。大概同某一些老年人一样——不是所有的老年人——到了暮年就改恶向善,虎子的脾气大大地改变了,几乎再也不咬人了。我早晨摸黑起床,写作看书累了,常常到门外湖边山下去走一走。此时,我冷不防脚下忽然踢着了一团软乎乎的东西,这是虎子。它在夜里不知道在什么地方呆了一夜,现在看到了我,一下子窜了出来,用身子蹭我的腿,在我身前和身后转悠。它跟着我,亦步亦趋,我走到哪里,它就跟到哪里,寸步不离。我有时故意爬上小山,以为它不会跟来了,然而一回头,虎子正跟在身后。猫是从来不跟人散步的,只有狗才这样干。有时候碰到过路的人,他们见了这情景,都大为吃惊。"你看猫跟着主人散步哩!"他们说,露出满脸惊奇的神色。最近一个时期,虎子似乎更精力旺盛了,它返老还童了。有时候竟带一个它重孙辈的小公猫到我们家阳台上来。"今夜我们相识,"虎子用不着介绍就相识了。看样子,虎子一去不复返的日子遥遥无期了。我成了拥有三只猫的家庭的主人。

  我养了十几年猫,前后共有四只。猫们向人们学习什么,我不通猫语,无法询问。我作为一个人却确实向猫学习了一些有用的东西。上面讲过的对处理死亡的办法,就是一个例子。我自己毕竟年纪已经很大了,常常想到死的问题。鲁迅五十多岁就想到了,我真是瞠乎后矣。人生必有死,这是无法抗御的。而且我还认为,死也是好事情。如果世界上的人都不死,连我们的轩辕老祖和孔老夫子今天依然峨冠博带,坐着奔驰车,到天安门去溜弯,你想人类世界会成一个什么样子!人是百代的过客,总是要走过去的,这决不会影响地球的转动和人类社会的进步。每一代人都只是一场没有终点的长途接力赛的一环。前不见古人,后不见来者,是宇宙常规。人老了要死,像在净土里那样,应该算是一件喜事。老人跑完了自己的一棒,把棒交给后人,自己要休息了,这是正常的。不管快慢,他们总算跑完了一棒,总算对人类的进步做出了贡献,总算尽上了自己的天职。老年了要退休,这是身体精神状况所决定的,不是哪个人能改变的。老人们会不会感到寂寞呢?我认为,会的。但是我却觉得,这寂寞是顺乎自然的,从伦理的高度来看,甚至是应该的。我始终主张,老年人应该为青年人活着,而不是相反。青年人有接力棒在手,世界是他们的,未来是他们的,希望是他们的。吾辈老年人的天职是尽上自己仅存的精力,帮助他们前进,必要时要躺在地上,让他们踏着自己的躯体前进,前进。如果由于害怕寂寞而学习《红楼梦》里的贾母,让一家人都围着自己转,这不但是办不到的,而且从人类前途利益来看是犯罪的行为。我说这些话,也许有人怀疑,我是不是碰到了什么不如意的事,才说出这样令某些人骇怪的话来。不,不,决不。我现在身体顽健,家庭和睦,在社会上广有朋友,每天照样读书、写作、会客、开会不辍。我没有不如意的事情,也没有感到寂寞。不过自己毕竟已逾耄耋之年,面前的路有限了,不免有时候胡思乱想。而且,我同猫们相处久了,觉得它们有些东西确实值得我们学习,我们这些万物之灵应该屈尊一下,学习学习。即使只学到猫们处理死亡大事这一手,我们社会上会减少多少麻烦呀!

"那么,你是不是准备学习呢?"我仿佛听到有人这样质问了。是的,我心里是想学习的。不过也还有些困难。我没有猫的本能,我不知道自己的大限何时来到。而且我还有点担心。如果我真正学习了猫,有一天忽然偷偷地溜出了家门,到一个旮旯里、树丛里、山洞里、河沟里,一头钻进去,藏了起来,这样一来,我们人类社会可不像猫社会那样平静,有些人必然认为这是特大新闻,指手划脚,喊喊喳喳。如果是在旧社会里或者在今天的香港等地的话,这必将成为头版头条的爆炸性新闻,不亚于当年的杨乃武和小白菜。我的亲属和朋友也必将派人出去寻找,派的人也许比寻找彭加木的人还要多。这是多么可怕的事呀!因此我就迟疑起来。至于最后究竟何去何从?我正在考虑、推敲、研究。

1992年

幽 径 悲 剧

出家门，向右转，只有二三十步，就走进一条曲径。有二三十年之久，我天天走过这一条路，到办公室去。因为天天见面，也就成了司空见惯，对它有点漠然了。

然而，这一条幽径却是大大有名的。记得在五十年代，我在故宫的一个城楼上，参观过一个有关《红楼梦》的展览。我看到由几幅山水画组成的组画，画的就是这一条路。足证这一条路是同这一部伟大的作品有某一些联系的。至于是什么联系，我已经记忆不清。留在我记忆中的只是一点印象：这一条平平常常的路是有来头的，不能等闲视之。

这一条路在燕园中是极为幽静的地方。学生们称之为"后湖"，他们是很少到这里来的。我上面说它平平常常，这话有点语病，它其实是颇为不平常的。一面傍湖，一面靠山，蜿蜒曲折，实有曲径通幽之趣。山上苍松翠柏，杂树成林。无论春夏秋冬，总有翠色在目。不知名的小花，从春天开起，过一阵换一个颜色，一直开到秋末。到了夏天，山上一团浓绿，人们仿佛是在一片绿雾中穿行。林中小鸟，枝头鸣蝉，仿佛互相应答。秋天，枫叶变红，与苍松翠柏，相映成趣，凄清中又饱含浓烈。几乎让人不辨四时了。

小径另一面是荷塘，引人注目主要是在夏天。此时绿叶接天，红荷映日。仿佛从地下深处爆发出一股无比强烈的生命力，向上，向上，向上，欲与天公试比高，真能使懦者立怯者强，给人以无穷的感染力。

不管是在山上,还是在湖中,一到冬天,当然都有白雪覆盖。在湖中,昔日的激滟的绿波为坚冰所取代。但是在山上,虽然落叶树都把叶子落掉,可是松柏反而更加精神抖擞,绿色更加浓烈,意思是想把其他树木之所失,自己一手弥补过来,非要显示出绿色的威力不行。再加上还有翠竹助威,人们置身其间,决不会感到冬天的萧索了。

这一条神奇的幽径,情况大抵如此。

在所有的这些神奇的东西中,给我印象最深、让我最留恋难忘的是一株古藤萝。藤萝是一种受人喜爱的植物。清代笔记中有不少关于北京藤萝的记述。在古庙中,在名园中,往往都有几棵寿达数百年的藤萝,许多神话故事也往往涉及藤萝。北大现住的燕园,是清代名园,有几棵古老的藤萝,自是意中事。我们最初从城里搬来的时候,还能看到几棵据说是明代传下来的藤萝。每到春天,紫色的花朵开得满棚满架,引得游人和蜜蜂猬集其间,成为春天一景。

但是,根据我个人的评价,在众多的藤萝中,最有特色的还是幽径的这一棵。它既无棚,也无架,而是让自己的枝条攀附在邻近的几棵大树的干和枝上,盘曲而上,大有直上青云之概。因此,从下面看,除了一段苍黑古劲像苍龙般的粗干外,根本看不出是一株藤萝。每到春天,我走在树下,眼前无藤萝,心中也无藤萝。然而一股幽香蓦地闯入鼻官,嗡嗡的蜜蜂声也袭入耳内,抬头一看,在一团团的绿叶中——根本分不清哪是藤萝叶,哪是其他树的叶子——隐约看到一朵朵紫红色的花,颇有万绿丛中一点红的意味。直到此时,我才清晰地意识到这一棵古藤的存在,顾而乐之了。

经过了史无前例的十年浩劫,不但人遭劫,花木也不能幸免。藤萝们和其他一些古丁香树等等,被异化为"修正主义",遭到了无情的诛伐。六院前的和红二三楼之间的那两棵著名的古藤,被坚决、彻底、干净、全部地消灭掉。是否也被踏上一千只脚,没有调查研究,不敢瞎说;永世不得翻身,则是铁一般的事实了。

茫茫燕园中,只剩下了幽径的这一棵藤萝了。它成了燕园中藤萝界的鲁殿灵光。每到春天,我在悲愤、惆怅之余,惟一的一下安慰就是幽径中这一棵古藤。每次走在它下面,闻到淡淡的幽香,听到嗡嗡的蜂声,顿觉这个世界还是值得留恋的,人生还不全是荆棘丛。其中情味,只有我一个人知道,不足为外人道也。

然而,我快乐得太早了。人生毕竟还是一个荆棘丛,决不是到处都盛开着玫瑰花。今年春天,我走过长着这棵古藤的地方,我的眼前一闪,吓了一大跳:古藤那一段原来凌空的虬干,忽然成了吊死鬼,下面被人砍断,只留上段悬在空中,在风中摇曳。再抬头向上看,藤萝初绽出来的一些淡紫的成串的花朵,还在绿叶丛中微笑。它们还没有来得及知道,自己赖以生存的树干已经被砍断了,脱离了地面,再没有水分供它们生存了。它们仿佛成了失掉了母亲的孤儿,不久就会微笑不下去,连痛哭也没有地方了。

我是一个没有出息的人。我的感情太多,总是供过于求,经常为一些小动物、小花草惹起万斛闲愁。真正的伟人们是决不会这样的。反过来说,如果他们像我这样的话,也决不能成为伟人。我还有点自知之明,我注定是一个渺小的人,也甘于如此,我甘于为一些小猫小狗小花小草流泪叹气。这一棵古藤的灭亡在我心灵中引起的痛苦,别人是无法理解的。

从此以后,我最爱的这一条幽径,我真有点怕走了。我不敢再看那一段悬在空中的古藤枯干,它真像吊死鬼一般,让我毛骨悚然。非走不行的时候,我就紧闭双眼,疾趋而过。心里数着数:一,二,三,四,一直数到十,我估摸已经走到了小桥的桥头上,吊死鬼不会看到了,我才睁开眼走向前去。此时,我简直是悲哀至极,哪里还有什么闲情逸致来欣赏幽径的情趣呢?

但是,这也不行。眼睛虽闭,但耳朵是关不住的。我隐隐约约听到古藤的哭泣声,细如蚊蝇,却依稀可辨。它在控诉无端被人杀害。它在这里已经呆了二三百年,同它所依附的大树一向和睦相处。它虽阅尽人间沧桑,却从无害人之意。每到春天,就以自己的花朵为人间增添美丽。焉知一旦毁于愚氓之手。它感到万分委屈,又投诉无门。它的灵魂死守在这里。每到月白风清之夜,它会走出来显圣的。在大白天,只能偷偷地哭泣。山头的群树、池中的荷花是对它深表同情的,然而又受到自然的约束,寸步难行,只能无言相对。在茫茫人世中,人们争名于朝,争利于市,哪里有闲心来关怀一棵古藤的生死呢?于是,它只有哭泣,哭泣,哭泣……

世界上像我这样没有出息的人,大概是不多的。古藤的哭泣声恐怕只有我一个能听到。在浩茫无际的大千世界上,在林林总总的植物中,燕园的这一棵古藤,实在渺小得不能再渺小了。你倘若问一个燕园中人,决不会有任何人注意到这一棵古藤的存在的,决不会有任何人关心它的死亡的,决不会有任何人为之伤心的。偏偏出了我这样一个人,偏偏让我住到这个地方,偏偏让我天天走这一条幽径,偏偏又发生了这样一个小小的悲剧;所有这一些偶然性都集中在一起,压到了我的身上。我自己的性格制造成的这一个十字架,只有我自己来背了。奈何,奈何!

但是,我愿意把这个十字架背下去,永远永远地背下去。

1992年9月13日

忘

记得曾在什么地方听过一个笑话:一个人善忘。一天,他到野外去出恭。任务完成后,却找不到自己的腰带了。出了一身汗,好歹找到了,大喜过望,说道:"今天运气真不错,平白无故地捡了一条腰带!"一转身,不小心,脚踩到了自己刚才拉出来的屎堆上。于是勃然大怒:"这是哪一条混账狗在这里拉了一泡屎?"

这本来是一个笑话,在我们现实生活中,未必会有的。但是,人一老,就容易忘事糊涂,却是经常见到的事。

我认识一位著名的画家,本来是并不糊涂的。但是,年过八旬以后,却慢慢地忘事糊涂起来。我们将近半个世纪以前就认识了,颇能谈得来,而且平常也还是有些接触的。然而,最近几年来,每次见面,他把我的尊姓大名完全忘了。从眼镜后面流出来的淳朴宽厚的目光,落到我的脸上,其中饱含着疑惑的神气。我连忙说:"我是季羡林,是北京大学的。"他点头称是。但是,过了没有五分钟,他又问我:"你是谁呀?"我敬谨回答如上。在每一次会面中,尽管时间不长,这样尴尬的局面总会出现几次。我心里想:老友确是老了!

有一年,我们邂逅在香港。一位有名的企业家设盛筵,宴嘉宾。香港著名的人物参加者为数颇多,比如饶宗颐、邵逸夫、杨振宁等先生都在其中。宽敞典雅、雍容华贵的宴会厅里,一时珠光宝气,璀璨生辉,可谓极一时之盛。至于菜肴之精美,服务之周到,自然更不在话下了。我同这一位画家老友都是主宾,被安排在主人座旁。但是正当觥筹交错、逸兴遄飞之际,他忽然站了起来,转身要走,他大概认为宴会已经结束,到了拜拜的时候了。众人愕然,他夫人深知内情,赶快起身,把他拦住,又拉回到座位上,避免了一场尴尬的局面。

前几年,中国敦煌吐鲁番学会在富丽堂皇的北京图书馆的大报告厅里举行年会。我这位画家老友是敦煌学界的元老之一,获得了普遍的尊敬。按照中国现行的礼节,必须请他上主席台并且讲话。但是,这却带来了困难。像许多老年人一样,他脑袋里刹车的部件似乎老化失灵。一说话,往往像开汽车一样,刹不住车,说个不停,没完没了。会议是有时间限制的,听众的忍耐也绝非无限。在这危难之际,我同他的夫人商议,由她写一个简短的发言稿,往他口袋里一塞,叮嘱他念完就算完事,不悖行礼如仪的常规。然而他一开口讲话,稿子之事早已忘入九霄云外。看样子是打算从盘古开天辟地讲。照这样下去,讲上几千年,也讲不到今天的会。到了听众都变成了化石的时候,他也许才讲到春秋战国! 我心里急如热锅上的蚂蚁,忽然想到:按既定方针办。我请他的夫人上台,从他的口袋掏出了讲稿,耳语了几句。他恍然大悟,点头称是,把讲稿念完,回到原来的座位。于是一场惊险才化险为夷,皆大欢喜。

我比这位老友小六七岁。有人赞我耳聪目明,实际上是耳欠聪,目欠明。如鱼饮水,冷暖自知,其中滋味,实不足为外人道也。但是,我脑袋里的刹车部件,虽然老化,尚可使用。再加上我有点自知之明,我的新座右铭是:老年之人,刹车失灵,戒之在说。一向奉行不违,还没有碰到下不了台的窘境。在潜意识中颇有点沾沾自喜了。

然而我的记忆机构也逐渐出现了问题。虽然还没有达到画家老友那样"神品"的水平,也已颇为可观。在这方面,我是独辟蹊径,创立了有季羡林特色的"忘"的学派。

我一向对自己的记忆力，特别是形象的记忆，是颇有一点自信的。四五十年前，甚至六七十年前的一个眼神，一个手势，至今记忆犹新，招之即来，显现在眼前、耳旁，如见其形，如闻其声，移到纸上，即成文章。可是，最近几年以来，古旧的记忆尚能保存。对眼前非常熟的人，见面时往往忘记了他的姓名。在第一瞥中，他的名字似乎就在嘴边、舌上。然而一转瞬间，不到十分之一秒，这个呼之欲出的姓名，就蓦地隐藏了起来，再也说不出了。说不出，也就算了，这无关宇宙大事，国家大事，甚至个人大事，完全可以置之不理的。而且脑袋里断了的保险丝，还会接上的。些许小事，何必介意？然而不行，它成了我的一块心病。我像着了魔似的，走路，看书，吃饭，睡觉，只要思路一转，立即想起此事。好像是，如果想不出来，自己就无法活下去，地球就停止了转动。我从字形上追忆，没有结果；我从发音上追忆，结果杳然。最怕半夜里醒来，本来睡得香香甜甜，如果没有干扰，保证一夜幸福。然而，像电光石火一闪，名字问题又浮现出来。古人常说的平旦之气，是非常美妙的，然而此时却美妙不起来了。我辗转反侧，瞪着眼一直瞪到天亮。其苦味实不足为外人道也。但是，不知道是哪一位神灵保佑，脑袋又像电光石火似的忽然一闪，他的姓名一下子出现了。古人形容快乐常说，"洞房花烛夜，金榜题名时，"差可同我此时的心情相比。

这样小小的悲喜剧，一出刚完，又会来第二出，有时候对于同一个人的姓名，竟会上演两出这样的戏。而且出现的频率还是越来越多。自己不得不承认，自己确实是老了。郑板桥说："难得糊涂。"对我来说，并不难得，我于无意中得之，岂不快哉！

然而忘事糊涂就一点好处都没有吗？

我认为，有的，而且很大。自己年纪越来越老，对于"忘"的评价却越来越高，高到了宗教信仰和哲学思辨的水平。苏东坡的词说："人有悲欢离合，月有阴晴圆缺，此事古难全。"他是把悲和欢,离和合并提。然而古人说:不如意事常八九。这是深有体会之言。悲总是多于欢,离总是多于合,几乎每个人都是这样。如果造物主——如果真有的话——不赋予人类以"忘"的本领——我宁愿称之为本领——,那么,我们人类在这么多的悲和离的重压下,能够活下去吗?我常常暗自胡思乱想:造物主这玩意儿(用《水浒》的词儿,应该说是"这话儿")真是非常有意思。他(她?它?)既严肃,又油滑,既慈悲,又残忍。老子说:"天地不仁,以万物为刍狗。"这话真说到了点子上。人生下来,既能得到一点乐趣,又必须忍受大量的痛苦,后者所占的比重要多得多。如果不能"忘",或者没有"忘"这个本能,那么痛苦就会时时刻刻都新鲜生动,时时刻刻像初产生时那样剧烈残酷地折磨着你。这是任何人都无法忍受下去的。然而,人能"忘",渐渐地从剧烈到淡漠,再淡漠,再淡漠,终于只剩下一点残痕;有人,特别是诗人,甚至爱抚这一点残痕,写出了动人心魄的诗篇,这样的例子,文学史上还少吗?

因此,我必然给赋予我们人类"忘"的本能的造化小儿大唱赞歌。试问:世界上哪一个圣人、贤人、哲人、诗人、阔人、猛人、这人、那人,能有这样的本领呢?

我还必须给"忘"大唱赞歌。试问:如果人人一点都不忘,我们的世界会成什么样子呢?

遗憾的是,我现在尽管在"忘"的方面已经建立了有季羡林特色的学派,可是自谓在这方面仍是钝根。真要想达到我那位画家朋友的水平,仍须努力。如果想达到我在上面说的那个笑话中人的境界,仍是可望而不可即。但是,我并不气馁,我并没有失掉信心,有朝一日,我总会达到的。勉之哉!勉之哉!

1993年7月6日

怀念乔木

乔木同志离开我们已经一年多了。我曾多次想提笔写点怀念的文字,但都因循未果。难道是因为自己对这一位青年时代的朋友感情不深、怀念不切吗?不,不,决不是的。正因为我怀念真感情深,我才迟迟不敢动笔,生怕亵渎了这一份怀念之情。到了今天,悲思已经逐步让位于怀念,正是非动笔不行的时候了。

我认识乔木是在清华大学。当时我不到二十岁,他小我一年,年纪更轻。我念外语系而他读历史系。我们究竟是怎样认识的,现在已经回忆不起来了。总之我们认识了。当时他正在从事反国民党的地下活动(后来他告诉我,他当时还不是党员)。他创办了一个工友子弟夜校,约我去上课。我确实也去上了课,就在那一座门外嵌着"清华学堂"的高大的楼房内。有一天夜里,他摸黑坐在我的床头上,劝我参加革命活动。我虽然痛恶国民党,但是我觉悟低,又怕担风险。所以,尽管他苦口婆心,反复劝说,我这一块顽石愣是不点头。我仿佛看到他的眼睛在黑暗中闪光。最后,听他叹了一口气,离开了我的房间。早晨,在盥洗室中我们的脸盆里,往往能发现革命的传单,是手抄油印的。我们心里都明白,这是从哪里来的。但是没有一个人向学校领导去报告。从此相安无事,一直到一两年后,乔木为了躲避国民党的迫害,逃往南方。

此后,我在清华毕业后教了一年书,同另一个乔木(乔冠华,后来号"南乔木",胡乔木号"北乔木")一起到了德国,一住就是十年。此时,乔木早已到了延安,开始他那众所周知的生涯。我们完全走了两条路,恍如云天相隔,"世事两茫茫"了。

等到我于一九四六年回国的时候,解放战争正在激烈进行。到了一九四九年,解放军终于开进了北平。就在这一年的春夏之交,我忽然接到一封从中南海寄出来的信。信开头就说:"你还记得当年在清华时的一个叫胡鼎新的同志吗?那就是我,今天的胡乔木。"我当然记得的,一缕怀旧之情蓦地萦上了我的心头。他在信中告诉我说,现在形势顿变,国家需要大量的研究东方问题、通东方语文的人才。他问我是否同意把南京东方语专、中央大学边政系一部分和边疆学院合并到北大来。我同意了。于是有一段时间,东语系是全北大最大的系。原来只有几个人的系,现在顿时熙熙攘攘,车马盈门,热闹非凡。

记得也就是在这之后不久,乔木到我住的翠花胡同来看我,一进门就说:"东语系马坚教授写的几篇文章:《穆罕默德的宝剑》、《回教徒为什么不吃猪肉?》等,毛先生很喜欢,请转告马教授。"他大概知道,我们不习惯于说"毛主席",所以用了"毛先生"这一个词儿。我当时就觉得很新鲜,所以至今不忘。

到了一九五一年,我国政府派出了建国后第一个大型的出国代表团:赴印缅文化代表团。乔木问我愿不愿参加,我当然非常愿意。我研究印度古代文化,却没有到过印度,这无疑是一件憾事。现在天上掉下来一个良机,可以弥补这个缺憾了。于是我畅游了印度和缅甸,留下了毕生难忘的印象,这当然要感谢乔木。

但是,我是一个上不得台盘的人,我很怕见官。两个乔木都是我的朋友,现在都当了大官。我本来就不喜欢拜访人,特别是官,不管是多熟的朋友,也不例外。解放初期,我曾请南乔木乔冠华给北大学生做过一次报告。记得送他出来的时候,路上遇到艾思奇。他们俩显然很熟识。艾说:"你也到北大来老王卖瓜了!"乔说:"只许你卖,就不许我卖吗?"彼此哈哈大笑。从此我就再没有同乔冠华打过交道,同北乔木也过从甚少。

说句老实话,我这两个朋友,南北二乔木都没有官架子。我最讨厌人摆官架子,然而偏偏有人爱摆。这是一种极端的低级趣味的表现。我的政策是:先礼后兵。不管你是多么大的官,初见面时,我总是彬彬有礼。如果你对我稍摆官谱,从此我就不再理你。见了面也不打招呼。知识分子一向是又臭又硬的,反正我决不想往上爬,我完全无求于你,你对我绝对无可奈何。官架子是抬轿子的人抬出来的。如果没有人抬轿子,架子何来?因此我憎恶抬轿子者胜于坐轿子者。如果有人说这是狂狷,我也只等秋风过耳边。

但是,乔木却决不属于这一类的官。他的官越做越大,地位越来越高,被誉为"党内的才子"、"大手笔",俨然执掌意识形态大权,名满天下。然而他并没有忘掉故人。特别是"文化大革命"以后,我们都有独自的经历。我们虽然没有当面谈过,但彼此心照不宣。他到我家来看过我,他的家我却是一次也没有去过。什么人送给他了上好的大米,他也要送给我一份。他到北戴河去休养,带回来了许多个儿极大的海螃蟹,也不忘记送我一筐。他并非百万富翁,这些可能都是他自己出钱买的。按照中国老规矩;来而不往,非礼也。投桃报李,我本来应该回报点东西的,可我什么吃的东西也没有送给乔木过。这是一种什么心理?我自己并不清楚。难道是中国旧知识分子,优秀的知识分子那种传统心理在作怪吗?

一九八六年冬天,北大的学生有一些爱国活动,有一点"不稳"。乔木大概有点着急。有一天他让我的儿子告诉我,他想找我谈一谈,了解一下真实的情况。但他不敢到北大来,怕学生们对他有什么行动,甚至包围他的汽车,问我愿不愿意到他那里去。我答应了。于是他把自己的车派来,接我和儿子、孙女到中南海他住的地方去。外面刚下过雪,天寒地冻。他住的房子极高极大,里面温暖如春。他全家人都出来作陪。他请他们和我的儿子、孙女到另外的屋子里去玩,只留我们两人,促膝而坐。开宗明义,他先声明:"今天我们是老友会面。你眼前不是政治局委员、书记处书记,而是六十年来的老朋友。"我当然完全理解他的意思,把我对青年学生的看法,竹筒倒豆子,和盘倒出,毫不隐讳。我们谈了一个上午,只是我一个人说话。我说的要旨其实非常简明:青年学生是爱国的。在上者和年长者惟一正确的态度是理解与爱护,诱导与教育。个别人过激的言行可以置之不理。最后,乔木说话了:他完全同意我的看法,说是要把我的意见带到政治局去。能得到乔木的同意,我心里非常痛快。他请我吃午饭。他们全家以夫人谷羽同志为首和我们祖孙三代围坐在一张非常大的圆桌旁。让我吃惊的是,他们吃得竟是这样菲薄,与一般人想象的什么山珍海味、燕窝、鱼翅,毫不沾边儿。乔木是一个什么样的官,也就一清二楚了。

有一次,乔木想约我同他一起到甘肃敦煌去参观。我委婉地回绝了。并不是我不高兴同他一起出去,我是很高兴的。但是,一想到下面对中央大员那种逢迎招待、曲尽恭谨之能事的情景,一想到那种高楼大厦、扈从如云的盛况,我那种上不得台盘的老毛病又发作了,我感到厌恶,感到腻味,感到不能忍受。眼不见为净,还是老老实实地呆在家里为好。

最近几年以来,乔木的怀旧之情好像愈加浓烈。他曾几次对我说:"老朋友见一面少一面了!"我真是有点惊讶。我比他长一岁,还没有这样的想法哩。但是,我似乎能了解他的心情。有一天,他来北大参加一个什么展览会。散会后,我特意陪他到燕南园去看清华老同学林庚。从那里打电话给吴组缃,电话总是没有人接。乔木告诉我,在清华时,他俩曾共同参加了一个地下革命组织,很想见组绷一面,竟不能如愿,言下极为怏怏。我心里想:这次不行,下次再见嘛。焉知下次竟没有出现。乔木同组绷终于没能见上一面,就离开了人间。这也可以说是抱恨终天吧。难道当时乔木已经有了什么预感吗?

他最后一次到我家来,是老伴谷羽同志陪他来的。我的儿子也来了。后来谷羽和我的儿子到楼外同秘书和司机去闲聊,屋里只剩下了我同乔木两人。我一下回忆起几年前在中南海的会面。同一会面,环境迥异。那一次是在极为高大宽敞、富丽堂皇的大厅里。这一次却是在低矮窄小、又脏又乱的书堆中。乔木仍然用他那缓慢低沉的声调说着话。我感谢他签名送给我的诗集和文集。他赞扬我在学术研究中取得的成就,用了几个比较夸张的词儿。我顿时感到惶恐,戚觫不安。我说:"你取得的成就比我大得多而又多呀!"对此,他没有多说什么话,只是轻微地叹了一口气,慢声细语地说:"那是另外一码事儿。"我不好再说什么了。谈话时间不短了,话好像是还没有说完。他终于起身告辞。我目送他的车转过小湖,才慢慢回家。我哪里会想到,这竟是乔木最后一次到我家里来呢?

大概是在前年,我忽然听说:乔木患了不治之症。我大吃一惊,仿佛当头挨了一棍。"斯人也,而有斯疾也。"难道天道真就是这个样子吗?我没有别的办法,只能寄希望于万一。这一次,我真想破例,主动到他家去看望他。但是,儿子告诉我,乔木无论如何也不让我去看他。我只好服从他的安排。要说心里不惦念他,那是根本不可能的。六十多年的老友,世上没有几个了。

时间也就这样过去,去年八九月间,他委托他的老伴告诉我的儿子,要我到医院里去看他。我十分了解他的心情:这是要同我最后诀别了。我怀着沉重的心情,同儿子到了他住的医院里。病房同中南海他的住房同样宽敞高大,但我的心情却无论如何也不能同那一次进中南海相比,我这一次是来同老友诀别的。

乔木仰面躺在病床上,嘴里吸着氧气。床旁还有一些点滴用的器械。他看到我来了,显得有点激动,抓住我的手,久久不松开。看来他知道,这是最后一次握老友的手了。但是,他神态是安详的,神志是清明的,一点没有痛苦的表情。他仍然同平常一样慢声慢气地说着话。他曾在《人物》杂志上读过我那《留德十年》的一些篇章,不知道为什么他现在又忽然想了起来,连声说:"写得好!写得好!"我此时此刻百感交集,我答应他全书出版后,一定送他一本。我明知道这只不过是空洞的谎言。这种空洞萦绕在我耳旁,使我自己都毛骨悚然。然而我不说这个又能说些什么呢?

这是我同乔木最后一次见面。过了不久,他就离开了人间。按照中国古代一些知识分子的做法,《留德十年》出版以后,我应当到他的坟上焚烧一本,算是送给他那在天之灵。然而,遵照乔木的遗嘱,他的骨灰都已撒到他革命的地方了,连一个骨灰盒都没有留下。他是"赤条条来去无牵挂"。然而,对我这后死者来说,却是极难排遣的。我面对这一本小书,泪眼模糊,魂断神销。

平心而论,乔木虽然表现上很严肃,不苟言笑,他实则是一个正直的人,一个正派的人,一个感情异常丰富的人,一个脱离了低级趣味的人。六十年的宦海风波,他不能无所感受,但是他对我半点也没有流露过。他大概知道,我根本不是此道中人,说了也是白说。在他生前,大陆和香港都有一些人把他封为"左王",另外一位同志同他并列,称为"左后"。我觉得,乔木是冤枉的。他哪里是那种有意害人的人呢?

我同乔木相交六十年。在他生前,对他我有意回避,绝少主动同他接近。这是我的生性使然,无法改变。他逝世后这一年多以来,不知道是为什么,我倒常常想到他。我像老牛反刍一样,回味我们六十年交往的过程,顿生知己之感。这是我以前从来没有感到过的。现在我越来越觉得,乔木是了解我的。有知己之感是件好事。然而它却加浓了我的怀念和悲哀。这就难说是好是坏了。

随着自己的年龄的增长，我现在越来越觉得，在人世间，后死者的处境是并不美妙的。年岁越大，先他而走的亲友越多，怀念与悲思在他心中的积淀也就越来越厚，厚到令人难以承担的程度。何况我又是一个感情常常超过需要的人，我心里这一份负担就显得更重。乔木的死，无疑又在我心灵中增加了一份极为沉重的负担。我有没有办法摆脱这一份负担呢？我自己说不出。我怅望窗外皑皑的白雪，我想得很远，很远。

1993 年 11 月 28 日凌晨

悼组缃

组缃毕竟还是离开我们走了,永远永远地走了。最近几年来,他曾几次进出医院。有时候十分危险。然而他都逢凶化吉,走出了医院。我又能在池塘边上看到一个戴儿童遮阳帽的老人,坐在木头椅子上,欣赏湖光树影。

他前不久又进了医院。我仍然做着同样的梦,希望他能再一次化险为夷,等到春暖花开时,再一次坐在木椅子上,为朗润园增添一景。然而,这一次我的希望落了空。组缃离开了我们走了,永远永远地走了。对我个人来说,我失掉了一个有六十多年友谊的老友。偌大一个风光旖旎的朗润园,杨柳如故,湖水如故,众多的贤俊依然灿如列星,为我国的文教事业增添光彩。然而却少了一个人,一个平凡又不平凡的老人。我感到空虚寂寞,名园有灵,也会感到空虚与寂寞的。

距今六十四年以前,在三十年代的第一年,我就认识了组缃,当时我们都在清华大学读书。岁数相差三岁,级别相差两级,又不是一个系,然而,不知怎么一来,我们竟认识了,而且成了好友。当时同我们在一起的还有林庚和李长之,可以说是清华园"四剑客"。大概我们都是所谓的"文学青年",都爱好舞笔弄墨,共同的爱好把我们聚拢在一起来了。我读的虽然是外国语文系,但曾旁听过朱自清先生和俞平伯先生的课。我们"四剑客"大概都偷听过当时名噪一时的女作家谢冰心先生的课和燕京大学教授郑振铎先生的课。结果被冰心先生板着面孔赶了出来,和郑振铎先生我们却交上了朋友。他同巴金和靳以共同创办了《文学季刊》,我们都成了编委或特约撰稿人,我们的名字堂而皇之地赫然印在杂志的封面上。郑先生这种没有一点教授架子,决不歧视小字辈的高风亮节,我曾在纪念他的文章中谈到。我们曾联袂到今天北京大学小东门里他的住处访问过他,对他那插架的宝书曾狠狠地羡慕过一阵。先生之风,山高水长,可惜长之和组缃已先后谢世,能够回忆的只剩下我同林庚两人了。

我们"四剑客"是常常会面的,有时候在荷花池旁,有时候在林荫道上,更多的时候是在某一个人的宿舍里。那时我们都很年轻,我的岁数最小,还不到二十岁,还是幻想特多,不知天高地厚,仿佛前面的路上全铺满了玫瑰色花的年龄。我们放言高论,无话不谈,"语不惊人死不休。"个个都吹自己的文章写得好,不是梦笔生花,就是神来之笔。林庚早晨初醒,看到风吹帐动,立即写了两句话:

　　破晓时天旁的水声
　　深林中老虎的眼睛

当天就念给我们听,眉飞色舞,极为得意。他的一篇诗稿上有一个"袭"字,看上去像是"聋"字。长之立即把这个"聋"字据为己有。原诗是"袭来了什么什么",现在成了"聋来了什么什么"。他认为,有此一个"聋"字而境界全出了。

我们会面的地方,留给我印象最深的还是工字厅。这是一座老式建筑,里面回廊曲径,花木蓊郁,后临荷塘,那一个有名的写着"水木清华"四个大字的匾,就挂在工字厅后面。这里房间很多,数也数不清。中间有一座大厅,按现在的标准来说,也不算太大。厅里旧木家具,在薄暗中有时闪出一点光芒。这是一个非常清静的地方,平常很少有人到这里来。对我们"四剑客"来说,这里却是侃大山(当时还没有这个词儿)的理想的地方。

1986年,指导研究生。

1980年,与夫人在寓所前和孙女(左一)、婶母(左二)合影。

我记得茅盾《子夜》出版的时候,我们四个人又凑到一起,来到这里,大侃《子夜》。意见大体上分为两派:否定与肯定。我属于前者,组缃属于后者。我觉得,茅盾的文章死板、机械,没有鲁迅那种灵气。组缃则说,《子夜》结构宏大,气象万千。这样的辩论向来不会有结果的。不过是每个人淋漓尽致地发表了意见以后,你好,我好,大家都好,又谈起别的问题来了。

组缃上中学时就结了婚。家境大概颇为富裕,上清华时,把家眷也带了来。现在听说中国留学生可以带夫人出国,名曰"伴读"。当时是没有这个说法的。然而组缃的所作所为不正是"伴读"吗?组缃真可谓"超前"了。有了家眷,就不能住在校内学生宿舍里。他在清华附近西柳村租了几间房子,全家住在那里。我曾同林庚和长之去看过他。除了夫人以外,还有一个三四岁的女孩,小名叫小鸠子,是非常聪慧可爱的孩子。去年下半年,我去看组缃,小鸠子正从四川赶回北京来陪伴父亲。她现在也已六十多岁,非复当日的小女孩子了,我叫了一声:"小鸠子!"组缃笑着说:"现在已经是老鸠子。"相对一笑,时间流逝得竟是如此迅速,我也不禁"惊呼热中肠"了。

清华毕业以后,我们"四剑客"天南海北,在茫茫的赤县神州,在更茫茫的番邦异域,各奔前程,为了餬口,为了养家,在花花世界中,摸爬滚打,历尽苦难,在心灵上留下了累累伤痕。我们各自怀着对对方的忆念,在寂寞中,在沉默中,等待着,等待着。一直等到五十年代初的院系调整,组缃和林庚又都来到北大,我们这"三剑客"在睽离二十年后又在燕园聚首了。此时我们都已成了中年人,家事、校事、国事,事事萦心。当年的少年锐气已经磨掉了不少,非复昔日之狂纵。燕园虽秀美,但独缺少一个工字厅,缺少一个"水木清华"。我们平常难得见一次面,见面大都是在校内外召开的花样繁多的会议上。一见面,大家哈哈一笑,个中滋味,不足为外人道也。

时光是超乎物外的,它根本不管人世间的悲欢离合,从无始至无终,始终是狂奔不息。一转瞬间,已经过去了四十年。其间风风雨雨,坎坎坷坷,中国的老知识分子无不有切肤之痛,大家心照不宣,用不着再说了。我同组缃在牛棚中做过"棚友",更别有一番滋味在心头。我们终于都离开了中年,转入老年,进而进入耄耋之年。不但青年的锐气消磨精光,中年的什么气也所余无几,只剩下了一团暮气了。幸好我们这清华园"三剑客"(长之早已离开了人间)并没有颓唐不振,仍然在各自的领域里辛勤耕耘,虽非"志在千里",却也还能"日暮行雨,春深著花",多少都有所建树,差堪自慰而已。

前几年,我同组缃的共同的清华老友胡乔木,曾几次对我说:"老朋友见一面少一面了!"我颇讶其伤感。前年他来北大参加一个什么会。会结束后,我陪他去看了林庚。他执意要看一看组缃,说他俩在清华时曾共同搞过地下革命活动。我于是从林庚家打电话给组缃,打了好久,没有人接。并非离家外出,想是高卧未起。不管怎样,组缃和乔木至终也没能再见上一面。乔木先离开了人间,现在组缃也走了。回想乔木说的那一句话,字字是真理,哪里是什么感伤!我却是乐观得有点可笑了。

我默默地接受了这个教训,赶在组缃去世之前,想亡羊补牢一番。去年我邀集了几个最老的朋友:组缃、恭三(邓广铭)、林庚、周一良等小聚了一次,大家都一致认为,老友们的兴致极高,难得浮生一夕乐。但在觥筹交错中,我不禁想到了两个人:一是长之,一是乔木,清华"剑客"于今飘零成广陵散矣。我本来想今年再聚一次,被邀请者范围再扩大一点,哪里想到,如果再相聚的话,又少了一个人:组缃。暮年老友见一面真也不容易呀!

不管我还能活上多少年,我现在走的反正是人生最后一段路程。最近若干年来,我以忧患余生,渐渐地成了陶渊明的信徒。他那形神相赠的诗,我深深服膺。我想努力做到"纵浪大化中,不喜亦不惧"。我想努力做到宋人词中所说的"悲欢离合总无情"。我觉得,自己的努力并没有白费。我对这花花世界确已看透,名缰利锁对我的控制已经微乎其微。然而一遇到伤心之事,我还不能"总无情",而是深深动情,组细之死就是一个例子。生而为人,孰能无情,一个"情"字不就是人之所异于禽兽者的那一点"几稀"吗?

有一件事却让我触目惊心。我舞笔弄墨六十多年于兹矣。前期和中期写的东西,不管内容如何,不管技巧如何,悼念的文章是极为稀见的。然而最近几年来,这类文章却逐渐多了起来。最初我没有理会。一旦理会到了,不禁心惊胆战。一个人到了老年,如果能活得长一点,当然不能说是坏事。但是,身旁的老友一个接一个地离开了自己,宛如郑板桥诗所说的"删繁就简三秋树",如果"简"到只剩下自己这一个老枝,岂不大可哀哉!一个常常要写悼念文章的人,距离别人为自己写悼念文章,大概也为期不远了。一想到这一点,即使自己真能"不喜亦不惧",难道就能无动于衷吗?

但是,眼前我并不消极,也不颓唐,我决不会自寻"安乐死"的。看样子我还能活上若干年的,我耳不聋,眼稍昏,抬腿就是十里八里。王济夫同志说我是"奇迹",他的话有点道理。我计划要做的事,其数量和繁重程度,连一些青年或中年人都会望而却步,借用冯友兰先生的话,我是"欲罢不能"。天生是辛劳的命,奈之何哉!看来悼念文章我还是要写下去的。我并没有老友臧克家要活到一百二十岁那样的雄心壮志。退而求其次,活到九十多,大概不成问题。我还有多少悼念文章要写呀,恐怕没有人敢说了。

1994年2月2日

《怀旧集》自序

《怀旧集》这个书名我曾经想用过,这就是现在已经出版了的《万泉集》。因为集中的文章怀念旧人者颇多。我记忆的丝缕又挂到了一些已经逝世的师友身上,感触极多。我因此想到了《昭明文选》中潘安仁的《怀旧赋》中的文句:"霄辗转而不寐,骤长叹以达晨;独郁结其谁语,聊缀思于斯文。"我把那一个集子定名为《怀旧集》。但是,原来应允出版的出版社提出了异议:"怀旧"这个词儿太沉闷,太不响亮,会影响书的销路,劝我改一改。我那时候出书还不能像现在这样到处开绿灯。我出书心切,连忙巴结出版社,立即遵命改名,由"怀旧"改为"万泉"。然而出版社并不赏脸,最终还是把稿子退回,一甩了之。

这一段公案应该说是并不怎样愉快。好在我的《万泉集》换了一个出版社出版了;社会反应还并不坏。我慢慢地就把这一件事忘记了。

最近,出我意料之外,北京大学出版社的老友张文定先生一天忽然对我说:"你最近写的几篇悼念或者怀念旧人的文章,情真意切,很能感动人,能否收集在一起,专门出一个集子?"他随便举了一个例子,就是悼念胡乔木同志的文章。他这个建议过去我没有敢想过,然而实获我心。我首先表示同意,立即又想到:《怀旧集》这个名字可以复活了,岂不大可喜哉!

怀旧是一种什么情绪,或感情,或心理状态呢?我还没有读到过古今中外任何学人给它下的定义。恐怕这个定义是非常难下的。根据我个人的想法,古往今来,天底下的万事万物,包括人和动植物,总在不停地变化着,总在前进着。既然前进,留在后面的人或物,或人生的一个阶段,就会变成旧的,怀念这样的人或物,或人生的一个阶段,就是怀旧。人类有一个缺点或优点,常常觉得过去的好,旧的好,古代好,觉得当时天比现在要明朗,太阳比现在要光辉,花草树木比现在要翠绿,总之,一切比现在都要好,于是就怀,就"发思古之幽情",这就是怀旧。

但是,根据每一个人的常识,也并不是一切旧人、旧物都值得怀。有的旧人,有的旧事,就并不值得去怀。有时一想到,简直就令人作呕,弃之不暇,哪里还能怀呢?也并不是每一次怀人或者怀事都能写成文章。感情过分的激动,过分悲哀,一想到,心里就会流血,到了此时,文章无论如何是写不出来的。这个道理并不难懂,每个人一想就会明白的。

同绝大多数的人一样,我是一个非常平常的人。人的七情六欲,我一应俱全。尽管我有不少的缺点,也做过一些错事;但是,我从来没有故意伤害别人;如有必要,我还伸出将伯之手。因此,不管我打算多么谦虚,我仍然把自己归入好人一类,我是一个"性情中人"。我对亲人,对朋友,怀有真挚的感情。这种感情看似平常,但实际上却非常不平常。我生平颇遇到一些人,对人毫无感情。我有时候难免有一些腹诽,甚至想用一个听起来非常刺耳的词儿来形容这种人:没有"人味"。按说,既然是个人,就应当有"人味"。然而,我积八十年之经验,深知情况并非如此。"人味",岂易言哉!岂易言哉!

怀旧就是有"人味"的一种表现,而有"人味"是有很高的报酬的:怀旧能净化人的灵魂。亲故老友逝去了,或者离开自己远了。但是,他们身上那一些优良的品质,离开自己越远,时间越久,越能闪出异样的光芒。它仿佛成为一面镜子,在照亮着自己,在砥砺着自己。怀这样的旧人,在惆怅中感到幸福,在苦涩中感到甜美。这不是很高的报酬吗？对逝去者的怀念，更能激发起我们"后死者"的责任感。先死者固然能让我们哀伤，后死者更值得同情，他们身上的心灵上的担子更沉重。死者已矣，他们不知不觉了。后死者却还活着，他们能知能觉。先死者的遗志要我们去实现，他们没有完成的工作要我们去做。即使有时候难免有点想懈怠一下，休息一下，但一想到先人的声音笑貌，立即会振奋起来。这样的怀旧，报酬难道还不够高吗？

古代希腊哲人说，悲剧能净化（katharsis）人们的灵魂。我看，怀旧也同样能净化人们的灵魂。这一种净化的形式，比悲剧更深刻，更深入灵魂。

这就是我的怀旧观。

我庆幸我能怀旧，我庆幸我的"人味"支持我怀旧，我庆幸我的《怀旧集》这个书名在含冤蒙尘十几年以后又得以重见天日，我乐而为之序。

1994 年 10 月 22 日

一个老知识分子的心声

按我出生的环境,我本应该终生成为一个贫农。但是造化小儿却偏偏要播弄我,把我播弄成了一个知识分子。从小知识分子把我播弄成一个中年知识分子;又从中年知识分子把我播弄成一个老知识分子。现在我已经到了望九之年,耳虽不太聪,目虽不太明,但毕竟还是"难得糊涂",仍然能写能读,焚膏继晷,兀兀穷年,仿佛有什么力量在背后鞭策着自己,欲罢不能。眼前有时闪出一个长队的影子,是北大教授按年龄顺序排成了的。我还没有站在最前面,前面还有将近二十来个人。这个长队缓慢地向前迈进,目的地是八宝山。时不时地有人"捷足先登",登的不是泰山,而就是这八宝山。我暗暗下定决心:决不抢先加塞,我要鱼贯而进。什么时候鱼贯到我面前,我就要含笑挥手,向人间说一声"拜拜"了。

干知识分子这个行当是并不轻松的。在过去七八十年中,我尝够了酸甜苦辣,经历够了喜怒哀乐。走过了阳关大道,也走过了独木小桥。有时候,光风霁月,有时候,阴霾蔽天。有时候,峰回路转,有时候,柳暗花明。金榜上也曾题过名,春风也曾得过意,说不高兴是假话。但是,一转瞬间,就交了华盖运,四处碰壁,五内如焚。原因何在呢?古人说:"人生识字忧患始。"这实在是见道之言。"识字",当然就是知识分子了。一戴上这顶帽子,"忧患"就开始向你奔来。是不是杜甫的诗:"儒冠多误身?""儒",当然就是知识分子了,一戴上儒冠就倒霉。我只举这两个小例子，就可以知道，中国古代的知识分子们早就对自己这一行腻味了。"诗必穷而后工，"连做诗都必须先"穷"。"穷"并不是一定指的是没有钱，主要指的也是倒霉。不倒霉就做不出好诗，没有切身经历和宏观观察，能说得出这样的话吗？司马迁《太史公自序》说："昔西伯拘羑里，演《周易》；孔子厄陈蔡，作《春秋》；屈原放逐，著《离骚》；左丘失明，厥有《国语》；孙子膑脚，而论兵法；不违迁蜀，世传《吕览》；韩非囚秦，《说难》、《孤愤》；《诗》三百篇，大抵圣贤发愤之所为作也。"司马迁算了一笔清楚的账。

世界各国应该都有知识分子。但是，根据我七八十年的观察与思考，我觉得，既然同为知识分子，必有其共同之处，有知识，承担延续各自国家的文化的重任，至少这两点必然是共同的。但是不同之处却是多而突出。别的国家先不谈，我先谈一谈中国历代的知识分子，中国有五六千年或者更长的文化史，也就有五六千年的知识分子。我的总印象是：中国知识分子是一种很奇怪的群体，是造化小儿加心加意创造出来的一种"稀有动物"。虽然十年浩劫中，他们被批为"一心只读圣贤书"的"修正主义"分子。这实际上是冤枉的。这样的人不能说没有，但是，主流却正相反。几千年的历史可以证明，中国知识分子最关心时事，最关心政治，最爱国。这最后一点，是由中国历史环境所造成的。在中国历史上，没有哪一天没有虎视眈眈伺机入侵的外敌。历史上许多赫然有名的皇帝，都曾受到外敌的欺侮。老百姓更不必说了。存在决定意识，反映到知识分子头脑中，就形成了根深蒂固的爱国心。"天下兴亡，匹夫有责，"不管这句话的原形是什么样子，反正它痛快淋漓地表达了中国知识分子的心声。在别的国家是没有这种情况的。

然而，中国知识分子也是极难对付的家伙。他们的感情特别细腻、锐敏、脆弱、隐晦。他们学富五车，胸罗万象。有的或有时自高自大，自以为"老子天下第一"；有的或有时却又患了弗洛伊德讲的那一种"自卑情结"(inferiority complex)。他们一方面吹嘘想"通古今之变,究天人之际",气魄贯长虹,浩气盈宇宙。有时却又为芝麻绿豆大的一点小事而长吁短叹,甚至轻生,"自绝于人民"。关键问题,依我看,就是中国特有的"国粹"——面子问题。"面子"这个词儿,外国文没法翻译,可见是中国独有的。俗话里许多话都与此有关,比如"丢脸"、"真不要脸"、"赏脸",如此等等。"脸"者,面子也。中国知识分子是中国国粹"面子"的主要卫道士。

尽管极难对付,然而中国历代统治者哪一个也不得不来对付。古代一个皇帝说:"马上得天下,不能马上治之!"真是一针见血。创业的皇帝决不会是知识分子,只有像刘邦、朱元璋等这样一字不识的,不顾身家性命,"厚"而且"黑"的,胆子最大的地痞流氓才能成为开国的"英主"。否则,都是磕头的把兄弟,为什么单单推他当头儿?可是,一旦创业成功,坐上金銮宝殿,这时候就用得着知识分子来帮他们治理国家。不用说国家大事,连定朝仪这样的小事,刘邦都不得不求助于知识分子叔孙通。朝仪一定,朝廷井然有序,共同起义的那一群铁哥儿们,个个服服帖帖,跪拜如仪,让刘邦"龙心大悦",真正尝到了当皇帝的滋味。

同面子表面上无关实则有关的另一个问题,是中国知识分子的处世问题,也就是隐居或出仕的问题。中国知识分子很多都标榜自己无意为官,而实则正相反。一个最有典型意义又众所周知的例子就是"大名垂宇宙"的诸葛亮。他高卧隆中,看来是在隐居,实则他最关心天下大事,他的"信息源"看来是非常多的。否则,在当时既无电话电报,甚至连写信都十分困难的情况下,他怎么能对天下大势了如指掌,因而写出了有名的《隆中对》呢?他经世之心昭然在人耳目,然而却偏偏让刘先主三顾茅庐然后才出山"鞠躬尽瘁"。这不是面子又是什么呢?

我还想进一步谈一谈中国知识分子的一个非常古怪、很难以理解又似乎很容易理解的特点。中国古代知识分子贫穷落魄的多。有诗为证:"文章憎命达。"文章写得好,命运就不亨通;命运亨通的人,文章就写不好。那些靠文章中状元、当宰相的人,毕竟是极少数。而且中国文学史上根本就没有哪一个伟大文学家中过状元。《儒林外史》是专写知识分子的小说。吴敬梓真把穷苦潦倒的知识分子写活了。没有中举前的周进和范进等的形象,真是入木三分,至今还栩栩如生。中国历史上一批穷困的知识分子,贫无立锥之地,决不会有面团团的富家翁相。中国诗文和老百姓嘴中有很多形容贫而瘦的穷人的话,什么"瘦骨嶙峋",什么"骨瘦如柴",又是什么"瘦得皮包骨头",等等,都与骨头有关。这一批人一无所有,最值钱的仅存的"财产"就是他们这一身瘦骨头。这是他们人生中最后的一点"赌注",轻易不能押上的,押上一输,他们也就"涅槃"了。然而他们却偏偏喜欢拼命,喜欢拼这一身瘦老骨头。他们称这个为"骨气"。同"面子"一样,"骨气"这个词儿也是无法译成外文的,是中国的国粹。要举实际例子的话,那就可以举出很多来。《三国演义》中的祢衡,就是这样一个人,结果被曹操假手黄祖给砍掉了脑袋瓜。近代有一个章太炎,胸佩大勋章,赤足站在新华门外大骂袁世凯,袁世凯不敢动他一根毫毛,只好钦赠美名"章疯子",聊以挽回自己的一点面子。

中国这些知识分子,脾气往往极大。他们又仗着"骨气"这个法宝,敢于直言不讳。一见不顺眼的事,就发为文章,呼天叫地,痛哭流涕,大呼什么"人心不古,世道日非",又是什么"黄钟毁弃,瓦釜雷鸣"。这种例子,俯拾即是。他们根本不给当政的最高统治者留一点面子,有时候甚至让他们下不了台。须知面子是古代最高统治者皇帝们的命根子,是他们的统治和尊严的最高保障。因此,我就产生了一个大胆的"理论":一部中国古代政治史至少其中一部分就是最高统治者皇帝和大小知识分子互相利用又互相斗争,互相对付和应付,又有大棒,又有胡萝卜,间或甚至有剥皮凌迟的历史。

在外国知识分子中,只有印度的同中国的有可比性。印度共有四大种姓,为首的是婆罗门。在印度古代,文化知识就掌握在他们手里,这个最高种姓实际上也是他们自封的。他们是地地道道的知识分子,在社会上受到普遍的尊敬。然而却有一件天大的怪事,实在出人意料。在社会上,特别是在印度古典戏剧中,少数婆罗门却受到极端的嘲弄和污蔑,被安排成剧中的丑角。在印度古典剧中,语言是有阶级性的。梵文只允许国王、帝师(当然都是婆罗门)和其他高级男士们说,妇女等低级人物只能说俗语。可是,每个剧中都必不可缺少的丑角也竟是婆罗门,他们插科打诨,出尽洋相,他们只准说俗语,不许说梵文。在其他方面也有很多嘲笑婆罗门的地方。这有点像中国古代嘲笑"腐儒"的做法。《儒林外史》中就不缺少嘲笑"腐儒"——也就是落魄的知识分子——的地方。鲁迅笔下的孔乙己也是这种人物。为什么中印同出现这个现象呢?这实在是一个有趣的研究课题。

我在上面写了我对中国历史上知识分子的看法。本文的主要目的就是写历史,连鉴往知今一类的想法我都没有。倘若有人要问:"现在怎样呢?"因为现在还没有变成历史,不在我写作范围之内,所以我不答复,如果有人愿意去推论,那是他们的事,与我无干。

最后我还想再郑重强调一下:中国知识分子有源远流长的爱国主义传统,是世界上哪一个国家也不能望其项背的。尽管眼下似乎有一点背离这个传统的倾向,例证就是苦心孤诣千方百计地想出国,有的甚至归化为"老外",永留不归。我自己对这个问题的看法是:这只能是暂时的现象,久则必变。就连留在外国的人,甚至归化了的人,他们依然是"身在曹营心在汉",依然要寻根,依然爱自己的祖国。何况出去又回来的人渐渐多了起来呢?我们对这种人千万不要"另眼相看",当然也大可不必"刮目相看"。只要我们国家的事情办好了,情况会大大地改变的。至于没有出国也不想出国的知识分子占绝对的多数。如果说他们对眼前的一切都很满意,那不是真话。但是爱国主义在他们心灵深处已经生了根,什么力量也拔不掉的。甚至泰山崩于前,迅雷震于顶,他们会依然热爱我们这伟大的祖国。这一点我完全可以保证。只举一个众所周知的例子,就足够了。如果不爱自己的祖国,巴老为什么以老迈龙钟之身,呕心沥血来写《随想录》呢?对广大的中国老、中、青知识分子来说,我想借用一句曾一度流行的,我似非懂又似懂得的话:爱国没商量。

  我生平优点不多,但自谓爱国不敢后人,即使把我烧成了灰,每一粒灰也还是爱国的。可是我对于当知识分子这个行当却真有点谈虎色变。我从来不相信什么轮回转生。现在,如果让我信一回的话,我就恭肃虔诚祷祝造化小儿,下一辈子无论如何也别再播弄我,千万别再把我弄成知识分子。

1995年7月18日

回忆陈寅恪先生

别人奇怪,我自己也奇怪:我写了这样多的回忆师友的文章,独独遗漏了陈寅恪先生。这究竟是为什么呢?对我来说,这是事出有因,查亦有据的。我一直到今天还经常读陈先生的文章,而且协助出版社出先生的全集。我当然会时时想到寅恪先生的。我是一个颇为喜欢舞笔弄墨的人,想写一篇回忆文章,自是意中事。但是,我对先生的回忆,我认为是异常珍贵的,超乎寻常的神圣的。我希望自己的文章不要玷污了这一点神圣性,故而迟迟不敢下笔。到了今天,北大出版社要出版我的《怀旧集》,已经到了非写不行的时候了。

要论我同寅恪先生的关系,应该从六十五年前的清华大学算起。我于一九三〇年考入国立清华大学,入西洋文学系(不知道从什么时候起改名为外国语文系)。西洋文学系有一套完整的教学计划,必修课规定得有条有理,完完整整。但是给选修课留下的时间却是很富裕的。除了选修课外,还可以旁听或者偷听。教师不以为忤,学生各得其乐。我曾旁听过朱自清、俞平伯、郑振铎等先生的课,都安然无恙,而且因此同郑振铎先生建立了终生的友谊。但也并不是一切都一帆风顺。我同一群学生去旁听冰心先生的课。她当时极年轻,而名满天下。我们是慕名而去的。冰心先生满脸庄严,不苟言笑,看到课堂上挤满了这样多学生,知道其中有"诈",于是威仪俨然地下了"逐客令":"凡非选修此课者,下一堂不许再来!"我们悚然而听,憬然而退,从此不敢再进她讲课的教室。四十多年以后,我同冰心重逢,她已经变成了一个慈祥和蔼的老人,由怒目金刚一变而为慈眉菩萨。我向她谈起她当年"逐客"的事情,她已经完全忘记,我们相视而笑,有会于心。

就在这个时候,我旁听了寅恪先生的"佛经翻译文学"。参考书用的是《六祖坛经》,我曾到城里一个大庙里去买过此书。寅恪师讲课,同他写文章一样,先把必要的材料写在黑板上,然后再根据材料进行解释、考证、分析、综合,对地名和人名更是特别注意。他的分析细入毫发,如剥蕉叶,愈剥愈细愈剥愈深,然而一本实事求是的精神,不武断,不夸大,不歪曲,不断章取义。他仿佛引导我们走在山阴道上,盘旋曲折,山重水复,柳暗花明,最终豁然开朗,把我们引上阳关大道。读他的文章,听他的课,简直是一种享受,无法比拟的享受。在中外众多学者中,能给我这种享受的,国外只有亨利希·吕德斯(Heinich Luidum),在国内只有陈师一人。他被海内外学人公推为考证大师,是完全应该的。这种学风,同后来滋害流毒的"以论代史"的学风,相差不可以道里计。然而,茫茫士林,难得解人,一些鼓其如簧之舌惑学人的所谓"学者",骄纵跋扈,不禁令人浩叹矣。寅恪师这种学风,影响了我的一生。后来到德国,读了吕德斯教授的书,并且受到了他的嫡传弟子瓦尔特施米特(Waldschmid)教授的教导和熏陶,可谓三生有幸,可惜自己的学殖瘠茫,又限于天赋,虽还不能论无所收获,然而犹如细流比沧海,空怀仰止之心,徒增效颦之恨。这只怪我自己,怪不得别人。

总之,我在清华四年,读完了西洋文学系所有的必修课程,得到了一个学士头衔。现在回想起来,说一句不客气的话:我从这些课程中收获不大。欧洲著名的作家,什么莎士比亚、歌德、塞万提斯、莫里哀、但丁等等的著作都读过,连现在忽然时髦起来的《尤利西斯》和《追忆似水年华》等等也都读过。然而大都是浮光掠影，并不深入。给我留下深远影响的课反而是一门旁听课和一门选修课。前者就是在上面谈到寅恪师的"佛经释文学"；后者是朱光潜先生的"文艺心理学"，也就是美学。关于后者，我在别的地方已经谈过，这里就不再赘述了。

在清华时，除了上课以外，同陈师的接触并不太多。我没到他家去过一次。有时候，在校内林荫道上，在熙往攘来的学生人流中，有时会见到陈师去上课。身着长袍，朴素无华，肘下夹着一个布包，里面装满了讲课时用的书籍和资料。不认识他的人，恐怕大都把他看成是琉璃厂某一个书店的到清华来送书的老板，决不会知道，他就是名扬海内外的大学者。他同当时清华留洋归来的大多数西装革履、发光鉴人的教授，迥乎不同。在这一方面，他也给我留下了毕生难忘的印象，令我受益无穷。

离开了水木清华，我同寅恪先生有一个长期的别离。我在济南教了一年国文，就到了德国哥廷根大学。到了这里，我才开始学习梵文、巴利文和吐火罗文。在我一生治学的道路上，这是一个极关重要的转折点。我从此告别了歌德和莎士比亚，同释迦牟尼和弥勒佛打起交道来。不用说，这个转变来自寅恪先生的影响。真是无巧不成书，我的德国老师瓦尔特施米特教授同寅恪先生在柏林大学是同学，同为吕德斯教授的学生。这样一来，我的中德两位老师同出一个老师的门下。有人说："名师出高徒。"我的老师和太老师们不可谓不"名"矣，可我这个徒却太不"高"了。忝列门墙，言之汗颜。但不管怎样说，这总算是一个中德学坛上的佳话吧。

我在哥廷根十年，正值二战，是我一生精神上最痛苦然而在学术上收获却是最丰富的十年。国家为外寇侵入，家人数年无消息，上有飞机轰炸，下无食品果腹。然而读书却无任何干扰。教授和学生多被征从军。偌大的两个研究所：印度学研究所和汉学研究所，都归我一个人掌管。插架数万册珍贵图书，任我翻阅。在汉学研究所深深的院落里,高大阴沉的书库中;在梵学研究所古老的研究室中,阒无一人。天上飞机的嗡嗡声与我腹中的饥肠辘辘声相应和。闭目则浮想联翩,神驰万里,看到我的国,看到我的家。张目则梵典在前,有许多疑难问题,需要我来发覆。我此时恍如遗世独立,苦欤?乐欤?我自己也回答不上来了。

经过了轰炸的炼狱,又经过了饥饿,到了一九四五年,在我来到哥廷根十年之后,我终于盼来了光明,东西法西斯垮台了。美国兵先攻占哥廷根,后来英国人来接管。此时,我得知寅恪先生在英国医目疾。我连忙写了一封长信,向他汇报我十年来学习的情况,并将自己在哥廷根科学院院刊及其他刊物上发表的一些论文寄呈。出乎我意料的迅速,我得了先生的复信,也是一封长信,告诉我他的近况,并说不久将回国。信中最重要的事情是说,他想向北大校长胡适,代校长傅斯年,文学院长汤用彤几位先生介绍我到北大任教。我真是喜出望外,谁听到能到最高学府来任教而会不引以为荣呢?我于是立即回信,表示同意和感谢。

这一年的深秋,我终于告别了住了整整十年的哥廷根,怀着"客树回看成故乡"的心情,一步三回首地到了瑞士。在这个山明水秀的世界公园里住了几个月,一九四六年春天,经过法国和越南的西贡(今胡志明市),又经过香港,回到了上海。在克家的榻榻米上住了一段时间。从上海到了南京,又睡到了长之的办公桌上。这时候,寅恪先生也已从英国回到南京。我曾谒见先生于俞大维官邸中。谈了谈阔别十多年以来的详细情况,先生十分高兴,叮嘱我到鸡鸣寺下中央研究院去拜见北大代校长傅斯年先生,特别嘱咐我带上我用德文写的论文,可见先生对我爱护之深以及用心之细。

这一年深秋,我从南京回到上海,乘轮船到了秦皇岛,又从

1991年，季羡林先生与夫人彭德华女士在庆贺自己80寿辰和结婚60周年宴会上。

季羡林夫妇与婶母，儿女，孙女合影。

秦皇岛乘火车回到了阔别十二年的北京(当时叫北平)。由于战争关系,津浦路早已不通,回北京只能走海路,从那里到北京的铁路由美国少爷兵把守,所以还能通车。到了北京以后,一片"落叶满长安"的悲凉气象。我先在沙滩红楼暂住,随即拜见了汤用彤先生。按北大当时的规定,从海外得到了博士学位回国的人,只能任副教授,在清华叫做专任讲师,经过几年的时间,才能转向正教授。我当然不能例外,而且心悦诚服,没有半点非分之想。然而过了大约一周的光景,汤先生告诉我,我已被聘为正教授,兼东方语言文学系的系主任。这真是石破天惊,大大地出我意料。我这个当一周副教授的纪录,大概也可以进入吉尼斯世界纪录了吧。说自己不高兴,那是谎言,那是矫情。由此也可以看出老一辈学者对后辈的提携和爱护。

不记得是在什么时候,寅恪师也来到北京,仍然住在清华园。我立即到清华园去拜见。当时从北京城到清华是要费一些周折的,宛如一次短途旅行。沿途几十里路全是农田。秋天青纱帐起,还真有绿林人士拦路抢劫的。现在的年轻人很难想象了。但是,有寅恪先生在,我决不会惮于这样的旅行。在三年之内,我颇到清华园去过多次。我知道先生年老体弱,最喜欢当年住北京的天主教外国神甫亲手酿造的栅栏红葡萄酒。我曾到今天市委党校所在地当年神甫们的静修院的地下室中去买过几次栅栏红葡萄酒,又长途跋涉送到清华园,送到先生手中,心里颇觉安慰。几瓶酒在现在不算什么,但是在当时通货膨胀已经达到了钞票上每天加一个零还跟不上物价飞速提高的速度的情况下,几瓶酒已经非同小可了。

有一年的春天,中山公园的藤萝开满了紫色的花朵,累累垂垂,紫气弥漫,招来了众多的游人和蜜蜂。我们一群弟子们,记得有周一良、王永兴、汪篯等,知道先生爱花。现在虽患目疾,亦近失明;但据先生自己说,有些东西还能影影绰绰看到一团影子。大片藤萝花的紫光,先生或还能看到。而且在那种兵荒马乱、物价飞涨、人命危浅、朝不虑夕的情况下,我们想请先生散一散心,征询先生的意见,他怡然应允。我们真是大喜过望,在来今雨轩藤萝深处,找到一个茶桌,侍先生观赏紫藤。先生显然兴致极高。我们谈笑风生,尽欢而散。我想,这也许是先生在那样的年头里最愉快的时刻。

还有一件事,也给我留下了毕生难忘的回忆。在解放前夕,政府经济实已完全崩溃。从法币改为银元券,又从银元券改为金圆券,越改越乱,到了后来,到粮店买几斤粮食,携带的这币那券的重量有时要超过粮食本身。学术界的泰斗、德高望重、被著名的史学家郑天挺先生称之为"教授的教授"的陈寅恪先生也不能例外。到了冬天,他连买煤取暖的钱都没有,我把这情况告诉了已经回国的北大校长胡适之先生。胡先生最尊重最爱护确有成就的知识分子。当年他介绍王静庵先生到清华国学研究院去任教,一时传为佳话。寅恪先生在《王观堂先生挽词》中有几句诗:"鲁连黄鹞绩溪胡,独为神州惜大儒。学院遂闻传绝业,园林差喜适幽居。"讲的就是这一件事。现在却轮到适之先生再一次"独为神州惜大儒"了,而这个"大儒"不是别人,竟是寅恪先生本人。适之先生想赠寅恪先生一笔数目颇大的美元。但是,寅恪先生却拒不接受。最后寅恪先生决定用卖掉藏书的办法来取得适之先生的美元。于是适之先生就派他自己的汽车——顺便说一句,当时北京汽车极为罕见,北大只有校长的一辆——让我到清华陈先生家装了一车西文关于佛教和中亚古代语言的极为珍贵的书。陈先生只有收二千美元。这个数目在当时虽不算少,然而同书比起来,还是微不足道的。在这一批书中,仅一部《圣彼得堡梵德大词典》市价就远远超过这个数目了。这一批书实际上带有捐赠的性质。而寅恪师对于金钱的一文不取的狷介性格,由此也可见一斑了。

在这三年内,我同寅恪师往来颇频繁。我写了一篇论文:《浮屠与佛》,首先读给他听,想听听他的批评意见。不意竟得到他的赞赏。他把此文介绍给《中央研究院史语所集刊》发表。这个刊物在当时是最具权威性的刊物,简直有点"一登龙门,身价十倍"的威风。我自然感到受宠若惊。差幸我的结论并没有瞎说八道,几十年以后,我又写了一篇《再谈浮屠与佛》,用大量的新材料,重申前说,颇得到学界同行们的赞许。

在我同先生来往的几年中,我们当然会谈到很多话题。谈治学时最多,政治也并非不谈但极少。寅恪先生决不是一个"闭门只读圣贤书"的书呆子。他继承了中国"士"的优良传统:天下兴亡,匹夫有责。从他的著作中也可以看出,他非常关心政治。他研究隋唐史,表面上似乎是满篇考证,骨子里谈的都是成败兴衰的政治问题,可惜难得解人。我们谈到当代学术,他当然会对每一个学者都有自己的看法。但是,除了对一位明史专家外,他没有对任何人说过贬低的话。对青年学人,只谈优点,一片爱护青年学者的热忱,真令人肃然起敬。就连那一位由于误会而对他专门攻击,甚至说些难听的话的学者,陈师也从来没有说过半句褒贬的话。先生的盛德由此可见。鲁迅先生从来不攻击年轻人,差堪媲美。

时光如电,人事沧桑,转眼就到了一九四八年年底。解放军把北平城团团包围住。胡适校长从南京派来了专机,想接几个教授到南京去,有一个名单。名单上有名的人,大多数都没有走,陈寅恪先生走了。这又成了某一些人探讨研究的题目:陈先生是否对共产党有看法?他是否对国民党留恋?根据后来出版的浦江清先生的日记,寅恪先生并不反对共产主义,他反对的仅是苏联牌的共产主义。在当时,这也许是一个怪想法,甚至是一个大逆不道的想法。然而到了今天,真相已大白于天下,难道不应该对先生的睿智表示敬佩吗?至于他对国民党的态度,最明显地表现在他对蒋介石的态度上。一九四〇年,他在《庚辰暮春重庆夜宴归作》这一首诗中写道:"食蛤那知天下事,看花愁近最高楼。"吴宓先生对此诗作注说:"寅恪赴渝,出席中央研究院会议,寓俞大维妹丈宅。已而蒋公宴请中央研究院到会诸先生。寅恪于座中初次见蒋公,深觉其人不足为,有负厥职,故有此诗第六句。"按即"看花愁近最高楼"这一句。寅恪师对蒋介石,也可以说是对国民党的态度表达得不能再清楚明白了。然而,几年前,一位台湾学者偏偏寻章摘句,说寅恪先生早有意到台湾去。这真是天下一大怪事。

　　到了南京以后,寅恪先生又辗转到了广州,从此就留在那里没有动。他在台湾有很多亲友,动员他去台湾者,恐怕大有人在,然而他却岿然不为所动。其中详细情况,我不得而知。我们国家许多领导人,包括周恩来、陈毅、陶铸、郭沫若等等,对陈师礼敬备至。他同陶铸和老革命家兼学者的杜国庠,成了私交极深的朋友。在他晚年的诗中,不能说没有欢快之情,然而更多的却是抑郁之感。现在回想起来,他这种抑郁之感能说没有根据吗?能说不是查实有据吗?我们这一批老知识分子,到了今天,都已成了过来人。如果不昧良心说句真话,同陈师比较起来,只能说我们愚钝,我们麻木,此外还有什么话好说呢?

　　一九五一年,我奉命随中国文化代表团,访问印度和缅甸。在广州停留了相当长的时间,准备将所有的重要发言稿都译为英文,我当然不会放过这个机会的,我到岭南大学寅恪先生家中去拜谒。相见极欢,陈师母也殷勤招待。陈师此时目疾虽日益严重,仍能看到眼前的白色的东西。有关领导,据说就是陈毅和陶铸,命人在先生楼前草地上铺成了一条白色的路,路旁全是绿草,碧绿与雪白相映照,供先生散步之用。从这一件小事中,也可以看到我们国家对陈师尊敬之真诚了。陈师是极富于感情的人,他对此能无所感吗?

然而,世事如白云苍狗,变幻莫测。解放后不久,正当众多的老知识分子兴高采烈、激情未熄的时候,华盖运便临到头上。运动一个接着一个,针对的全是知识分子。批完了《武训传》,批俞平伯,批完了俞平伯,批胡适,一路批,批,批,斗,斗,斗,最后批到了陈寅恪头上。此时极大规模的、遍及全国的反右斗争还没有开始。老年反思,我在政治上是个蠢才。对这一系列的批和斗,我是心悦诚服的,一点没有感到其中有什么问题。我虽然没有明确地意识到,在我灵魂深处,我真认为中国老知识分子就是"原罪"的化身,批是天经地义的。但是,一旦批到了陈寅恪先生头上,我心里却感到不是味。虽然经人再三动员,我却始终没有参加到这一场闹剧式的大合唱中去。我不愿意厚着面皮,充当事后的诸葛亮,我当时的认识也是十分模糊的;但是,我毕竟没有行动。现在时过境迁,在四十年之后,想到我没有出卖我的良心,差堪自慰,能够对得起老师在天之灵了。

可是,从那以后,直到老师于一九六九年在空前浩劫中被折磨得离开了人世,将近二十年中,我没能再见到他。现在我的年龄已经超过了他在世的年龄五年,算是寿登耄耋了。现在我时常翻读先生的诗文。每读一次,都觉得有新的收获。我明确意识到,我还未能登他的堂奥。哲人其萎,空余著述。我却是进取有心,请益无人,因此更增加了对他的怀念。我们虽非亲属,我却时有风木之悲。这恐怕也是非常自然的吧。

我已经到了望九之年,虽然看样子离开为自己的生命画句号的时候还会有一段距离,现在还不能就做总结;但是,自己毕竟已经到了日薄西山、人命危浅之际,不想到这一点也是不可能的。我身历几个朝代,忍受过千辛万苦。现在只觉得身后的路漫长无边,眼前的路却是越来越短,已经是很有限了。我并没有倚老卖老,苟且偷安;然而我却明确地意识到,我成了一个"悲剧"人物。我的悲剧不在于我不想"不用扬鞭自奋蹄",不想"老骥伏枥,志在千里",而是在"老骥伏枥,志在万里"。自己现在承担的或者被迫承担的工作,头绪繁多,五花八门,纷纭复杂,有时还矛盾重重,早已远远超过了自己的负荷量,超过了自己的年龄。这里面,有外在原因,但主要是内在原因。清夜扪心自问:自己患了老来疯了吗?你眼前还有一百年的寿命吗?可是,一到了白天,一接触实际,件件事情都想推掉,但是件件事情都推不掉,真仿佛京剧中的一句话:"马行在夹道内,难以回马。"此中滋味,只有自己一人能了解,实不足为外人道也。

在这样的情况下,我有时会情不自禁地回想自己的一生。自己究竟应该怎样来评价自己的一生呢?我虽遭逢过大大小小的灾难,像十年浩劫那样中国人民空前的愚蠢到野蛮到令人无法理解的灾难,我也不幸——也可以说是有"幸"身逢其盛,几乎把一条老命搭上;然而我仍然觉得自己是幸运的,自己赶上了许多意外的机遇。我只举一个小例子。自从盘古开天地,不知从哪里吹来了一股神风,吹出了知识分子这个特殊的族类。知识分子有很多特点。在经济和物质方面是一个"穷"字,自古已然,于今为烈。在精神方面,是考试多如牛毛。在这里也是自古已然,于今为烈。例子俯拾即是,不必多论。我自己考了一辈子,自小学、中学、大学,一直到留学,月有月考,季有季考,还有什么全国通考,考得一塌糊涂。可是我自己在上百场园内外的考试中,从来没有名落孙山。你能说这不是机遇好吗?

但是,俗话说:"一个篱笆三个桩,一个好汉三个帮。"如果没有人帮助,一个人会是一事无成的。在这方面,我也遇到了极幸运的机遇。生平帮过我的人无虑数百。要我举出人名的话,我首先要举出的,在国外有两个人,一个是我的博士论文导师瓦尔特施米特教授,另一个是教吐火罗语的老师西克教授。在国内的有四个人:一个是冯友兰先生,如果没有他同德国签订德国清华交换研究生的话,我根本到不了德国。一个是胡适之先生,一个是汤用彤先生,如果没有他们的提携的话,我根本来不到北大。最后但不是最少,是陈寅恪先生。如果没有他的影响的话,我不会走上现在走的这一条治学的道路,也同样是来不了北大。至于他为什么不把我介绍给我的母校清华,而介绍给北大,我从来没有问过他,至今恐怕永远也是一个谜,我们不去谈它了。

我不是一个忘恩负义的人。我一向认为,感恩图报是做人的根本准则之一。但是,我对他们四位,以及许许多多帮助过我的师友怎样"报"呢?专就寅恪师而论,我只有努力学习他的著作,努力宣扬他的学术成就,努力帮助出版社把他的全集出全,出好。我深深地感激广州中山大学的校领导和历史系的领导,他们再三举办寅恪先生学术研讨会,包括国外学者在内,群贤毕至。中大还特别创办了陈寅恪纪念馆。所有这一切,我这个寅恪师的弟子都看在眼中,感在心中,感到很大的慰藉。国内外研究陈寅恪先生的学者日益增多,先生的道德文章必将日益发扬光大,这是毫无问题的。这是我在垂暮之年所能得到的最大的愉快。

然而,我仍然有我个人的思想问题和感情问题。我现在是"后已见来者",然而却是"前不见古人",再也不会见到寅恪先生了。我心中感到无限的空漠,这个空漠是无论如何也填充不起来了。掷笔长叹,不禁老泪纵横矣。

1995 年 12 月 1 日

清塘荷韵

楼前有清塘数亩。记得三十多年前初搬来时,池塘里好像是有荷花的,我的记忆里还残留着一些绿叶红花的碎影。后来时移事迁,岁月流逝,池塘里却变得"半亩方塘一鉴开,天光云影共徘徊",再也不见什么荷花了。

我脑袋里保留的旧的思想意识颇多,每一次望到空荡荡的池塘,总觉得好像缺点什么。这不符合我的审美观念。有池塘就应当有点绿的东西,哪怕是芦苇呢,也比什么都没有强。最好的最理想的当然是荷花。中国旧的诗文中,描写荷花的简直是太多太多了。周敦颐的《爱莲说》读书人不知道的恐怕是绝无仅有的。他那一句有名的"香远益清"是脍炙人口的。几乎可以说,中国没有人不爱荷花的。可我们楼前池塘中独独缺少荷花。每次看到或想到,总觉得是一块心病。

有人从湖北来,带来了洪湖的几颗莲子,外壳呈黑色,极硬。据说,如果埋在淤泥中,能够千年不烂。因此,我用铁锤在莲子上砸开了一条缝,让莲芽能够破壳而出,不至永远埋在泥中。这都是一些主观的愿望,莲芽能不能够出,都是极大的未知数。反正我总算是尽了人事,把五六颗敲破的莲子投入池塘中,下面就是听天命了。

这样一来,我每天就多了一件工作:到池塘边上去看上几次。心里总是希望,忽然有一天,"小荷才露尖尖角",有翠绿的莲叶长出水面。可是,事与愿违,投下去的第一年,一直到秋凉落叶,水面上也没有出现什么东西。经过了寂寞的冬天,到了第二年,春水盈塘,绿柳垂丝,一片旖旎的风光。可是,我翘盼的水面上却仍然没有露出什么荷叶。此时我已经完全灰了心,以为那几棵湖北带来的硬壳莲子,由于人力无法解释的原因,大概不会再有长出荷花的希望了。我的目光无法把荷叶从淤泥中吸出。

但是,到了第三年,却忽然出了奇迹。有一天,我忽然发现,在我投莲子的地方长出了几个圆圆的绿叶,虽然颜色极惹人喜爱,但是却细弱单薄,可怜兮兮地平卧在水面上,像水浮莲的叶子一样。而且最初只长出了五六个叶片。我总嫌这有点太少,总希望多长出几片来。于是,我盼星星,盼月亮,天天到池塘边上去观望。有校外的农民来捞水草,我总请求他们手下留情,不要碰断叶片。但是经过了漫漫的长夏,凄清的秋天又降临人间,池塘里浮动的仍然只是孤零零的那五六个叶片。对我来说,这又是一个虽微有希望但究竟仍是一个令人灰心的一年。

真正的奇迹出现在第四年上。严冬一过,池塘里又溢满了春水。到了一般荷花长叶的时候,在去年漂浮着五六个叶片的地方,一夜之间,突然长出了一大片绿叶,而且看来荷花在严冬的冰下并没有停止行动,因为在离开原有的五六个叶片的那块基地比较远的池塘中心,也长出了叶片。叶片扩张的速度,扩张范围的扩大,都是惊人地快。几天之内,池塘内不小一部分,已经全为绿叶所覆盖。而且原来平卧在水面上的像是水浮莲一样的叶片,不知道是从哪里聚集来了力量,有一些竟然跃出了水面,长成了亭亭的荷叶。原来我心中还迟迟疑疑,怕池中长的是水浮莲,而不是真正的荷花。这样一来,我心中的疑云一扫而光:池塘中生长的真正是洪湖莲花的子孙了。我心中狂喜,这几年总算是没有白等。

天地萌生万物,对包括人在内的动植物等有生命的东西,总是赋予一种极其惊人的求生存的力量和极其惊人的扩展蔓延的力量,这种力量大到无法抗御。只要你肯费力来观摩一下,就必然会承认这一点。现在摆在我面前的就是我楼前池塘里的荷花。自从几个勇敢的叶片跃出水面以后,许多叶片接踵而至。一夜之间,就出来了几十枝,而且迅速地扩散、蔓延。不到十几天的工夫,荷叶已经蔓延得遮蔽了半个池塘。从我撒种的地方出发,向东西南北四面扩展。我无法知道,荷花是怎样在深水中淤泥里走动。反正从露出水面的荷叶来看,每天至少要走半尺的距离,才能形成眼前这个局面。

　　光长荷叶,当然是不能满足的。荷花接踵而至,而且据了解荷花的行家说,我门前池塘里的荷花,同燕园其他池塘里的都不一样。其他地方的荷花,颜色浅红;而我这里的荷花,不但红色浓,而且花瓣多,每一朵花能开出十六个复瓣,看上去当然就与众不同了。这些红艳耀目的荷花,高高地凌驾于莲叶之上,迎风弄姿,似乎在睥睨一切。幼时读旧诗:"毕竟西湖六月中,风光不与四时同。接天莲叶无穷碧,映日荷花别样红。"爱其诗句之美,深恨没有能亲自到杭州西湖去欣赏一番。现在我门前池塘中呈现的就是那一派西湖景象。是我把西湖从杭州搬到燕园里来了,岂不大快人意也哉!前几年才搬到朗润园来的周一良先生赐名为"季荷"。我觉得很有趣,又非常感激。难道我这个人将以荷而传吗?

　　前年和去年,每当夏月塘荷盛开时,我每天至少有几次徘徊在塘边,坐在石头上,静静地吸吮荷花和荷叶的清香。"蝉噪林逾静,鸟鸣山更幽。"我确实觉得四周静得很。我在一片寂静中,默默地坐在那里,水面上看到的是荷花绿肥、红肥。倒影映入水中,风乍起,一片莲瓣堕入水中,它从上面向下落,水中的倒影却是从下边向上落,最后一接触到水面,二者合为一,像小船似的漂在那里。我曾在某一本诗话上读到两句诗:"池花对影落,沙

睁一只眼　闭一只眼

我活了八十多岁,到现在才真正第一次真切地感觉到:我有两只眼睛。

在过去八十多年中,两只眼睛合作得像一只眼睛一样,只有和谐,没有矛盾;只有合作,没有冲突。它俩陪我走过了世界上三十个国家,看到过撒哈拉大沙漠,看到过塔克拉玛干大沙漠;看到过尼罗河、幼发拉底河、湄公河,看到过长江、黄河;看到过黄山的云海,看到过泰山的五大夫松;看到过春花,看到过秋月;看到过朝霞,看到过夕照;看到过朋友,看到过敌人;看遍了大千世界的众生相,并且探幽烛微,深窥某一些人的心灵深处。总之,是它们俩帮助我了解了世界,了解了人情。否则我只能是盲人一个,浑浑噩噩,糊涂一生。

然而,我却从未意识到它们竟是两个。

最近,由于白内障,右眼动了手术,而左眼没有动。结果大出我意料:右眼的视力达到了0.6,能看清我多年认为是黑色的毛衣原来是深蓝色的,我非常惊喜。可是,如果闭上右眼,睁开左眼,我的毛衣仍然是黑色的。这又令我极为扫兴。我的两只合作了八十年多的眼睛,现在忽然闹起矛盾来:它们原来是两个。

这给我带来了极大的困难。

搞我们这一行爬格子的人,看书写字都离不开眼睛。现在两只眼忽然不合作起来,看稿纸,一边是白而亮的;另一边却是鸟带声飞。"作者深惜这二句对仗不工。这也难怪,像"池花对影落"这样的境界究竟有几个人能参悟透呢?

晚上,我们一家人也常常坐在塘边石头上纳凉。有一夜,天空中的月亮又明又亮,把一片银光洒在荷花上。我忽听扑通一声,是我的小白波斯猫毛毛扑入水中,它大概是认为水中有白玉盘,想扑上去抓住。它一入水,大概就觉得不对头,连忙矫捷地回到岸上,把月亮的倒影打得支离破碎,好久才恢复了原形。

今年夏天,天气异常闷热,而荷花则开得特欢。绿盖擎天,红花映日,把一个不算小的池塘塞得满而又满,几乎连水面都看不到了。一个喜爱荷花的邻居,天天兴致勃勃地数荷花的朵数。今天告诉我,有四五百朵;明天又告诉我,有六七百朵。但是,我虽然知道他为人细致,却不相信他真能数出确实的朵数。在荷花底下,石头缝里,旮旮旯旯,不知还隐藏着多少菁葵儿,都是在岸边难以看到的。粗略估计,今年大概开了将近一千朵。真可以算是洋洋大观了。

连日来,天气突然变寒,好像是一下子从夏天转入秋天。池塘里的荷叶虽然仍然是绿油一片,但是看来变成残荷之日也不会太远了。再过一两个月,池水一结冰,连残荷也将消逝得无影无踪。那时荷花大概会在冰下冬眠,做着春天的梦。它们的梦一定能够圆的。"既然冬天到了,春天还会远吗?"

我为我的"季荷"祝福。

1997年9月16日
中秋节

阴暗昏黄的，你让我怎样下笔？一不小心，偏听偏信了某一只眼睛，字就会写得出了格子，不成字形。

中国老百姓有一句俗话："睁一只眼，闭一只眼。"意思是看到了非法之事或非法之人，你就睁一只眼，闭一只眼，装做没有看见。这是和稀泥，息事宁人的歪门邪道，不属于中国老百姓崇高的伦理标准。然而奉行此话者却大有人在。我并不赞成，但有时却也想仿效。我是赞成"路见不平，拔刀相助"的。根据眼前的社会风气，我看还是不拔刀为好。有时候你拔刀相助那个人本身一看风头不对，会对你反咬一口的。

如果我现在想运用"睁一只眼，闭一只眼"这个法宝，却凭空增加了困难。我究竟应该闭哪一只眼又睁哪一只眼呢？闭左眼，没有用；因为即使睁开也是白睁，眼前一片昏暗，什么也看不见。如果睁开右眼，则眼前光明辉耀，物无遁形，想装看不见，也是不可能的了。

我现在深悔，不应该为右眼动手术。如果不动的话，则两只眼同样老花昏暗，不法之事和不法之人，我根本看不清，用不着睁一眼，闭一只眼，就能够六根清净，心地圆融，根本不伤什么脑筋。可我现在既然已经动了，决无恢复原状的可能。那么，怎么办呢？我只能套用李密《陈情表》中的两句话："羡林进退，实为狼狈。"

1997年9月17日

爱　　情

一

人们常说,爱情是文艺创作的永恒的主题。不同意这个意见的人,恐怕是不多的。爱情同时也是人生不可缺少的东西,即使后来出家当了和尚,与爱情完全"拜拜";在这之前也曾趟过爱河,受过爱情的洗礼,有名的例子不必向古代去搜求,近代的苏曼殊和弘一法师就摆在眼前。

可是为什么我写"人生漫谈"已经写了三十多篇还没有碰爱情这个题目呢?难道爱情在人生中不重要吗?非也。只因它太重要,太普遍,但却又太神秘,太玄乎,我因而不敢去碰它。

中国俗话说:"丑媳妇迟早要见公婆的。"我迟早也必须写关于爱情的漫谈的。现在,适逢有一个机会,我正读法国大散文家蒙田的随笔《论友谊》这一篇,里面谈到了爱情。我干脆抄上几段,加以引申发挥,借他人的杯,装自己的酒,以了此一段公案。以后倘有更高更深刻的领悟,还会再写的。

蒙田说:我们不可能将爱情放在友谊的位置上。"我承认,爱情之火更活跃,更激烈,更灼热……但爱情是一种朝三暮四、变化无常的感情,它狂热冲动,时高时低,忽冷忽热,把我们系于一发之上。而友谊是一种普遍和通用的热情。……再者,爱情不过是一种疯狂的欲望,越是躲避的东西越要追求。……爱情一旦进入友谊阶段,也就是说,进入意愿相投的阶段,它就会衰弱和消逝。爱情是以身体的快感为目的,一旦享有了,就不复存在。"

总之,在蒙田眼中,爱情比不上友谊,不是什么好东西。我个人觉得,蒙田的话虽然说得太激烈,太偏颇,太极端;然而我们却不能不承认,它有合理的实事求是的一方面。

根据我个人的观察与思考,我觉得,世人对爱情的态度可以笼统分为两大流派:一派是现实主义,一派是理想主义。蒙田显然属于现实主义,他没有把爱情神秘化,理想化。如果他是一个诗人的话,他也决不会像一大群理想主义的诗人那样,写出些卿卿我我,鸳鸯蝴蝶,有时候甚至拿肉麻当有趣的诗篇,令普天下的才子佳人们击节赞赏。他干净利落地直言不讳,把爱情说成是"朝三暮四,变化无常的感情"。对某一些高人雅士来说,这实在有点大煞风景,仿佛在佛头上着粪一样。

我不才,窃自附于现实主义一派。我与蒙田也有不同之处:我认为,在爱情的某一个阶段上,可能有纯真之处。否则就无法解释,据说日本青年恋人在相爱达到最高潮时有的就双双跳入火山口中,让他们的爱情永垂不朽。

二

像这样的情况,在日本恐怕也是极少极少的。在别的国家,则未闻之也。

当然,在别的国家也并不缺少歌颂纯真爱情的诗篇、戏剧、小说,以及民间传说。莎士比亚的《罗米欧与朱丽叶》,中国的梁山伯与祝英台是世所周知的。谁能怀疑这种爱情的纯真呢?专就中国来说,民间类似梁祝爱情的传说,还能够举出不少来。至于"誓死不嫁"和"誓死不娶"的真实的故事,则所在多有。这样一来,爱情似乎真同蒙田的说法完全相违,纯真圣洁得不得了啦。

我在这里想分析一个有名的爱情的案例,这就是杨贵妃和唐玄宗的爱情故事,这是一个古今艳称的故事。唐代大诗人白居易的《长恨歌》歌颂的就是这一件事。你看,唐玄宗失掉了杨贵妃以后,他是多么想念,多么情深:"夕殿萤飞思悄然,孤灯挑尽未成眠。"这一首歌最后两句诗是"天长地久有时尽,此恨绵绵无绝期。"写得多么动人心魄,多么令人同情,好像他们两人之间的爱情真正纯真到了无以复加的程度。但是,常识告诉我们,爱情是有排他性的,真正的爱情不容有一个第三者。可是唐玄宗怎样呢?"后宫佳丽三千人",小老婆真够多的。即使是"三千宠爱在一身",这"在一身"能可靠吗?白居易以唐代臣子,竟敢乱谈天子宫闱中事,这在明清是绝对办不到的。这先不去说它,白居易真正头脑简单到相信这爱情是纯真的才加以歌颂吗?抑或另有别的原因?

这些封建的爱情"俱往矣",今天我们怎样对待爱情呢?我明人不说暗话,我是颇有点同意蒙田的意见的。中国古人说:"食、色,性也。"爱情,特别是结婚,总是同"色"相联系的。家喻户晓的《西厢记》歌颂张生和莺莺的爱情,高潮竟是一幕"酬简",也就是"以身相许"。个中消息,很值得我们参悟。

我们今天的青年怎样对待爱情呢?这我有点不大清楚,也没有什么青年人来同我这望九之年的老古董谈这类事情。据我所见所闻,那一套封建的东西早为今天的青年所扬弃。如果真有人想向我这爱情的盲人问道的话,我也可以把我的看法告诉他们的。如果一个人不想终生独身的话,他必须谈恋爱以至结婚,这是"人间正道"。但是千万别浪费过多的时间,终日卿卿我我,闹得神魂颠倒,处心积虑,不时闹点小别扭,学习不好,工作难成,最终还可能是"竹篮子打水一场空"。这真是何苦来!我

忙里偷闲。

1987年,与日本佛教泰斗、著名梵文学者中村元博士(右)在北京大学合影。

并不提倡二人"一见倾心",立即办理结婚手续。我觉得,两个人必须有一个互相了解的过程。这过程不必过长,短则半年,多则一年。余出来的时间应当用到刀刃上,搞点事业,为了个人,为了家庭,为了国家,为了世界。

三

已经写了两篇关于爱情的短文,但觉得仍然是言犹未尽,现在再补写一篇。像爱情这样平凡而又神秘的东西,这样一种社会现象或心理活动,即使再将篇幅扩大十倍,二十倍,一百倍,也是写不完的。补写此篇,不过聊补前两篇的一点疏漏而已。

在旧社会实行"父母之命,媒妁之言"的办法,男女青年不必伤任何脑筋,就入了洞房。我们可以说,结婚是爱情的开始。但是,不要忘记,也有"绿叶成荫子满枝"而终于不知爱情为何物的例子,而且数目还不算太少。到了现代,实行自由恋爱了,有的时候竟成了结婚是爱情的结束。西方和当前的中国,离婚率颇为可观,就是一个具体的例证。据说,有的天主教国家教会禁止离婚。但是,不离婚并不等于爱情能继续,只不过是外表上合而不离,实际上则各寻所欢而已。

爱情既然这样神秘,相爱和结婚的机遇——用一个哲学的术语就是偶然性——又极其奇怪,极其突然,绝非我们个人所能掌握的。在困惑之余,东西方的哲人俊士束手无策,还是老百姓有办法,他们乞灵于神话。

一讲到神话,据我个人的思考,就有中外之分。西方人创造了一个爱神,叫做 Jupiter 或 Cupid,是一个手持弓箭的童子,他的箭射中了谁,谁就坠入爱河。印度古代文化毕竟与欧洲古希腊、罗马有缘,他们也创造了一个叫做 Kā maolliva 的爱神,也是手持弓箭,被射中者立即相爱,决不敢有违。这个神话当然是同一来源，此不见论。

在中国，我们没有"爱神"的信仰，我们另有办法。我们创造了一个月老，他手中拿着一条红线，谁被红线拴住，不管是相距多么远，天涯海角，恍若比邻，二人必然走到一起，相爱结婚。从前西湖有一座月老祠，有一副对联是天下闻名的："愿天下有情人都成了眷属，是前生注定事莫错过姻缘。"多么质朴，多么有人情味！只有对某些人来说，"前生"和"姻缘"显得有点渺茫和神秘。可是，如果每一对夫妇都回想一下你们当初相爱和结婚的过程的话，你能否定月老祠的这一副对联吗？

我自己对这副对联是无法否认的，但又找不到"科学根据"。我倒是想忠告今天的年轻人，不妨相信一下。我对现在西方和中国青年人的相爱和结婚的方式，无权说三道四，只是觉得不大能接受。我自知年已望九，早已属于博物馆中的人物，我力避发九斤老太之牢骚；但有时又如骨鲠在喉不得不一吐为快耳。

1997年11月22日

悼念邓广铭先生

我认识恭三(邓先生之字)已经很有些年头了。因为同是山东老乡,我们本应该在二十年代前期就在济南认识的。但因他长我四岁,中学又不在一个学校;所以在那里竟交臂失之,一直到了三十年代前期才在北平相识,仍然没有多少来往。紧接着,我又远适异域,彼此不相闻者十余年。一九四六年,我从欧洲回国,来北大任教。当时恭三是胡适之校长的秘书。我每每到沙滩旧北大孑民堂前院东屋校长办公室去找胡先生,当然都会见到恭三,从此便有了比较多的来往,成了算是能够知心的朋友了。

恭三是历史学家,专门治宋史,卓有建树,腾誉国内外士林,为此道权威。先师陈寅恪先生有一个颇为独特的见解,他在《邓广铭宋史职官志考证序》中写道:"华夏民族之文化,历数千载之演进,造极于赵宋之世,后渐衰微,终必复振。"而"复振"的希望有一部分他就寄托在恭三身上。他接着写道:"宋代之史事,乃今日所亟应致力者。"然而这一件工作邓并不容易做,因为《宋史》阙误特多,而在诸正史中,卷帙最为繁多,由此可见,欲治《宋史》,必须有勇气,有学力。"数百年来,真能熟读之者,实无几人。"恭三就属于这仅有的"几人"之列。对于《宋史职官志考证》一书,陈先生的评价是:"其用力之勤,持论之慎,并世治宋史者,未能或之先也。"这是极高的评价。熟悉陈先生之为人者,都知道,陈先生从不轻易月旦人物,对学人也从未给予廉价的赞美之词。他对恭三的学术评价，实在值得我们注意和深思的。

近些年来，由于众所周知的原因，国内大学及科研机构中，从事人文社会科学的研究事业者，大都有后继乏人之慨叹。实际情况也确实是这样，确实值得人们的担忧。阻止或延缓这种危机的办法，目前还没有见到。有个别据要津者，本应亡羊补牢，但也迟迟不见行动，徒托空言，无济于事。这绝非杞人忧天的想法，而是迫在眉睫的灾难。我辈这一批手无缚鸡之力的知识分子，虽然知之甚急，忧之极切，也只能"惊呼热中肠"而已。

在这样的危机中，宋史研究当然也不会例外。但是，恭三是有福的。他的最小的女儿邓小南，女承父业，接过了恭三研究宋史的衣钵，走上了研究宋史的道路，虽然年纪还轻，却已发表了一些颇见水平的论文，崭露头角，将来大成可期。恭三不出家门，就已后继有人，他可以含笑于九泉之下或九天上了。我也为老友感到由衷的高兴。

恭三离开我们时，已经达到九十岁高龄。在中国几千年的学术史上，我还想不起，哪一个学者曾活到这般年纪。但是，从他的身体状态，特别是心理状态上来看，他本来是还能活下去的。他虽身患绝症——他自己并不知道，但在病床上还讲到要回家来写他的《岳飞传》。我们也都希望，他真能够"岂止于米，相期以茶"。即使达不到一百零八岁的茶寿；但是九十九岁的白寿，或者一百岁的期颐，努一把力，还是有希望的。可是死生之事大矣，是不能由我们自己来决定的。我们含恨同他告别了。

回忆我们长达半个世纪的交谊，让我时有凄凉寂寞之感。解放前在沙滩时，我们时常在一起闲聊，上天下地，无所不聊；但是聊得最热烈的却是胡校长竞选国民党的国大代表和传说蒋介石放出风来有意推胡为总统的事。我们当时政治觉悟都不够高；但是，以我们那种很低的水平，也能够知道蒋介石之心是路人皆知。可笑或可悲的是，聪明如胡先生者竟颇有相信之意。

我们共同的结论是,胡毕竟是一个书生,说不好听的,是一个书呆子。

以后不久,我同恭三等一批也是书呆子的人,迎来了解放,一时心情极为振奋。1962年以后,朗润园六幢公寓楼落成,我们相继搬了进来。在风光旖旎的燕园中,此地更是特别秀丽幽静。虽然没有"四时不谢之花,八节长春之草",却也有茂林修竹,翠湖青山。夏天红荷映日,冬日雪压苍松。这些当然都能令人赏心悦目,这已极为难得。但是,光有好风景,对一些书呆子如不佞者,还是不够的,我需要老朋友,需要素心人。陶渊明诗:"闻多素心人,乐与数晨夕。"这正是我所要求的,而我也确实得到了。当年全盛时期,张中行先生住在这里,虽然来往不多;但是早晨散步时,有时会不期而遇,双方相向拱手合十,聊上几句,就各奔前程了。这一早晨我胸中就暖融融的,其乐无穷。组缃是清华老友,也曾在这里住过。常见一个戴儿童遮阳帽的老头儿,独自坐在湖边木椅上,面对半湖朝日,西天红霞。我顾而乐之,认为这应当归入朗润几景之中。"素心人"中,当然有恭三在。我多次讲过,我是最不喜欢拜访人的人,我同恭三,除了在校内外开会时见面外,平常往还也不多。四五年前,我为写《糖史》查资料,每天到北大图书馆去。回家时,常在路上碰到恭三,他每天上午十一点前必到历史系办公室去取《参考消息》。他说,他故意把《参考消息》订在系里,以便每天往还,藉以散步,锻炼身体。两个耄耋老人每天在湖边相遇,这也可以算是燕园后湖一景吧。

然而,光阴荏苒,时移世异,曾几何时,中行先生在校外找到房子,乔迁新居。虽然还时通音问,究亦不能在清晨湖畔,合十微笑了。我心头感到空荡荡的,大发思古之幽情。但是,中行先生还健在,同在一城中,楼多无阻拦,因此,心中尚能忍受得住。至于组缃和恭三,则情况迥乎不同。他们已相继走到了那一个长满了野百合花的地方，永远，永远地再也不回来了。此时，朗润园湖光依旧潋滟，山色依旧秀丽，车辆依旧奔驰，人物依旧喧闹。可是在我的心中，我却感到空虚、荒寒、寂寞、凄清，大有"前不见古人，后不见来者"之慨，真想"独怆然而涕下"了。默诵东坡词："人有悲欢离合，月有阴晴圆缺，此事古难全"，聊以排遣忧思而已。

中华民族毕竟是一个伟大的民族。四大发明，震撼寰宇，辉耀千古，我们在这里暂且不谈。我只谈一个词儿："后死者"。在这世界上其他语言中还没有碰到过。从表面上来看，这只是一个非常普通的词儿。但仔细一探究，却觉其含义深刻，令人回味无穷。对已死的人来说，每一个活着的人都是一个"后死者"。可这个词儿里面蕴含着哀思、回忆，抚今追昔，还有责任、信托。已死者活在后死者的记忆中，后者有时还要完成前者未竟之业，接过他们手中曾握过的接力棒，继续飞驰，奔向前方，直到自己不得不把接力棒递给自己的"后死者"，自己又活到别人回忆里了。人生就是如此，无所用其愧恨。现在我自己成了一个"后死者"，感情中要承担所有沉重的负担。我愿意摆脱掉这种沉重的负担吗？我扪心自问：还不想摆脱，一点摆脱的计划都没有。我愿意背着这个沉重的"后死者"的十字架，一直背下去，直到非摆脱不行的时候。但愿那一天晚一点来，阿门！

1998年2月22日

论压力

《参考消息》今年7月3日以半版的篇幅介绍了外国学者关于压力的说法。我也正考虑这个问题,因缘和合,不免唠叨上几句。

什么叫"压力"？上述文章中说:"压力是精神与身体对内在与外在事件的生理与心理反应。"下面还列了几种特性,今略。我一向认为,定义这玩意儿,除在自然科学上可能确切外,在人文社会科学上则是办不到的。上述定义我看也就行了。

是不是每一个人都有压力呢？我认为,是的。我们常说,人生就是一场拼搏,没有压力,哪来的拼搏？佛家说,生、老、病、死、苦,苦也就是压力。过去的国王、皇帝,近代外国的独裁者,无法无天,为所欲为,看上去似乎一点压力都没有。然而他们却战战兢兢,时时如临大敌,担心边患,担心宫廷政变,担心被毒害被刺杀。他们是世界上最孤独的人,压力比任何人都大。大资本家钱太多了,担心股市升降,房地产价波动,等等。至于吾辈平民老百姓,"家家有一本难念的经",这些都是压力,谁能躲得开呢？

压力是好事还是坏事？我认为是好事。从大处来看,现在全球环境污染,生态平衡破坏,臭氧层出洞,人口爆炸,新疾病丛生等等,人们感觉到了,这当然就是压力,然而压出来却是增强忧患意识,增强防范措施,这难道不是天大的好事吗？对一般人来说,法律和其他一切合理的规章制度,都是压力。然而这些压力何等好啊！没有它，社会将会陷入混乱，人类将无法生存。这个道理极其简单明了，一说就懂。我举自己做一个例子。我不是一个没有名利思想的人——我怀疑真有这种人，过去由于一些我曾经说过的原因，表面上看起来，我似乎是淡泊名利，其实那多半是假象。但是，到了今天，我已至望九之年，名利对我已经没有什么用，用不着再争名于朝，争利于市，这方面的压力没有了。但是却来了另一方面的压力，主要来自电台采访和报刊以及友人约写文章。这对我形成颇大的压力。以写文章而论，有的我实在不愿意写；可是碍于面子，不得不应。应就是压力。于是"拨冗"苦思，往往能写出有点新意的文章。对我来说，这就是压力的好处。

压力如何排除呢？粗略来分类，压力来源可能有两类：一被动，一主动。天灾人祸，意外事件，属于被动，这种压力，无法预测，只有泰然处之，切不可杞人忧天。主动的来源于自身，自己能有所作为。我的"三不主义"的第三条是"不嘀咕"，我认为，能做到遇事不嘀咕，就能排除自己制造成的压力。

1998年7月8日

民 族 性

有没有民族性呢？我认为，稍微客观一点的、观察比较细致一点的人，都会承认有的。

世界上有成千上万的民族，就有成千上万的民族性。尽管民族性与民族性之间，有的差别极大，有的则相当接近，其有差别则一也。

民族性是怎样形成的呢？这是一个理论问题，我对理论一向是敬而远之的。这一次不妨提一点看法。《三字经》上有两句话："性相近，习相远。""性"，约略等于本能。人的本能是互相接近的。"习"，约略相当于环境，人们的生存环境，也可以说是风习，是相差颇远的。二者结合起来，就产生了民族性。

我就只有这么高的一点理论水平，为了藏拙计，还是多谈一点我的感性认识吧。

我曾在欧洲呆了多年，在那里，我同许多国家的人民接触过。我对他们有不同程度的了解。我发现，他们的性格、脾气、待人接物的态度，抽象称之为民族性，是不相同的。仅就欧洲众语族中的三大语族的人来说（语言同民族并不总是统一的），日耳曼西支的德国人和英国人民族性接近。德国人是一个伟大的民族，虽没有太长的历史；但是学术艺文，彪炳寰宇，人民一般说起来老实、诚恳、认真，有时到了板滞的程度。同他们交往，不必怀着戒心，也用不着虚伪客气。我们中国这一套谦虚客气，他们就信以为真。就是在瑞士一个国家中，北部的德国种人同南部的法国种人,作风都有相当大的差异。在北部到医院探视病人,必须严格遵守时间,丝毫不能通融,到了南部的日内瓦等地,则极不严格。在同一个国家中,不同来源的民族的民族性仍能完整地保留。民族性之威力大矣哉。

法国人也是一个伟大的民族,但性格却与德国人大异其趣。他们活泼、伶俐,喜交友。在德国饭店中,常见一个人独据一桌的情况,在日内瓦或法国,则见到认识或不认识,同坐一桌,谈笑风生。有人说,德国人把心藏在腔子里,而法国人则把心托在手心上。这是一种很形象的说法,然而却是耐人思考的。

至于俄国人,其性格则具有另外一番景象。他们深沉、奥秘,总带有点忧郁的意味。你只要听一听《伏尔加船夫曲》,或者读一读托尔斯泰、陀斯妥也夫斯基等的长篇小说,再拿来同欧洲其他国家的歌曲和长篇小说一对比,其区别立即可见。特别是法国的长篇小说,如福楼拜的《包法利夫人》、司汤达的《红与黑》,结构简单,条理分明,有如清泉,清澈见底。而俄国小说则难免给人以"阿房宫"的感觉:"五步一楼,十步一阁;廊腰缦回,檐牙高啄;各抱地势,钩心斗角。"德国哥廷根大学的一位俄文教授告诉我,读法国小说和其他欧洲小说,总有点肤浅之感。我认为,这很有些道理。文学是民族性最鲜明的反映。

总之,我认为,民族性的存在是不能否定的。而我们的科学工作者,不管研究的是文学和语言,或是哲学和历史,都不应该忽视这一点。我们的外交家们更不应该忽视,否则会给工作带来极大的不利。常言道:"入境问俗。"我们首先应该问的,应该研究的就是民族性。

1998年7月14日

不完满才是人生

每个人都争取一个完满的人生。然而,自古及今,海内海外,一个百分之百完满的人生是没有的。所以我说,不完满才是人生。

关于这一点,古今的民间谚语,文人诗句,说到的很多很多。最常见的比如苏东坡的词:"人有悲欢离合,月有阴晴圆缺,此事古难全。"南宋方岳(根据吴小如先生考证)诗句:"不如意事常八九,可与人言无二三。"这都是我们时常引用的,脍炙人口的。类似的例子还能够举出成百上千来。

这种说法适用于一切人,旧社会的皇帝老爷子也包括在里面。他们君临天下,"率土之滨,莫非王土",可以为所欲为,杀人灭族,小事一端,按理说,他们不应该有什么不如意的事。然而,实际上,王位继承,宫廷斗争,比民间残酷万倍。他们威仪俨然地坐在宝座上,如坐针毡。虽然捏造了"龙驭上宾"这种神话,他们自己也并不相信。他们想方设法以求得长生不老,他们最怕"一旦魂断,宫车晚出"。连英主如汉武帝、唐太宗之辈也不能"免俗"。汉武帝造承露金盘,妄想饮仙露以长生;唐太宗服印度婆罗门的灵药,期望借此以不死。结果,事与愿违,仍然是"龙驭上宾"呜呼哀哉了。

在这些皇帝手下的大臣们,"一人之下,万人之上",权力极大,骄纵恣肆,贪赃枉法,无所不至。在这一类人中,好东西大概极少,否则包公和海瑞等决不会流芳千古,久垂宇宙了。可这些人到了皇帝跟前,只是一个奴才,常言道:伴君如伴虎,可见他们的日子并不好过。据说明朝的大臣上朝时在笏板上夹带一点鹤顶红,一旦皇恩浩荡,钦赐极刑,连忙用舌尖舔一点鹤顶红,立即涅槃,落得一个全尸。可见这一批人的日子也并不好过,谈不到什么完满的人生。

至于我辈平头老百姓,日子就更难过了。建国前后,不能说没有区别,可是一直到今天仍然是"不如意事常八九"。早晨在早市上被小贩"宰"了一刀;在公共汽车上被扒手割了包,踩了人一下,或者被人踩了一下,根本不会说"对不起"了,代之以对骂,或者甚至演出全武行。到了商店,难免买到假冒伪劣的商品,又得生一肚子气,谁能说,我们的人生多是完满的呢?

再说到我们这一批手无缚鸡之力的知识分子,在历史上一生中就难得过上几天好日子。只一个"考"字,就能让你谈"考"色变。"考"者,考试也。在旧社会科举时代,"千军万马独木桥",要上进,只有科举一途,你只需读一读吴敬梓的《儒林外史》,就能淋漓尽致地了解到科举的情况。以周进和范进为代表的那一批举人进士,其窘态难道还不能让你胆战心惊,啼笑皆非吗?

现在我们运气好,得生于新社会中。然而那一个"考"字,宛如如来佛的手掌,你别想逃脱得了。幼儿园升小学,考;小学升初中,考;初中升高中,考;高中升大学,考;大学毕业想当硕士,考;硕士想当博士,考。考,考,考,变成烤,烤,烤;一直到知命之年,厄运仍然难免,现代知识分子落到这一张密而不漏的天网中,无所逃于天地之间,我们的人生还谈什么完满呢?

灾难并不限于知识分子:"人人有一本难念的经。"所以我说"不完满才是人生"。这是一个"平凡的真理";但是真能了解其中的意义,对己对人都有好处。对己,可以不烦不躁;对人,可以互相谅解。这会大大地有利于整个社会的安定团结。

1998年8月20日

两行写在泥土地上的字

夜里有雷阵雨,转瞬即停。"薄云疏雨不成泥",门外荷塘岸边,绿草坪畔,没有积水,也没有成泥,土地只是湿漉漉的。一切同平常一样,没有什么特异之处。

我早晨出门,想到外面呼吸点新鲜空气,这也同平常一样,并没有什么特异之处。然而,我的眼睛一亮,蓦地瞥见塘边泥土地上有一行用树枝写成的字:

  季老好 98级日语

回头在临窗玉兰花前的泥土地上也有一行字:

  来访 98级日语

我一时懵然,莫明其妙。还不到一瞬间,我恍然大悟:98级是今年的新生。今天上午,全校召开迎新大会;下午,东方学系召开迎新大会。在两大盛会之前,这一群(我不知道准确数目)从未谋面的十七八九岁男女大孩子们,先到我家来,带给我无法用言语形容这一番深情厚谊。但他们恐怕是怕打扰我,便想出了这一个惊人的匪夷所思的办法,用树枝把他们的深情写在了泥土地上。他们估计我会看到的,便悄然离开了我的家门。

我果然看到他们留下的字了。我现在已经望九之年,我走过的桥比这一帮大孩子走过的路还要长,我吃过的盐比他们吃过的面还要多,自谓已经达到了"悲欢离合总无情"的境界。然而,今天,我一看到这两行写在泥土地上的字,我却真正动了感情,眼泪一下子涌出了眼眶,双双落到了泥土地上。

我是一个平凡的人;生平靠自己那一点勤奋,做出了一点微不足道的成绩。对此我并没有多大信心。独独对于青年,我却有自己一套看法。我认为,我们中年人或老年人,不应当一过了青年阶段,就忘记了自己当年穿开裆裤的样子,好像自己一下生就老成持重,对青年总是横挑鼻子竖挑眼。我们应当努力理解青年,同情青年,帮助青年,爱护青年。不能要求他们总是四平八稳,总是温良恭俭让。我相信,中国青年都是爱国的,爱真理的。即使有什么"逾矩"的地方,也只能耐心加以劝说,惩罚是万不得已而为之的。一个国家,一个民族,如果对自己的青年失掉了信心,那它就失掉了希望,失掉了前途。我常常这样想,也努力这样做。在风和日丽时是这样,在阴霾蔽天时也是这样。这要不要冒一点风险呢?要的。但我人微言轻,人小力薄,除了手中的一枝圆珠笔以外,就只有嘴里那三寸不烂之舌,除了这样做以外,也没有别的办法。

大概就由于这些情况,再加上我的一些所谓文章,时常出现在报刊杂志上,有的甚至被选入中学教科书,于是普天下青年男女颇有知道我的姓名的。青年们容易轻信,他们认为报刊杂志上所说的都是真实的,就轻易对我产生了一种好感,一种情意。我现在几乎每天都能收到全国各地,甚至穷乡僻壤、边远地区青年们的来信,大中小学生都有。他们大概认为我无所不能,无所不通,而又颇为值得信赖,向我提出各种各样的问题,有的简直石破天惊;有的向我倾诉衷情。我想,有的事情他们对自己的父母也未必肯讲的,比如想轻生自杀之类,他们却肯对我讲。我读到这些书信,感动不已。我已经到了风烛残年,对人生看得透而又透,只等造化小儿给我的生命画上句号。然而这些素昧平生的男女大孩子的信,却给我重新注入了生命的活力。苏东坡的词说:"谁道人生无再少?门前流水尚能西。休将白发唱黄鸡。"

我确实有"再少"之感了,这一切我都要感谢这些男女大孩子们。

东方学系98级日语专业的新生,一定就属于我在这里所说的男女大孩子们。他(她)们在五湖四海的什么中学里,读过我写的什么文章,听到过关于我的一些传闻,脑海里留下了我的影子。所以,一进燕园,赶在开学之前,就迫不及待地把自己那一份情意,用他们自己发明出来的也许从来还没有被别人使用过的方式,送到了我的家门来,惊出了我的两行老泪。我连他们的身影都没有看到,我看到的只是清塘里面的荷叶。此时虽已是初秋,却依然绿叶擎天,水影映日,满塘一片浓绿。回头看到窗前那一棵玉兰,也是翠叶满枝,一片浓绿。绿是生命的颜色,绿是青春的颜色,绿是希望的颜色,绿是活力的颜色。这一群男女大孩子正处在平常人们所说的绿色年华中,荷叶和玉兰所象征的正是他们。我想,他们一定已经看到了绿色的荷叶和绿色的玉兰。他们的影子一定已经倒映在荷塘的清水中。虽然是转瞬即逝,连他们自己也未必注意到。可他们与这一片浓绿真可以说是相得益彰,溢满了活力,充满了希望,将来左右这个世界的,决定人类前途的正是这一群年轻的男女大孩子们。他们真正让我"再少",他们在这方面的力量决不亚于我在上面提到的那些全国各地青年的来信,我虔心默祷——虽然我并不相信——造物主能从我眼前的八十七岁中抹掉七十年,把我变成一个十七岁的少年,使我同他们一起学习,一起娱乐,共同分享普天下的凉热。

1998年9月25日

几件小事

以纲兄（张维）日前来舍下，告诉我，留德同学准备出一本回忆留学德国时的情景的书。这让我立即又回忆起六七十年以前的留德往事，一股温馨的热流注满胸中，认为这是一件十分有意义的事，没有丝毫迟疑，就应允奉陪。若干年前，我曾出版过一本《留德十年》，颇受到读者的欢迎。在留德同学中，这样的书还是不多见的。不管我的笔墨是如何拙劣，我的情感却是不折不扣地真实的。我以有这样一本书而感到自慰。全书十多万字，自谓已颇详尽。但今天再看，挂万漏一的现象，还是有的。我对德国师友怀念感激之情，对德国人民钦佩之心，并没能完全写尽。现在有了这样一个弥补的良机，我乐不可遏，立即拿起笔来，写出几件小事。

一个盛刮胡子刀架的塑料盒

我于一九三五年夏天到了德国的柏林，临时在大街上一个小杂货铺里买了一个盛刮胡子刀片架的小盒，颜色是深紫的，非木非金属，大概也是一种什么塑料制成的，并不起眼儿，绝非名牌，我临时急需，顺便买来而已。

可是我万万没有想到，就是这样一个我并不特别重视的小盒，竟陪伴了我六十多年，到现在我仍然天天用它，它仍然是完好无缺，没有变形，没有损坏。我日常使用的钢笔、小刀之类的

90年代,在寓所前散步。

1991年，80寿辰骑车在北大图书馆留影。

东西,日常使用的衣、裤、鞋、袜等等,早已不知道换了多少代了,独独这一个小盒子却赫然在目,仍然像六十多年以前那样,天天为我服务。

这个小盒子是见过大世面的。它在德国陪了我整整十年,在瑞士陪了我半年,又陪我经过法国和越南回到祖国。我在亚洲到过许多国家,四下日本,五赴印度,两访韩国,至于香港和澳门都曾留下我的游踪。非洲我走过大半个,短期的出国,以及在国内的旅行,更无法统计次数。衣服屡屡更换,用品常常翻新,以不变应万变者,惟此一个小盒。

对于这样一个事实,我最初并没有感觉到。一九六五年,我在农村中搞"四清"。有一天,小盒忽然不见了,我急得满头大汗,怀疑是房东小孩由于好奇拿去玩了。后来忽然又神奇地找到了它,心中大喜。从此我才意识到它对于我的重要性。十年浩劫中,我自己跳出来,一跳就跳进了牛棚。在牛棚中,自己的性命就悬在牢头禁子的长矛尖上,谁还有胆量和兴致去刮胡子。囚首丧面,古有明训。胡子拉碴,习以为常。同我的小盒子真是久违久违了。一想起来,心里就不是滋味。到现在又已过去了三十多年,而小盒仍然在我的洗脸盆中。一看到它,心里就有说不出的温暖。我这位终生陪伴我的老友,忽然变得大了起来,大到充天地塞宇宙。它是我这个望九老人一生坎坎坷坷的见证人。

写到这里,我自己也觉有点好笑起来。我这不是博士卖驴,满纸七张,不见"驴"字了吗?其实,我的"驴"字是非常清楚的。试问世界上有哪一个国家能够制造出一件微不足道的器物而能六七十年不变形不磨损的?我敢说:没有!没有!在这一件小事儿的背后隐藏着的是德国民族的伟大与真诚。在当今全世界大声吆喝争创名牌的喧嚣声中,一个沉默不语的德国制的小盒子,给了我们最高的启示。

零　修

零修业务是在中国常见的一个行当，一说大家就明白。居家过日子，马桶跑水了，水龙头滴水了，门窗什么地方破坏了，电灯出了毛病了，如此等等，谁家都难以避免。所以，每一个学校，每一个机关，几乎都有主管零修的机构，或组或科，名称不一，作用则是相同的，而且有的还是昼夜值班，可见它的重要，不可或缺。

然而，我在德国住了整整十年，时间不可谓短，我可从来没有"零修"这个词儿，也从来没有碰到零修这种事儿。我住在德国人家里，一切设备全是现成的。这一间房子本来是房东老夫妻俩的独生子住的。高中毕业后，儿子到外地一个工学院去念书，房间空下来了，于是就出租。儿子使用的设备，一应俱全，一件没动，我就住在里面。一切杂务全由女房东一个人操作，包括铺床叠被、洗衣服、擦皮鞋等等，每天还给我做一顿晚餐。

哥廷根是一座大学城，人口只有十万，而学生往往就占二三万。学校没有宿舍，除了一些名目繁多的学生会自己有房子外，学生都住在老百姓家里。并不是由于房东缺钱花。德国人俭朴务实，只要房子一空，他们就出租给学生，连收入十分优厚的教授之家也不例外。教授夫人有很高的社会地位，她们家里如果把房间出租给学生，她也照样给学生打扫房间，擦皮鞋，给楼道的地板打蜡。我没有听到有哪一家教授请保姆的。

我想要说的重点不是这一些，以上一些话只不过是想说明租房的背景。我想说的是：在十年之内，我从来没有看到房东家里玻璃破过，没有看到水龙头滴水，也没有看到马桶出过什么毛病，煤气灶漏过气等等。总之一句话，没有见到房东叫过零修工，社会上也没有这一行。

这样细小的事情,"当时只道是寻常",从来没有考虑过。现在回想起来,又不禁大吃一惊。同上面说的那一个装刮胡子刀架的小盒子一样,这一件小事不是也十分值得我们反思吗?

1999 年 3 月 12 日

大 觉 寺

我为什么对大觉寺情有独钟呢?这问题提得很自然;但又显得颇为突兀。我似乎能答复,又似乎还不能。

将近七十年前,当我在清华园读书的时候,北京的古寺名刹,我都是知道的,什么潭柘寺、戒台寺、碧云寺、卧佛寺等等,我都清楚。当时既无公共汽车,连自行车都极少见,我曾同一些伙伴"细雨骑驴登香山"。雨中山青水秀,除了密林深处间或有小鸟的啁啾声外,几乎是万籁俱寂。我绝非像陆放翁那样的诗人,但是,此时此地心中却溢满了诗意。"此中有真意,欲辨已忘言",实不足为外人道也。

可是,大觉寺这个古刹,我却是没有听说过的。它对我完全是陌生的。原因大概是,这一座千年古刹在当时已经凋零颓败,再没有参观旅游的价值,被人们弃若敝屣了。

时间一下子跳过了五十年,我已届古稀之年,可以说是一个地地道道的老人了,可是我偏一点老的感觉都没有,有时候还会忽发少年狂。此时,大觉寺已经名传遐迩,那一棵有三百年树龄的"玉兰之王"就生长在大觉寺中,每年春天花发时总会吸引众多的游人前去观赏。八十年代初的一个春天,听说"玉兰之王"正在繁花怒放,我于是同大泓和二泓骑自行车,长驱三四十公里,到大觉寺去随喜。走在半路上,想停车休息一会儿,我的双腿已经麻木,几乎下不了车。幸亏了有两个孩子的扶掖,才勉强再登上了车,鼓起余勇,一鼓作气,终于到达了大觉寺。

人们,其中包括一些学者们,常说:第一个印象是最准确、最清晰,因而也就是最符合实际情况、最可靠的印象。我对大觉寺的第一个印象怎样呢?山门虽不新,但也没有给人以寥落颓败之感,想必是在过去五十年中修缮过一次,所以才有现在这个情况。这一天来的人多如过江之鲫,到处人声喧阗,古寺的沉寂完全被打破。好不容易挤进了寺门,只见殿阁庄严,花木葳蕤。丁香、藤萝已经开过,只剩下绿叶肥大。最引人注目的是那几棵千年古松柏,树身如苍龙盘曲,尖顶直刺入蔚蓝的晴空,使人看了,精神立刻为之一振。我们先看了北玉兰院的几棵玉兰,花开得正茂密。最后转到南玉兰院,看那一棵"玉兰之王"。躯干极粗,但是主干已锯掉,只剩下旁枝,至少已有上百年的历史;但是比起三百余年的主干,仍然如小巫见大巫。此时玉兰花正在怒放,花开得茂密压枝,与之相对的是一棵树龄比较小一点的紫玉兰。两棵树一白一紫,相映成趣。大地的无限活力仿佛都随着花朵喷涌出来。无论谁看了,都会感到生命力的无穷无尽;都会感到人间的可爱,人间净土就在眼前;都会油然产生凌云的壮志。我们也都兴会淋漓,又走上后山,看了水泉。然后出寺野餐,又骑上自行车,回到了燕园,留下了终生难忘的记忆。

　　时间又一下子跳了将近二十年,我已经到了望九之年,垂垂老矣。两年前,我忽然接到一份请柬,要我到大觉寺去为明慧茶院开院典礼剪彩。这使我有点惊愕:大觉寺怎么会同什么明慧茶院联系到一起呢?我准时去了,这是我第三次进大觉寺。此时此地,如果在江南正是"杂花生树,群莺乱飞"的季节,现在这里却只有杂花,而无群莺。寺内外已加修缮,特别是从南玉兰院一直到后面上面水泉楼一路几层院落,修饰得美轮美奂、金碧辉煌,雕梁画柱,熠熠闪光。简直是换了人间,大非昔比了。可惜丁香、玉兰已经开过花,只有那一架古藤萝仍然是繁花满枝,引得蜜蜂团团飞舞。

明慧茶院是怎么一回事呢？原来是北大中文系毕业生欧阳旭先生弃学从商，用现在的话来说就是"下了海"。欧阳英年岐嶷，经营有方，过了没有多久，经营就有可观的规模。但他毕竟是文化人，发财不忘文化。在众多经营之余，在海淀创办了国林风书店，其规模之大，可与风入松书店并驾齐驱。其藏书之精，又与万圣、风入松鼎足而三，为首都文化中心海淀增一异彩。据欧阳旭亲口告诉我，几年前，他同几个伙伴秋游，到了傍晚，在西山乱山丛中迷了路。"黄昏到寺蝙蝠飞"，他们碰巧走进了一座古寺，回不了城，就借住在那里，这就是大觉寺。夜里，他同管理寺庙的人剪烛夜话，偶然心血来潮，想在这座幽静僻远的古刹中创办点什么。三谈两谈，竟然谈妥，于是就出现了明慧茶院。难道这不就是佛家所说的因缘，俗语所说的机遇，哲学家所说的偶然性吗？

可是我心中有一个谜，至今仍处在解决与未解决之间。在宝刹大觉寺中可以兴办的事业是很多很多的，为什么欧阳旭独独钟情于茶呢？中国是茶的原产地，茶文化是中华文化不可分割的一个组成部分，中国饮茶的历史至少已有一两千年，而且茶文化传遍了世界，在日本独为繁荣，形成了闻名世界的日本茶道，也是日本文化不可分割的一部分。在欧洲，最著名的饮茶国家，喝的是红茶，在北非和中东，阿拉伯国家也喜欢饮茶，喝的是龙井，是绿茶。根据最近的世界饮料新动向，茶叶大有取代咖啡和可可之势，行将见中国的茶文化传遍世界，为人类造福，为中华添彩，发扬光大之日，就在眼前了。

谈到饮茶，必须有两个绝不可缺少的条件：一个是茶，一个是水。北方不产茶，至少是北京不能产茶，这是天意，谁也无力回天。至于水，北京是有的。但是山中有水，在北方实如凤毛麟角。有水斯有寺，有寺斯有名，这是北京独特规律。山泉与普通河水迥乎不同，它来自高山深处，毫无污染，而且还含有许多对人体有益的微量元素，入口甘甜，如饮醍醐。再加上名茶一泡，天造地设，相得益彰。大觉寺就以泉水著称，一千余年前的辽代之所以在这里建寺，主要就是这里有甘泉。不管天多么旱，泉水总是从寺后最高处潺湲流出，永不衰竭。这是一个极为难得的条件。甘泉再佐以佳茗，则二美具矣。这个好像摆在眼前现成的想法，为什么别人就从未想到过，只有等到二十世纪末来了一个年轻小伙子欧阳旭才想到了，而且立即付诸实施建立了明慧茶院呢？这里面难道还有什么十分深奥难测的奥义吗？

不管怎样，明慧茶院建立起来了。开幕的那一天，虽然没有能看到玉兰开花，但是，到的名人颇为不少，学术界和艺术界的一些著名人物，如欧阳中石、范曾等等，都光临了。大家在憩云轩观赏禅茶表演。几个被派到南方专门学习禅茶表演的年轻的女孩子，在挂在门上的绣有一个大大的"禅"字的帷幕前，在一张精心布置的桌子上，认真表演茶艺，伴奏的是佛乐，庄严肃穆，乐声低沉而清越。唐明皇当年听到了仙乐，"骊宫高处入青云，仙乐轻飘处处闻。"此时我们听到的是佛乐，乐声回荡在憩云轩前苍松翠柏之间，回荡到下面"玉兰之王"所住的明德轩小院中，回荡到上面山泉流出处的楼阁间，佛乐弥漫了整个大觉寺，仿佛这里就是人间净土，地上桃源。我因为坐在第一张桌子旁，得天独厚，得以喝到第一杯禅茶，味道确同平常的不同，其余的嘉宾也都听了佛乐，喝了名茶，大家颇有点流连忘返之意。

从此北京西山增添了一个景点。

而我心中则增添了一个亮点。

我有时候无缘无故地就想到大觉寺，神驰那里的苍松翠柏、玉兰、藤萝。第二年，正当玉兰花开花的时候，我急不可待地第四次到了大觉寺。那时许多棵玉兰都在奋勇怒放。那一棵"玉兰之王"开得更是邪乎，满树繁花，累累垂垂，把树干树枝完全盖满，只见白花，不见青枝，全树几千朵花仿佛开成了一朵硕大无朋的白色大花,照亮了明德轩小院,照亮了整个大觉寺,照亮了宇宙。逼得旁边那一棵有名的鼠李寄柏干瘪无光,连同"玉兰之王"对生的那一棵紫玉兰也失去了光彩。我失去了描绘的能力,思想和语言都一样,嘴里只能连声赞叹:奈何!奈何!

过了不过个把月,我又一次来到了大觉寺,这次同来的有侯仁之、汤一介、乐黛云、李玉洁等人,我们第一次在这里过夜。侯仁之和我两个老头儿,被欧阳旭安排在明德轩所谓"总统套房"中。既曰"总统",必然华贵。我是个上不得台盘的人,平生不想追求华贵。我曾在印度总统府里住过。在一间像篮球场那样大的房间里,一个卧榻端端正正摆在正中央。我躺在上面,四顾茫然,宛如孤舟大洋,海天渺茫,我一夜没有睡着。今天又要住总统套房,心里真有点嘀咕。此时玉兰已经绿叶满枝,不见花影,而对面的一棵太平花则正在疯狂怒放,照得满院生辉。晚饭后,我们几个人围坐在太平花下,上天下地,闲聊一番。寂静的古寺更加寂静,仿佛宇宙间只有我们几个人遗世而独立,身心愉快,毕生所无。走进总统套房,居然一夜酣睡,真如羲皇上人矣。

第二天,我照例四点起床,走出明德轩。此时晨曦未露,夜气犹存,微风不起,松涛无声。太平花似乎还没有睡醒,"玉兰之王"的绿叶也在凝定不动。古寺中一片寂静。只有屋脊上狂窜乱跳的小松鼠,跑来跑去,络绎不绝,令人感到宇宙还在活着,并未寂灭。我一个人独立中庭,享受了生平第一个恬谧甜蜜的早晨,让我永世难忘。

从此以后,我心中的那个亮点更加明亮了。我常常想到大觉寺,只要有机会,我就到大觉寺来。能够谈得来的一些朋友,我也想方设法请他们到大觉寺来品茗,最好是能住上一夜,领略一下这一座古寺的静夜幽趣。连从台湾不远千里而来的台湾大学图书馆馆长林光美女士,尽管是戎马倥偬,南北奔波,我也请她到大觉寺来住了一夜。她是品茗专家,是内行,她对大觉寺泉水和名茶的赞扬,其意义应该说是与众不同的,现在她已经回到了台北,我相信,她带回去的一定是对大觉寺美好的回忆。

至于我自己为什么这样向往大觉寺呢?这要同我目前的生活情况谈起。近几年来,不知道是从哪里来的一片虚名,套在了我的头上,成了一圈光环,给我招惹来了剪不断理还乱的麻烦。这个会长,那个主编,这个顾问,那个理事,纷至沓来,究竟有多少这样的纸冠,我自己实在无法弄清,恐怕只有上帝知道了。我成了采访的对象,这个电台,那个电视台,这家报纸,那家杂志,又是采访录像,又是电话采访。一遇到什么庆典或什么纪念,我就成了药方中的甘草,万不能缺。还有无穷无尽的会议,个个都自称意义重大,非参加不行。每天下午,我就成了专家门诊的专家,客厅里招待一拨客人,另外一拨或多拨候诊者只好在别的屋里等候。采访者照相成了应有之义。做道具照相,我已习惯;但是,照相者几乎每次必高呼:"笑一笑!"试问我一肚乱絮般的思绪,我能笑得起来吗?即使勉强一笑,脸上成什么模样,我自己是连想都不敢想的。校系两级领导,关心我的健康,在我门上贴上了谢绝会客的通知。然而知书识字的来访者却熟视无睹,依然想方设法闯进门来。听说北京某大学某一位名人,大概遇到了同我一样的遭遇,自己在门上大书:某某死了!但是,死了也不行,他们仍然闯进门来,要向遗体告别。

十年浩劫期间,我忽发牛劲,山卵击石,要同北大那位"老佛爷"决斗,结果全军覆没,被抄家,被批斗,被送进牛棚,好不容易捡回来一条小命,却成了"不可接触者"。几年之内,我没接到一封来信,没有一个客人。走在校内,没有哪个人敢同我说上一句话。我自己知趣,凡上路,必茫然向前看,决不左顾右盼,也决不敢踩别人的影子,以免把灾殃传给别人。你说,这样心里能痛快吗?当然不能。有时候我一个人困居斗室,感前途之无望,悲未来之渺茫,只觉得凄凉、孤独、寂寞、无助,此中滋味,非同病者实难相怜也。

然而,物换斗移,时异世迁,我从一个不可接触者一变而为极可接触者,宛如从十八层地狱一下子跃上三十三重天。最初有一阵喜悦,自是人之常情。然而,时隔不久,这喜悦就逐渐淡漠下来,代之而起的是无名的苦恼。"千秋万岁名,寂寞身后事,"我不想争名。我的收入足以维持我那水平不高的生活,我不想夺秋。我现在要求最迫切的是还我清静。"不可接触者"是最容易得到清静的。然而如今谁有这个本领能发动亿万群众,共同上演一出空前残暴的悲剧呢?他年于无意中得之的"不可接触者"的地位,如今却是可望而不可及了。

我现在希望得到的是一片人间净土,一个世外桃源。万没想到,我又于无意中得到了净土和桃源,这就是欧阳旭在大觉寺创办的明慧茶院。我每次从燕园驱车往大觉寺来,胸中的烦躁都与车行的距离适成反比,距离愈拉长,我的烦躁愈减少,等到一进大觉寺的山门,我的烦躁情绪一扫而光,四大皆空了。在这里,我看到了我的苍松、翠柏、丁香、藤萝、梨花、紫荆,特别是我的玉兰和太平花,它们都好像是对我合十致敬。还有屋脊上窜跳的小松鼠,也好像对我微笑。我想到我前不久写的那一副对联:

屋脊狂窜小松鼠
满院开满太平花

不禁心旷神怡,虽古代桃花源中人,也不得不羡慕我了。

大概从人类有了较大的城市之日起,城市就与大自然形成了对立面,形成了鲜明的对照。连一千多年前的陶渊明都曾高唱:"久在樊笼里,复得反自然。"欢悦之情,跃然纸上。清代末年,德国汉学家福兰阁任德国驻清朝的外交官,经常"上山"。我从他儿子傅吾康嘴里经常听到"上山"这个词儿。上哪个山呢?

我从来没有问过,反正他每次来北京,总有一半时间"上山"。最近我才知道,他们父子俩上的山就是大觉寺,德国人毕竟是热爱自然的民族。到了今天,城市越来越大,越来越热闹,红尘万丈,喧嚣无度,虽然不能每个人都有像我那样的烦躁,但烦躁总会有的,只不过程度高低不同而已。大家都会渴望拥抱大自然,都在不同程度上想找一个人间净土,世外桃源。可每一个并不能都找得到,这不能不说是一件憾事。

我是有福的,我找到了大觉寺明慧茶院,而且帮助我的朋友们认识这是一块人间净土,世外桃源,我的朋友们也都有福了。

我心中的那一个亮点将会愈来愈亮,愈亮。

1999 年 5 月 22 日写毕

世纪回眸

我被姚明大姐尊为世纪老人，心里颇有点忐忑不安，觉得还欠一把火。因为我在本世纪只活了八十九年，还差十一年才够一百年。但是，如果四舍五入的话，也就八九不离十，我可以心安理得了。

可是，如果让我讲一点世纪感想之类的东西，我却还真有点困难，一部二十四史，不知从何处说起了。

从时间上来看，过去的一个世纪几乎可以整整齐齐地切为两半，前一半是所谓旧社会，后一半就是新社会。前一半经历过许多大的事变：大清帝国、中华民国、洪宪王朝、军阀混战、国民党政府、第一次革命战争、日寇侵略、第二次革命战争，一直到新中国的建立。在后一半中，虽然没有像前一半那样有那么剧烈的变化，然而，道路也并不平坦。总的发展趋势是，光明——黑暗——光明。光明将把我们带向二十一世纪。

姚明大姐主办《老人天地》。沙洪同志妇唱夫随，也关心老人事业。我作为老人之一，对他们表示衷心的谢意。我对我国的老人事业有一些想法，想借这个机会表白一下。

首先，我觉得，现在我国规定六十岁为老年，这有点太性急了，在旧社会这样规定是可以的，当时我国的平均寿命不高。可是现在情况大大地改变了，平均寿命几乎增加了一倍。六十岁正是有所作为的时期，绝大多数六十岁的人满头黑发，精力旺盛。在我眼中，他们正当壮年，怎么一下子竟把他推向老年，打入另册呢？这对人尽其力是极不妥的。

"老龄化社会"这样的词儿，我总疑心是舶来品，是西方实用主义社会的产品。表面上似乎是尊重老年人，实际上却是想告诉老年人："你不行了，不中用了，要靠社会来赡养了。"我不知道，西方的老人对此有什么反应。我作为一个中国的老人认为，中国传统的伦理道德是尊重老人的。现在弄来了这样的洋玩意儿，天天在我耳边聒噪，心里很不耐烦。我看到很多六十岁以上的老人，仍然鼓足干劲，认真做着自己的工作，并没有都成为社会的负担。我希望，好心人不必这样担心，不必这样天天聒噪，让我们老人耳根清静，安心干自己的活。

在常常提到的几句话中有"老有所乐"、"老有所养"、"老有所为"等等，我认为应该强调"老有所为"，给老人多鼓干劲，我想多数的老年人会乐意听的。我看到不少的老人真正是"老骥伏枥，志在千里；烈士暮年，壮心不已"。有这样的一些老年人，即使按照西洋的标准，一个城市，甚至整个国家都进入了老龄化城市，老龄化国家的范畴，天也塌不下来。人类的年龄将会越来越高，这是一切科学家都承认的事实，将来全球都会老龄化的。现在有些人就天天吆喝"老龄化"、"老龄化"，真正是"可怜无补费精神"。

1999年6月17日

目 中 无 人

中国的成语"目中无人"是一个贬义词,意思是狂妄自大,把谁都不放在眼中,天上天下,惟我独尊。这是心理上的"目中无人",是一种要不得的恶习。我现在居然也变成了"目中无人"了;但是,我是由于生理上的原因,患了眼疾,看人看不清楚。这同心理上的毛病有天渊之别。

大约在十年前,由于年龄的原因,我的老年性白内障逐渐发作,右眼动了手术。手术是非常成功的。但是,随着年龄的增长,我已年届九旬,右眼又突然出了毛病,失去视力,到了伸手难见五指的程度,仅靠没有动过手术的左眼不到0.1的视力,勉强摸索着活动,形同半个盲人。古人有诗句:"老年花似雾中看",当年认为这是别人的事,现在却到自己眼前来了。窗前我自己种的那一棵玉兰花,今年是大年,总共开了二百多朵花,那情景应该说是光辉灿烂的,可惜我已无法享受,只看到了白白的几朵花的影子,其余都是模糊一团了。"春风杨柳万千条",现在正是嫩柳鹅黄的时节;可是,我也只能看到风中摇摆着一些零乱的黑丝条而已。即使池塘中的季荷露出了尖尖角的时候,我大概也只能影影绰绰地看到几点绿点罢了。

这痛苦不痛苦呢?谁也会想到,这决不是愉快的。我本是一个性急固执有棱有角的人,但是,将近九十年的坎坷岁月,把我的性子已经磨慢,棱角已经磨得圆了许多;虽还不能就说是一个琉璃球,然而相距已不太远矣。现在,在眼睛出了毛病的情况下,说内心完全平静,那不是真话。但是,只要心里一想急,我就祭起了我的法宝,法宝共有两件:一是儒家的"既来之,则安之",一是道家的顺其自然。你别说,这法宝还真灵。只要把它一祭起,心中立即微波不兴,我对一切困难都处之泰然了。

同时,我还会想到就摆在眼前的几个老师的例子。陈寅恪先生五十来岁就双目失明,到了广州以后,靠惊人的毅力和记忆力,在黄萱女士的帮助下,写成了一部长达七八十万字的《柳如是别传》,震动了学坛。冯友兰先生耄耋之年失明,也靠惊人的毅力,口述写成了《中国哲学史新编》,摆脱了桎梏,解放了思想,信笔写来,达到了空前的大自在的水平,受到了学术界的瞩目。另一位先生是陈翰笙教授,他身经三个世纪,今年已经是一百零五岁,成为稀有的名副其实的人瑞。他双目失明已近二十年;但从未停止工作,在家里免费教授英文,学者像到医院诊病一样,依次排队听课。前几年,在庆祝他百岁华诞的时候,请他讲话,他讲的第一句话却是:"我要求工作!"在场的人无不为之动容。我想,以上三个例子就足以说明,一个人,即使是双目失明了,是仍然能够做出极有意义的事情。

再说到我自己,从身体状态来看,从心理状态来瞧,即使眼前眼睛有了点毛病,但同失明是决不会搭界的。一个九旬老人,身体上有点毛病,纯属正常;不这样,反而会成为怪事。因此,我只有听之,任之,安之,决不怨天尤人。古书上说:否极泰来。我深信,泰来之日终会来临。到了那时,我既不在心理上"目中无人",也不在生理上"目中无人",岂不猗欤休哉!

我现在在这里潜心默祷,愿天下善男、信女、仁人、志士无论是在生理上还是在心理上都不"目中无人",大千世界,礼仪昌明,天下太平,共同努力,把这个小小的地球村整治成地上乐园。

2000年4月8日

大放光明

幼年时候,我喜欢读唐代诗人刘梦得的诗《赠眼医婆罗门僧》:

三秋伤望远,终日泣途穷。
两目今先暗,中年似老翁。
看朱渐成碧,羞日不禁风。
师有金篦术,如何为发蒙?

觉得颇为有趣。一个印度游方郎中眼医,不远万里,跋山涉水,来到中国行医,如果把他的经历写下来,其价值恐怕不会低于《马可波罗游记》。只可惜,我当年目光如炬,"欲穷千里目",易如反掌;对刘梦得的处境和心情,一点都不理解,以为这不过是中印文化交流史上的一件不大不小的事迹而已。不有同病,焉能相怜!

约摸在十九年前,我已步入真正的老境,身心两个方面,都感到有点力不从心了。眼睛首先出了问题,看东西逐渐模糊了起来。"看朱渐成碧"的经历我还没有过;但是,红绿都看不清楚,则是经常的事。经过了十年浩劫的炼狱,穷途之感是没有了;但是,以眼泪洗面则时常会出现。求医检查,定为白内障。白内障就白内障吧,这是科学,不容怀疑。我是一个随遇而安的乐天派,觉得人生有点白内障也是难免的。有了病,就得治,那种同疾病做斗争的说法或做法,为我所不解。谈到治,我不禁浮

1992年,与英籍作家韩素音女士合影。

1996年9月，韩素音将一件华丽的印度披肩赠送给作者。

想联翩,想到了唐代的刘梦得和那位眼医婆罗门僧。我不知道金篦术是什么样的方法。估计在一千多年前是十分先进的手术,而今则渺矣茫矣,莫名其妙了。在当时,恐怕金篦术还真有效用,否则刘梦得也决不会赋诗赞扬。常言道:到什么时候说什么话,今天只能乞灵于最新的科学技术了。说到治白内障,在今天的北京,最有权威的医院是同仁。在同仁,最有权威的大夫是有"北京第一刀"之誉的施玉英大夫。于是,我求到了施大夫门下,蒙她亲自主刀,仅用二十分钟就完成了手术。但只做了右眼的手术,左眼留待以后,据说这是正常的做法。不管怎样,我能看清东西了。虽然两只眼睛视力相差悬殊,右眼是0.6,左眼是0.1,一明一暗,两只眼睛经常闹点小矛盾。但是,我毕竟能写字看书了,着实快活了几年。

但是,天有不测风云,人有旦夕祸福。近些日子,明亮的右眼突然罢了工,眼球后面长出了一层厚膜,把视力挡住,以致伸手不见五指。中石(欧阳)的右眼也有点小毛病,尝自嘲"无出其右者",我现在也有了深切类似的感受。但是,祸不单行,左眼的视力也逐渐下降,现在已经达不到0.1了。两只眼通力协作,把我制造成了一个半盲人。严重的程度,远远超过了刘梦得,我本来已是老翁,现在更成了超级老翁了。

有颇长的一段时间,我在昏天黑地中过日子。我本来还算是一个谦恭的人,现在却变成了"目中无人",因为,即使是熟人,一米之内才能分辨出庐山真面目。我又变成了"不知天高地厚",上不见蓝天,下不见脚下的土地,走路需要有人搀扶,一脚高,一脚低,踉跄前进。两个月前,正是阳春三月,燕园中一派大好风光。嫩柳鹅黄,荷塘青碧;但是,这一切我都无法享受。小蔡搀扶着我,走向湖边,四顾茫然。柳条勉强能够看到,只像是一条条的黑线。数亩方塘,只能看到潋滟的水光中一点波光。我最喜爱的二月兰,就在脚下,但我却视而不见。我问小蔡,柳条发绿了没有?她说,不但发绿了,而且柳絮满天飞舞了;我却只能感觉,一团柳絮也没有看到。我手植的玉兰花,今年是大年,开了一百多朵白花,我抬头想去欣赏,也只能看到朦朦胧胧的几团白色。我手植的季荷是我最关心的东西,我每天都追问小蔡,新荷露了尖尖角没有?但是,荷花性子慢,迟迟不肯露面。我就这样过了一个春天。

有病必须求医,这是常识,而求医的首选当然依然是同仁医院,是施玉英大夫。可惜施大夫因事离京,我等候了相当长的一段时间,心中耐不住,奔走了几个著名的大医院。为我检查眼睛的几个著名的眼科专家,看到我动过手术的右眼,无不同声赞赏施玉英大夫手术之精妙。但当我请他们给我治疗时,又无不同声劝我,还是等施大夫。这样我只好耐着性子等候了。

施大夫终于回来了。我立马赶到同仁医院,见到了施大夫。经过检查,她说:"右眼打激光,左眼动手术!"斩钉截铁,没有丝毫游移,真正是"指挥若定识萧曹"的大将风度。我一下子仿佛吃了定心丸。

但这并不真能定心,只不过是知道了结论而已。对于这两个手术我是忐忑不安的。因为我患心律不齐症已有四十余年,虽然始终没有发作过;但是,正如我一进宫(第一次进同仁的戏称)时施玉英大夫所说的那样,四十年不发作,不等于永远不发作。不怕一万,就怕万一,万一在手术台上心房一颤动,则在半秒钟内,一只眼就会失明,万万不能掉以轻心。现在是二进宫了,想到施大夫这几句话,我能不不寒而栗吗?何况打激光手术,我完全不知道是怎么一回事,恍兮惚兮,玄妙莫测。一想到这一项新鲜事物,我心里能不打鼓吗?

总之,我认为,这两项手术都是风云莫测的,都包含着或大或小的危险性,我应当做好充分的思想准备,事实上,我也确实做了细致和坚定的思想准备。

谈到思想准备，无非是上、中、下三种。上者争取两项手术都完全成功。对此，基于我在上面讲的危险情况，我确实一点把握都没有。中者指的是一项手术成功，一项失败。这个情况我认为可能性最大。不管是保住左眼，还是保住右眼，只要我还能看到东西，我就满意了。下者则是两项手术全都失败。这情况虽可怕，然而可能性确实是存在的。为了未雨绸缪，我甚至试做赛前的热身操。我故意长时间地闭上双目，只用手来摸索。桌子上和窗台上的小摆设，对我毫无用处了，我置之不摸。书本和钢笔、铅笔，也不能再为我服务了，我也不去摸它们。我只摸还有点用的刀子和叉子，手指尖一阵冰凉，心里感到颇为舒服。我又痴想联翩，想到国外一些失明的名人，比如鲁迅的朋友俄国盲诗人爱罗先珂。我又想到自己几位失明的师辈。冯友兰先生晚年目盲，却写出崭新的《中国哲学史新编》，思想解放、挥洒自如，成为一生绝唱。年已一百零五岁的陈翰笙先生，在庆祝他百年诞辰时，虽已目盲多年，却仍然要求工作。陈寅恪先生忧患一生，晚年失明，却写出了长达七八十万字的《柳如是别传》，为士林所称绝。类似的例子，还可以举出一些来。但是，我觉得，这几个例子已经够了，已经足以警顽立懦，振聋发聩了。

以上都只是幻想。幻想终归是幻想，我还是回到现实中来吧。现实就是我要二进宫，再回到同仁医院。当年一进宫的时候，我坐车中，心神不定，不知是出于什么原因，无端背诵起来了苏东坡的"明月几时有？把酒问青天"这一首词，往复背诵了不知道多少遍，一直到走下汽车，躺在手术台上，我又无端背诵起来了苏词"缥缈红妆照浅溪"一首，原因至今不明。

我这一出一进宫，只是为了做一个手术，却唱了十七天。这一出二进宫，是想做两个手术，难道真让我唱上三十四天吗？可是我真正万万没有想到，我进宫的第二天早晨，施大夫就让人通知我，下午一点做白内障手术，后来又提前到十二点。这一次我根本没有诗兴,根本没有想到东坡词。一躺上手术台,施大夫同我聊了几句闲天:"季老!你已经迫近九十高龄,牙齿却还这样好。"我答曰:"前面排牙是装饰门面的,后面的都已支离破碎了。"于是手术开始,不到二十分钟便胜利结束,让我愉快地吃了一惊。

　　过了几天,我又经历了一次愉快的吃惊。刚吃完午饭,正想躺下午休,推门进来了一位大夫,不是别人,正是施玉英大夫本人,后面跟着一位柴大夫,这完全出我意料。除了查房外,施大夫是不进病房的。她通知我,呆一会儿下午一点半做打激光手术。我惊诧莫名,但心里立即紧张起来。我听一个过来人说过,打激光要扎麻药,打完后,第一夜时有剧痛,须服止痛药,才能勉强熬住,过一两天,还要回医院检查。手续麻烦得很哩。但是,箭在弦上,不能不发,我硬着头皮,准时到了手术室,两位大夫都在。施大夫让我坐在一架医院到处都有的检查眼睛的机器旁,我熟练地把下巴颏儿压在一个盘状的东西上,心里想,这不过是手术前照例的检查,下一道手续应该是扎麻药针了。柴大夫先坐在机器的对面,告诉我,右眼球不要动,要向前看。只听得啪啪几声响。施大夫又坐在那个位子上,又只是啪啪几声,前后不到几秒钟,两个大夫说:"手术完了!"我吃惊得目瞪口呆:"怎么完了?"我以为大头还在后面哩。我站了起来,睁眼环顾四周,眼前大放光明了。几秒钟之隔,竟换了一个天地,我首先看到了施大夫。我同这一位为我发矇的大恩人,做白内障手术已达两万多例的,名满天下的女大夫,打交道已有数年之久;但是,她的形象在我眼中只是一个影子。今天,她活灵活现地站在我眼前,满面含笑。我又是一惊:"她怎么竟是这样年轻啊!"我目光所及,无不熠熠闪光。几秒钟前,不见舆薪,而今却能明察秋毫。回到病房,看到陆燕大夫,几天来,她的庐山真面目,似乎总是隐而不彰,现在看到她是一个二十岁刚出头的年轻少女,当年杜甫闻官军收复河南河北而"漫卷诗书喜欲狂"。我眼前虽没有诗书可卷,而"喜欲狂"则是完全相同的。

回到燕园,时隔只有九天,却仿佛真正换了人间。临走时,一切都是模模糊糊的,回来时却一切都清清楚楚,都在光天化日之下了。天空更蓝,云彩更白;山更青,水更碧;小草更绿,月季更红;水塔更显得凌空巍然,小岛更显得蓊郁葳蕤。所有这一切,以前都似乎没有看得这样清清白白,今天一见,俨然如故友重逢了。

楼前的一半种了季荷的大池塘,多少年来,特别是近半年以来,在我眼中,只是扑朔迷离,模糊一团,现在却明明白白,清清晰晰地奔来眼底。塘边垂柳,枝条万千,倒影塘中,形象朗然。小鱼在树影中穿梭浮游,有时似爬上枝条,有时竟如穿透树干。水面上的黑色长腿的小虫,一跳一跳地往来游戏。荷塘中莲叶已田田出水,嫩绿满目,水中游鱼大概正在"游戏莲叶间"吧。可惜这情景不但现在看不到,连以前也是难以看到的。

走进家中,我多日想念的小猫们列队欢迎。它们真也像想念我多日了。现在挤在一起,在我脚下,钻来钻去。有的用嘴咬我的裤腿角,有的用毛茸茸的身子在我腿上蹭来蹭去,有的竟跳上桌子,用软软的小爪子拍我的脸。一时白光闪闪,满室生春,我顾而乐不可支。我养的小猫都是从我家乡山东临清带来的纯种波斯猫,纯白色,其中有一些是两只眼睛颜色不同的,一黄一碧,俗称金银眼或鸳鸯眼。这是波斯猫的特征之一。但是,在我长期半盲期间,除非把小猫脑袋抱在逼近我眼前,我是看不出来的。平常只觉得猫眼浑然一体而已。现在,自己的眼睛大放光明了,小猫在我眼中形象也随之大变,它们瞪大了圆圆的眼睛瞅着我,黄碧荧然,如同初见,我真正惊喜莫名了。

总之,花花世界,万紫千红,大放光明,尽收眼中。我真想手之舞之,足之蹈之了。

我真觉得,大千世界是美妙的。

我真觉得,人间是秀丽的。

我真觉得,生活是可爱的。

所有这一切都是二进宫的产物。我现在惟有祈祷上苍,千万不要让我三进宫。

2000 年 6 月 8 日写完

我和人民文学出版社

一想到人民文学出版社,我心头就涌起一种温馨甜蜜的感觉。世界上万事万物都是有根源的,我这种感觉的根源大概就是"文学"二字吧。有作家才能有文学。谈到作家,我对"作家是人类灵魂的工程师"这一句舶来品气味很浓的话,颇不怀好感。我自己的灵魂还没有治理好,哪里有本领和闲情逸致去关心别人的灵魂呢?

我从来不敢承认自己是什么作家,这样崇高的名称,我担当不起。可是天公偏又作美,或者是偏不作美,让我在中学时就遇上了几位极其优秀的国文教员:教文言文写作的是王崑玉先生,教白话文写作的是董秋芳(冬芬)先生和胡也频先生,于是我就同写作结上了缘。一个十几岁的孩子就写点短文,搞点翻译。我一生治学虽多变化,总之是没有出语言、历史、宗教的大范围。可是,不管我变向何方,写散文、搞翻译则始终没变,可谓一以贯之了。

在清华读书时,我读的是西洋文学系。可是不知什么原因,竟同系别不同的林庚、吴组缃、李长之等三人结成了一个小集团,难道这就是物以类聚,人以群分吗?当时还并没有什么"清华四剑客"的名称,这个名称是后来形成的。四个人都对文学有兴趣,也都在写点什么,翻译点什么。由于趣味相投,经常聚在一起,谈天说地,"粪土当年万户侯",而且是"语不惊人死不休",信口雌黄,说话偏激,又由于郑振铎先生之吸引力大,我们都被他吸引到他的身边,成为由他和巴金、靳以主编的《文学季刊》的编委或特约撰稿人,名字赫然印在封面上。那时,我们谁都没有出过集子。在我赴德国前,郑振铎先生曾想出版我一本散文集,可惜文章写得还不够多,编不成一本集子,就此了事。

在德国十年,天天同梵文、巴利文、吐火罗文等等拼命,没有时间,也没有情趣,写什么散文。十年之内,总共写了两篇。一九四六年回国以后,在南京和上海闲住了一个暑假,在打摆子之余,天天流连于台城和莫愁湖、玄武湖之间,初回到祖国时的温馨,旖旎的湖光,在胸中激荡,诗情画意,洋溢汹涌,本来应该写出点好文章的,然而政治气候实在让人提不起兴致。结果,除了用假名发表了两篇类似杂文的东西以外,空辜负了金陵胜景。

回到阔别十一年的北平以后,不几年就迎来了建国。当时颇昏天昏地地兴奋了一阵。可是好景不长,政治运动就铺天盖地而来,知识分子首当其冲。一波未平,一波又起,往复回还,一搞就是十几年,到了十年浩劫,算是登峰造极。中国知识分子脆弱性,显露无遗。人家说你是黑,你就自己承认是黑。人家说你是白,你就承认自己是白,完全是心甘情愿,毫不勉强。在这样的情况下,改造思想之不暇,哪有闲情逸致来写什么劳什子文章呢?一直到改革开放,脑袋里才开始开了点缝。这三十年是继德国十年之后写东西最少的时期。

跑了半天野马,现在该轮到人民文学出版社了。同人民文学出版社打交道,当然离不开文学。文学所包含的不外文学创作和文学翻译,文学史和文艺理论当然也在其中,但所占比例不大。谈到文学创作,我的第一本散文集《天竺心影》好像是天津百花文艺出版社出版的。生平出版的第一本散文集曾带给了我极大的欢乐。至于第一本翻译德国女作家安娜·西格斯的《短篇小说集》,则是人民文学出版社出版的。人民文学出版社的门槛公认是相当高的,大有"一登龙门,身价百倍"之势。这本书带给我的欢乐就可想而知了。

从那以后,在颇长的时间内,人民文学出版社给我出的书都是翻译作品,而且都是印度古典梵文作品,如《沙恭达罗》、《优哩婆湿》、《五卷书》等等。这些名著久已蜚声世界文坛,很多国家都有译本,在中国却都是初译。我以微薄的力量,给中国文学界做了点拾遗补阙的工作,颇感自慰。

我在这里想专门谈一谈世界名著,印度两大史诗之一的《罗摩衍那》的翻译问题。这一部书,数量大,翻译难度高。在十年浩劫以前,我无缘无故地成了一个社会活动家,而且还是国际活动家,这与我内向性格是完全不相容的。终日忙忙叨叨,极以为苦。对这样艰巨的翻译工作,我是决不敢尝试的。幸亏来了"文化大革命",幸亏我自己跳了出来反对北大那一位倒行逆施罪行累累的"老佛爷",幸亏一跳就跳进了牛棚,幸亏在牛棚里被折磨,被拷打,被戴上了五花八门离奇古怪的许多帽子。到了"文革"后期,所有的"罪犯"几乎都被"解放"了,我却是"欲摘还戴时候,最难将息",我成了一个"不可接触者",游离于人民与非人民之间,徘徊于友人与非友人之际。昔日门前车如流水马如龙,而今却是门前冷落车马无。我除了被派去看大门,守电话以外,什么事情都没有,自谓是今生已矣。但我偏又是一个闲不住的人,想找一件旷日持久而决不会有什么结果的工作,想来想去,想到了翻译《罗摩衍那》。这活儿只能偷偷摸摸地干。晚上回家,翻读全书,译成散文。白天枯守门房时,脑袋里不停地转动,把散文改成了韵文。总之是一句话,我"感谢"十年浩劫,没有这场浩劫,就决不会有《罗摩衍那》的译本。世事纷杂混乱,有如是者!最后终于是妖氛扫尽,天日重明,我摇身一变,成为一个"颇可接触者"。不知怎样一来,人民文学出版社得知了我翻译《罗摩衍那》的事,于是,派刘寿康先生同我联系。出版此书是我从来没有敢梦想的事,现在简直是喜从天降,我当然一口答应。这部史诗长达二百多万字,我同刘寿康先生亲密合作,忙了一两年,终于出书,算是给中国文学界做了一件极有意义的事。

在这里,我还想讲一件有关《罗摩衍那》获奖的花絮。1993年,由新闻出版署主持召开了全国图书评奖大会。这是全国规格最高的图书评奖活动。一般的手续是,先由出版社自选,报请省市出版局审查,经过筛选,再报请中央新闻出版署审查,主要是检查出版质量,重点是统计错误率,以万分之一为合格,否则名落孙山。最后由新闻出版署送交由专家学者组成的各科的评审组,经过各组内的仔细审阅和讨论,然后以无记名投票方式,由小组通过,最后再由十几个小组组成的全体评委会审查,无记名投票做最后决定。手续是慎重的,评审是公正的。

我属于文学组,古今中外的文学、创作和翻译都包括在内。我们组第一次开会是借用人民文学出版社的办公室。工作人员把新闻出版署已经检查过的几百本书搬到会议室内,陈列在那里,供评委们阅读,不知是哪一个工作人员,由于一时疏忽,从书库中向外抱书时,将三册颇为破烂的平装本的《罗摩衍那》夹在书中抱了出来。全书是八册,不知为什么只留下这三册。就是这三册书无意中被柳鸣九教授发现了,他大为兴奋,说:"社科院评奖时,此书已经得过奖。"他坚持将此书纳入评选对象中。我作为组长,坚决反对,认为这不合手续,因而是不合法的。但是经过在我回避下的全组讨论,一致评为获得大奖的仅有的几种书之一。后来,在一次有副署长参加的小组会上,我又提出撤掉的建议,没有得逞。终于被搬进了全体评委大会的大礼堂中,但"赫然"摆着的仍是那三册颇为破旧的《罗摩衍那》,在众多富丽堂皇、装帧精美的大部头书旁,寂寞、寥落,宛然像一个小瘪三。最后竟以很高的票数通过,成为十几年来中国东方文学作品翻译的全权代表。

顺便说一句,在这同一次会上,我们小组还通过了中华书局根本没有上报的钱锺书的《管锥编》。从这两件小事也可以看出来,小组的评选是公正无私的,新闻出版署的领导从来都是尊重评委们的意见的,从来没有妄加干涉过。

花絮讲完,我这篇文章应该打住了。我本来只想写上几百字,应付一下差事,不意下笔不能自休,竟写了三千来字。为什么会出现这种情况呢?原因并不复杂。在本文开头时我就讲到了温馨甜蜜的感觉。在这里,这种感觉竟起了作用。我希望,人民文学出版社能够蒸蒸日上,越办越红火。我也希望,我这种温馨甜蜜的感觉能永久保留下去。

2000 年 10 月 16 日

我 的 家

我曾经有过一个温馨的家。那时候,老祖和德华都还活着,她们从济南迁来北京,我们住在一起。

老祖是我的婶母,全家都尊敬她,尊称之为老祖。她出身中医世家,人极聪明,很有心计。从小学会了一套治病的手段。有家传治白喉的秘方,治疗这种十分危险的病,十拿十稳,手到病除。因自幼丧母,没人替她操心,耽误了出嫁的黄金时刻,成了一位山东话称之为"老姑娘"的人。年近四十,才嫁给了我叔父,做续弦的妻子。她心灵中经受的痛苦之剧烈,概可想见。然而她是一个十分坚强的人,从来没有对人流露过,实际上,作为一个丧母的孤儿,又能对谁流露呢?

德华是我的老伴,是奉父母之命,通过媒妁之言同我结婚的。她只有小学水平,认了一些字,也早已还给老师了。她是一个真正善良的人,一生没有跟任何人闹过对立,发过脾气。她也是自幼丧母的,在她那堂姊妹兄弟众多的、生计十分困难的大家庭里,终日愁米愁面,当然也受过不少的苦,没有母亲这一把保护伞,有苦无处诉,她的青年时代是在愁苦中度过的。

至于我自己,我虽然不是自幼丧母,但是,六岁就离开母亲,没有母爱的滋味,我尝得透而又透。我大学还没有毕业,母亲就永远离开了我,这使我抱恨终天,成为我的"永久的悔"。我的脾气,不能说是暴躁,而是急躁。想到干什么,必须立即干成,否则就坐卧不安。我还不能说自己是个坏人,因为,除了为自己考虑外,我还能为别人考虑。我坚决反对曹操的"宁要我负天下人,不要天下人负我"。

就是这样三个人组成了一个家庭。

为什么说是一个温馨的家呢?首先是因为我们家六十年来没有吵过一次架,甚至没有红过一次脸。我想,这即使不能算是绝无仅有,也是极为难能可贵的。把这样一个家庭称之为温馨不正是恰如其分吗?其中也不是没有原因的。

我们全家都尊敬老祖,她是我们家的功臣。正当我们家经济濒于破产的时候,从天上掉下一个馅儿饼来:我获得一个到德国去留学的机会。我并没有什么凌云的壮志,只不过是想苦熬两年,镀上一层金,回国来好抢得一只好饭碗,如此而已。焉知两年一变而成了十一年。如果不是老祖苦苦挣扎,摆过小摊,卖过破烂,勉强让一老,我的叔父;二中,老祖和德华;二小,我的女儿和儿子,能够有一口饭吃,才得度过灾难。否则,我们家早已家破人亡了。这样一位大大的功臣,我们焉能不尊敬呢?

如果真有"毫不利己,专门利人"的人的话,那就是老祖和德华。她们忙忙叨叨买菜、做饭,等到饭一做好,她俩却坐在旁边看着我们狼吞虎咽,自己只吃残羹剩饭。这逼得我不由不从内心深处尊敬她们。

我们曾经雇过一个从安徽来的年轻女孩子当小时工,她姓杨,我们都管她叫小杨,是一个十分温顺、诚实、少言寡语的女孩子。每天在我们家干两小时的活,天天忙得没有空闲时间。我们家的两个女主人经常在午饭的时候送给小杨一个热馒头,夹上肉菜,让她吃了当午饭,立即到别的家去干活。有一次,小杨背上长了一个疮,老祖是医生,懂得其中的道理。据她说,疮长在背上,如凸了出来,这是良性的,无大妨碍。如果凹了进去,则是民间所谓的大背疮,古书上称之为疽,是能要人命的。当年范增"疽发背死",就是这种疮。小杨患的也恰恰是这种疮。于是,小杨每天到我们家来,不是干活,而是治病,主治大夫就是老祖,德华成了助手。天天挤脓、上药,忙完整整两小时,小杨再到别的家去干活。最后,奇迹出现了,过了几个月,小杨的疽完全好了。老祖始终没有告诉她这种疽的危险性。小杨离开北京回到安徽老家以后,还经常给我们来信,可见我们家这两位女主人之恩,使她毕生难忘了。

我们的家庭成员,除了"万物之灵"的人以外,还有几个并非万物之灵的猫。我们养的第一只猫,名叫虎子,脾气真像是老虎,极为暴烈。但是,对我们三个人却十分温顺,晚上经常睡在我的被子上。晚上,我一上床躺下,虎子就和另外一只名叫猫咪的猫,连忙跳上床来,争夺我脚头上那一块地盘,沉沉地压在那里。如果我半夜里醒来,觉得脚头上轻轻的,我知道,两只猫都没有来,这时我往往难再入睡。在白天,我出去散步,两只猫就跟在我后面,我上山,它们也上山;我下来,它们也跟着下来。这成为燕园中一条著名的风景线,名传遐迩。

这难道不是一个温馨的家庭吗?

然而,光阴如电光石火,转瞬即逝。到了今天,人猫俱亡,我们的家庭只剩下了我一个人,形单影只,过了一段寂寞凄苦的生活。

然而,天无绝人之路。隔了不久,我的同事,我的朋友,我的学生,了解到我的情况之后,立刻伸出了爱援之手,使我又萌生了活下去的勇气。其中有一位天天到我家来"打工",为我操吃操穿,读信念报,招待来宾,处理杂务,不是亲属,胜似亲属。让我深深感觉到,人间毕竟是温暖的,生活毕竟是"美丽的"(我讨厌这个词儿,姑一用之)。如果没有这些友爱和帮助,我恐怕早已登上了八宝山,与人世"拜拜"了。

那些非万物之灵的家庭成员如今数目也增多了。我现在有四只纯种的,从家乡带来的波斯猫,活泼、顽皮,经常挤入我的怀中,爬上我的脖子。其中一只,尊号毛毛四世的小猫,正在爬上我的脖子,被一位摄影家在不到半秒钟的时间内抢拍了一个镜头,赫然登在《人民日报》上,受到了许多人的赞扬,成为蜚声猫坛的一只世界名猫。

眼前,虽然我们家只剩下我一个孤家寡人,你难道能说这不是一个温馨的家吗?

2000 年 11 月 5 日

悼念赵朴老

朴老涅槃,我心实悲。我曾在什么地方看过一幅壁画,画的是如来佛涅槃时的情景。如来佛右肋在下侧卧在那里,身旁围了一大群弟子,大多数是痛哭流涕,悲哀难抑。独有一位弟子站在那里,凝然无动于衷。他大概是已经参透了人生奥秘,领悟了无常是生命的正道。他也许正是这一幅壁画的核心人物,他是众僧的榜样,他是众生的楷模。我个人是一个凡夫俗子,远远没能参透人生的奥秘,我宁愿归属痛哭的众僧之列。

提到赵朴老,我真是早已久仰久仰了。他是著名的身体力行的佛教居士,中国佛协的领导人,造诣高深的佛学理论家;他又是蜚声书坛的书法家;他还是有悠久革命经历的国务活动家。赵朴老真正是口碑载道,誉满中外,成为人们景仰的对象。

可就是这样一位名人,一位大人物,却丝毫没有名人的架子,大人物的派头。同他一接触,就会被他那慈祥的笑容所感动,使人们如坐春风,如沐春雨,感到无比的温暖和幸福。我个人同朴老接触不多;但是,每会面一次,就增强一次上述的感觉。

我同朴老相处最长的一次是在1986年。当时,班禅大师奉中央命赴尼泊尔公干,中央派了一架专机,陪同的人很多,赵朴老和夫人陈邦织女士也在其中。我作为全国人大常委敬陪末座。我们坐在飞机最前面的特别包厢里,中间一张小桌,两边各坐二人,朴老和班禅一边,我和陈邦织女士一边。飞机飞临珠穆朗玛峰上空,接到尼泊尔加德满都的电话,说那里晨雾未消,不能降落,请飞机放慢速度。我们刚登上飞机时,飞机起飞,要系好安全带。但是,班禅大师的安全带两端碰不拢,他笑着说:"你看我这肚子!"过了不久,加德满都方面来了电话说,飞机可以降落了。我诚敬地对班禅大师说:"这是托大师的洪福!"他笑着说:"我跟你一样!"可见班禅大师是一位多么平易近人的活佛。

我送给了朴老一本刚出版的《原始佛教语言问题》,请求指正。朴老还没有来得及看,但是,陈邦织先生却一路手不停披,等到飞机在加德满都机场着陆时,看样子,她已经把全书看得差不多了。我心里暗暗钦佩邦织先生读书之勤。由此可以推断,她大概是同朴老一样"学富五车"的。

在加德满都,我同朴老夫妇和秘书一起被安排住在全城最高级的大概是五星级的一家大饭店里。饭店里有中西许多国家的餐厅。我同人大常委会几位同志经常是吃一顿饭换一个餐厅,遍尝了许多国家的名菜,可谓大快朵颐了。朴老是虔诚的佛教信徒,坚持素食,几十年如一日。他们不同我们一起吃饭。但因同住一层楼,房间相距不远,所以不乏见面的机会。有一天,朴老夫妇忽然来敲我的房门,邦织先生手持一幅朴老刚写好的字送给我。这真是喜从天降,我哪里会想到在异乡做客时竟能获得朴老的墨宝呢?我双手去捧接,心潮腾涌,视墨宝如拱璧,心想家中又得到了一件传家宝,我这个人和我们全家都有福了。

加德满都是一个很奇特有趣的地方,位于一个大山谷中。神话传说,此地原来处于深水中,谷口有巨石挡住,水流不出去。后来文殊菩萨手挥巨剑把巨石劈开,水流了出去,就形成了现在的加德满都。所以,尼泊尔人尊文殊为保护神。在中国,文殊菩萨的圣地是五台山,因此尼泊尔朋友也视五台山为圣山,到了中国,多往朝拜。这也可以算是中尼友谊史上的一段佳话吧。

从尼泊尔回来以后,我还曾多次见到过朴老。在人民大会堂招待星云大师的宴会上,在人民大会堂不同的厅里召开的不同的会议上,在广济寺召开的讨论清代大藏经雕版的会上,我都同他见过面。虽然说话不多,但是,他那真正体现了佛教基本精神慈悲为怀的人格的魅力却在无形中净化了我的灵魂。我缺少慧根,毕生同佛教研究打交道,却不能成为真正的佛教信徒。但是,我对佛教的最基本的教义万有无常(sarvam anityam)却异常信服。我认为,这真正抓住了宇宙万有的根本规律,是谁也否定不掉的。

  我在上面曾说到,朴老已经参透了人生的奥秘。他在遗嘱中用诗歌表达了他的生死观:"生固欣然,死亦无憾。花落还开,水流不断。我今何有,谁欤安息。明月清风,不劳寻觅。"谁读了这首诗不会受到真挚的感动呢?我是一个俗人,虽然也向往这种境界,但是却徒劳无功。我达不到如来涅槃壁画上那一位凝然无动于衷的法师的水平,我只能像一般俗人一样悲痛不已。

2000年11月6日

九十述怀

杜甫诗:"人生七十古来稀。"对旧社会来说,这是完全正确的,因为它符合实际情况。但是,到了今天,老百姓却创造了三句顺口溜:"七十小弟弟,八十多来兮,九十不稀奇。"这也是完全正确的,因为它符合实际情况。

但是,对我来说,却另有一番纠葛。我行年九十矣,是不是感到不稀奇呢?答案是:不是,又是。不是者,我没有感到不稀奇,而是感到稀奇,非常地稀奇。我曾在很多地方都说过,我在任何方面都是一个没有雄心壮志的人,我不会说大话,不敢说大话,在年龄方面也一样。我的第一本账只计划活四十岁到五十岁。因为我的父母都只活了四十多岁,遵照遗传的规律,遵照传统伦理道德,我不能也不应活得超过了父母。我又哪里知道,仿佛一转瞬间,我竟活过了从心所欲不逾矩之年,又进入了耄耋的境界,要向期颐进军了。这样一来,我能不感到稀奇吗?

但是,为什么又感到不稀奇呢?从目前的身体情况来看,除了眼睛和耳朵有点不算太大的问题和腿脚不太灵便外,自我感觉还是良好的,写一篇一两千字的文章,倚马可待。待人接物,应对进退,还是"难得糊涂"的。这一切都同十年前,或者更长的时间以前,没有什么两样。李太白诗:"高堂明镜悲白发。"我不但发已全白(有人告诉我,又有黑发长出),而且秃了顶。这一切也都是事实,可惜我不是电影明星,一年照不了两次镜子,那一切我都不视不见。在潜意识中,自己还以为是"朝如青丝"哩。

对我这样无知无识、麻木不仁的人,连上帝也没有办法。在这样的情况下,我怎么能会不感到不稀奇呢?

但是,我自己又觉得,我这种精神状态之所以能够产生,不是没有根据的。我国现行的退休制度,教授年龄是六十岁到七十岁。可是,就我个人而论,在学术研究上,我的冲刺起点是在八十岁以后。开了几十年的会,经过了不知道多少次政治运动,做过不知道多少次自我检查,也不知道多少次对别人进行批判,最后又经历了十年浩劫,"对酒当歌,人生几何?"我自己的一生就是这样白白地消磨过去了。如果不是造化小儿对我垂青,制止了我实行自己年龄计划的话,在我八十岁以前(这也算是高寿了)就"遽归道山",我留给子孙后代的东西恐怕是不会多的。不多也不一定就是坏事。留下一些不痛不痒,灾祸梨枣的所谓著述,对任何人都没有好处。但是,对我自己来说,恐怕就要"另案处理"了。

在从八十岁到九十岁这个十年内,在我冲刺开始以后,颇有一些值得纪念的甜蜜的回忆。在撰写我一生最长的一部长达八十万字的著作《糖史》的过程中,颇有一些情节值得回忆,值得玩味。在长达两年的时间内,我每天跑一趟大图书馆,风雨无阻,寒暑无碍。燕园风光旖旎,四时景物不同。春天姹紫嫣红,夏天荷香盈塘,秋天红染霜叶,冬天六出蔽空。称之为人间仙境,也不为过。然而,在这两年中,我几乎天天都在这样瑰丽的风光中行走。可是我都视而不见,甚至不视不见。未名湖的涟漪,博雅塔的倒影,被外人视为奇观的胜景,也未能逃过我的漠然,憭然,无动于衷。我心中想到的只是大图书馆中的盈室满架的图书,鼻子里闻到的只有那里的书香。

《糖史》的写作完成以后,我又把阵地从大图书馆移到家中来,运筹于斗室之中,决战于几张桌子之上。我研究的对象变成了吐火罗文A方言的《弥勒会见记剧本》。这也不是一颗容易

1998年，在书房读书。

季羡林先生的部分著作。

咬的核桃,非用上全力不行。最大的困难在于缺乏资料,而且多是国外的资料。没有办法,只有时不时地向海外求援。现在虽然号称为信息时代,可是我要的消息多是刁钻古怪的东西,一时难以搜寻,我只有耐着性子恭候。舞笔弄墨的朋友,大概都能体会到,当一篇文章正在进行写作时,忽然断了电,你心中真如火烧油浇,然而却毫无办法,只盼喜从天降了,只能听天由命了。此时燕园旖旎的风光,对于我似有似无,心里想到的,切盼的只有海外的来信。如此又熬了一年多,《弥勒会见记剧本》英译本终于在德国出版了。

两部著作完了以后,我平生大愿算是告一段落。痛定思痛,蓦地想到了,自己已是望九之年了。这样的岁数,古今中外的读书人能达到的只有极少数。我自己竟能置身其中,岂不大可喜哉!

我想停下来休息片刻,以利再战。这时就想到,我还有一个家。在一般人心目中,家是停泊休息的最好的港湾。我的家怎样呢?直白地说,我的家就我一个孤家寡人,我就是家,我一个人吃饱了,全家不害饿。这样一来,我应该感觉很孤独了吧。然而并不。我的家庭"成员"实际上并不止我一个"人"。我还有四只极为活泼可爱的,一转眼就偷吃东西的,从我家乡山东临清带来的白色波斯猫,眼睛一黄一蓝。它们一点礼节都没有,一点规矩都不懂,时不时地爬上我的脖子,为所欲为,大胆放肆。有一只还专在我的裤腿上撒尿。这一切我不但不介意,而且顾而乐之,让猫们的自由主义恶性发展。

我的家庭"成员"还不止这样多,我还养了两只山大小校友张衡送给我的乌龟。乌龟这玩意儿,现在名声不算太好;但在古代却是长寿的象征。有些人的名字中也使用"龟"字,唐代就有李龟年、陆龟蒙等等。龟们的智商大概低于猫们,它们决不会从水中爬出来爬上我的肩头。但是,龟们也自有龟之乐,当我向它们喂食时,它们伸出了脖子,一口吞下一粒,它们显然是愉快的。可惜我遇不到惠施,它决不会同我争辩,我何以知道龟之乐。

我的家庭"成员"还没有到此为止,我还饲养了五只大甲鱼。甲鱼,在一般老百姓嘴里叫"王八",是一个十分不光彩的名称,人们讳言之。然而我却堂而皇之地养在大瓷缸内,一视同仁,毫无歧视之心。是不是我神经出了毛病?用不着请医生去检查,我神经十分正常。我认为,甲鱼同其他动物一样有生存的权利。称之为王八,是人类对它的诬蔑,是向它头上泼脏水。可惜甲鱼无知,不会向世界最高法庭上去状告人类,还要求赔偿名誉费若干美元,而且要登报声明。我个人觉得,人类在新世纪,新千年中最重要的任务是处理好与大自然的关系。恩格斯已经警告过我们:"不要过分陶醉于我们对自然界的胜利。对每一次这样的胜利,自然界都报复了我们。"一百多年来的历史事实,日益证明了恩格斯警告之正确与准确。在新世纪中,人类首先必须改恶向善,改掉乱吃其他动物的恶习。人类必须遵守宋代大儒张载的话:"民吾同胞,物吾与也。"把甲鱼也看成是自己的伙伴,把大自然看成是自己的朋友,而不是征服的对象。这样一来,人类庶几能有美妙光辉的前途。至于对我自己,也许有人认为我是《世说新语》中的人物,放诞不经。如果真正有的话,那就,那就——由它去吧。

再继续谈我的家和我自己。

我在十年浩劫中,自己跳出来反对那位倒行逆施的"老佛爷",被打倒在地,被戴上了无数顶莫须有的帽子,天天被打、被骂。最初也只觉得滑稽可笑。但"谎言说上一千遍,就变成了真理",最后连我自己都怀疑起来了:"此身合是坏人未?泪眼迷离问苍天。"其实我并没有那么坏;但在许多人眼中,我已经成了一个"不可接触者"。

然而,世事多变,人间正道。不知道是怎么一来,我竟转身一变成了一个"极可接触者"。我常以知了自比。知了的幼虫最初藏在地下,黄昏时爬上树干,天一明就脱掉了旧壳,长出了翅膀,长鸣高枝,成了极富诗意的虫类,引得诗人"倚杖柴门外,临风听暮蝉"了。我现在就是一只长鸣高枝的蝉,名声四被,头上的桂冠比"文革"中头上戴的高帽子还要高出多多,有时候我自己都觉得脸红。其实我自己深知,我并没有那么好。然而,我这样发自肺腑的话,别人是不会相信的。这样一来,我虽孤家寡人,其实家里每天都是热闹非凡的。有一位多年的老同事,天天到我家里来"打工",处理我的杂务,照顾我的生活,最重要的事情是给我读报,读信,因为我眼睛不好。还有就是同不断打电话来或者亲自登门来的自称是我的"崇拜者"的人们打交道。学校领导因为觉得我年纪已大,不能再招待那么多的来访者,在我门上贴出了通告,想制约一下来访者的袭来,但用处不大,许多客人都视而不见,照样敲门不误。有少数人竟在门外荷塘边上等上几个钟头。除了来访者打电话者外,还有扛着沉重的录像机而来的电视台的导演和记者,以及每天都收到的数量颇大的信件和刊物。有一些年轻的大中学生,把我看成了有求必应的土地爷,或者能预言先知的季铁嘴,向我请求这请求那,向我倾诉对自己父母都不肯透露的心中的苦闷。这些都要我那位"打工"的老同事来处理,我那位打工者此时就成了拦驾大使。想尽花样,费尽唇舌,说服那些想来采访,想来拍电视的好心和热心又诚心的朋友们,请他们少安勿躁。这是极为繁重而困难的工作,我能深切体会。其忙碌困难的情况,我是能理解的。

最让我高兴的是,我结交了不少新朋友。他们都是著名的书法家、画家、诗人、作家、教授。我们彼此之间,除了真挚的感情和友谊之外,决无所求于对方。我是相信缘分的,"有缘千里来相会,无缘对面不相识",缘分是说不明道不白的东西,但又确实存在。我相信,我同朋友之间就是有缘分的。我们一见如故,无话不谈。没见面时,总惦记着见面的时间;既见面则如鱼得水,心旷神怡;分手后又是朝思暮想,忆念难忘。对我来说,他们不是亲属,胜似亲属。有人说:"人生得一知己足矣。"我得到的却不只是一个知己,而是一群知己。有人说我活得非常滋润。此情此景,岂是"滋润"二字可以了得!

我是一个呆板保守的人,秉性固执。几十年养成的习惯,我决不改变。一身卡其布的中山装,国内外不变,季节变化不变,别人认为是老顽固,我则自称是"博物馆的人物",以示"抵抗",后发制人。生活习惯也决不改变。四五十年来养成了早起的习惯,每天早晨四点半起床,前后差不了五分钟。古人说"黎明即起",对我来说,这话夏天是适合的;冬天则是在黎明之前几个小时,我就起来了。我五点吃早点,可以说是先天下之早点而早点。吃完立即工作。我的工作主要是爬格子。几十年来,我已经爬出了上千万的字。这些东西都值得爬吗?我认为是值得的。我爬出的东西不见得都是精金粹玉,都是甘露醍醐,吃了能让人升天成仙。但是其中决没有毒药,决没有假冒伪劣,读了以后至少能让人获得点享受,能让人爱国,爱乡,爱人类,爱自然,爱儿童,爱一切美好的东西。总之一句话,能让人在精神境界中有所收益。我常常自己警告说:人吃饭是为了活着,但活着决不是为了吃饭。人的一生是短暂的,决不能白白把生命浪费掉。如果我有一天工作没有什么收获,晚上躺在床上就疚愧难安,认为是慢性自杀。爬格子有没有名利思想呢?坦白地说,过去是有的。可是到了今天,名利对我都没有什么用处了,我之所以仍然爬,是出于惯性,其他冠冕堂皇的话,我说不出。"爬格不知老已至,名利于我如浮云",或可能道出我现在的心情。

你想到过死没有呢?我仿佛听到有人在问。好,这话正问到节骨眼上。是的,我想到过死,过去也曾想到死,现在想得更多而已。在十年浩劫中,在一九六七年,一个千钧一发般的小插曲使我避免了走上"自绝于人民"的道路。从那以后,我认为,我已经死过一次,多活一天,都是赚的,到现在已经三十多年了,我真赚了个满堂满贵,真成为一个特殊的大富翁了。但人总是要死的,在这方面,谁也没有特权,没有豁免权。虽然常言道:"黄泉路上无老少,"但是,老年人毕竟有优先权。燕园是一个出老寿星的宝地。我虽年届九旬,但按照年龄顺序排队,我仍落在十几名之后。我曾私自发下宏愿大誓:在向八宝山的攀登中,我一定按照年龄顺序鱼贯而登,决不抢班夺权,硬去加塞。至于事实究竟如何,那就请听下回分解了。

既然已经死过一次,多少年来,我总以为自己已经参悟了人生。我常拿陶渊明的四句诗当做座右铭:"纵浪大化中,不喜亦不惧,应尽便须尽,无复独多虑。"现在才逐渐发现,我自己并没能完全做到。常常想到死,就是一个证明,我有时幻想,自己为什么不能像朋友送给我摆在桌上的奇石那样,自己没有生命,但也决不会有死呢?我有时候也幻想:能不能让造物主勒住时间前进的步伐,让太阳和月亮永远明亮,地球上一切生物都停住不动,不老呢?哪怕是停上十年八年呢?大家千万不要误会,认为我怕死怕得要命。决不是那样。我早就认识到,永远变动,永不停息,是宇宙根本规律,要求不变是荒唐的。万物方生方死,是至理名言。江文通《恨赋》中说:"自古皆有死,莫不饮恨而吞声。"那是没有见地的庸人之举,我虽庸陋,水平还不会那样低。即使我做不到热烈欢迎大限之来临,我也决不会饮恨吞声。

但是,人类是心中充满了矛盾的动物,其他动物没有思想,也就不会有这样多的矛盾。我忝列人类的一分子,心里面的矛盾总是免不了的。我现在是一方面眷恋人生,一方面却又觉得,自己活得实在太辛苦了,我想休息一下了。我向往庄子的话:"大块载我以形,劳我以生。"大家千万不要误会,以为我就要自杀。自杀那玩意儿我决不会再干了。在别人眼中,我现在活得真是非常非常惬意了。不虞之誉,纷至沓来;求全之毁,几乎绝迹。我所到之处,见到的只有笑脸,感到的只有温暖。时时如坐春风,处处如沐春雨,人生至此,实在是真应该满足了。然而,实际情况却并不完全是这样惬意。古人说:"不如意事常八九。"这话对我现在来说也是适用的。我时不时地总会碰到一些令人不愉快的事情,让自己的心情半天难以平静。即使在春风得意中,我也有自己的苦恼。我明明是一头瘦骨嶙峋的老牛,却有时被认成是日产鲜奶千磅的硕大的肥牛。已经挤出了奶水五百磅,还求索不止,认为我打了埋伏。其中情味,实难以为外人道也。这逼得我不能不想到休息。

我现在不时想到,自己活得太长了,快到一个世纪了。九十年前,山东临清县一个既穷又小的官庄出生了一个野小子,竟走出了官庄,走出了临清,走到了济南,走到了北京,走到了德国;后来又走遍了几个大洲,几十个国家。如果把我的足迹画成一条长线的话,这条长线能绕地球几周。我看过埃及的金字塔,看过两河流域的古文化遗址,看过印度的泰姬陵,看过非洲的撒哈拉大沙漠,以及国内外的许多名山大川。我曾住过总统府之类的豪华宾馆,会见过许多总统、总理一级的人物,在流俗人的眼中,真可谓极风光之能事了。然而,我走过的漫长的道路并不总是铺着玫瑰花的,有时也荆棘丛生。我经过山重水复,也经过柳暗花明;走过阳关大道,也走过独木小桥。我曾到阎王爷那里去报到,没有被接纳。终于曲曲折折,颠颠簸簸,坎坎坷坷,磕磕碰碰,走到了今天。现在就坐在燕园朗润园中一个玻璃窗下,写着《九十述怀》。窗外已是寒冬。荷塘里在夏天接天映日的荷花,只剩下干枯的残叶在寒风中摇曳。玉兰花也只留下光秃秃的枝干在那里苦撑。但是,我知道,我仿佛看到荷花蜷曲在冰下淤泥里做着春天的梦;玉兰花则在枝头梦着"春意闹"。它们都在活着,只是暂时地休息,养精蓄锐,好在明年新世纪,新千年中开出更多更艳丽的花朵。

我自己当然也在活着。可是我活得太久了,活得太累了。歌德暮年在一首著名的小诗中想到休息,我也真想休息一下了。但是,这是绝对不可能的。我就像鲁迅笔下的那一位"过客"那样,我的任务就是向前走,向前走。前方是什么地方呢?老翁看到的是坟墓,小女孩看到的是野百合花。我写《八十述怀》时,看到的是野百合花多于坟墓,今天则倒了一个个儿,坟墓多而野百合花少了。不管怎样,反正我是非走上前去不行的,不管是坟墓,还是野百合花,都不能阻挡我的步伐。冯友兰先生的"何止于米",我已经越过了米的阶段。下一步就是"相期以茶"了。我觉得,我目前的选择只有眼前这一条路,这一条路并不遥远。等到我十年后再写《百岁述怀》的时候,那就离茶不远了。

2000 年 12 月 20 日

清新俊逸的清华园

清华园，简单淳朴的三个字；但却似乎具有极大的启示性，极深邃的内涵。谁见了会不油然从内心深处漾起一缕诗情画意呢？人们眼前晃动的一定会是水木明瑟，花草葳蕤，宛如人间的桃源，天上的净土。

记得在七十一年前，在一九三〇年夏天，我从山东到北平来投考大学。当时我年少气盛，不知天高地厚，幼稚到可爱的程度，别的同学都报六七个大学，我却只报了清华和北大。这是中国最顶尖的两所大学，一直到今天，八九十年来，始终是千千万万青年学子向往的地方。当年我的狂妄居然得逞，两所大学都录取了我。我为了梦想留洋镀金，终于选中了清华，成了清华的学生，校友。我生平值得骄傲的事情不多，这是其中之一。

闲话少说，我想讲的是当年入学考试的国文作文题目。清华出的是《梦游清华园记》。因为清华离城远，所以借了北大北河沿三院作考场，学生基本上都没有到过清华园，仅仅凭借"清华园"这三个字，让自己的幻想腾飞驰骋，写出了妙或不妙的文章。我的幻想能力自谓差堪自慰，大概分数不低，最终把我送进了清华园。在这里，我还想顺便补充几句：那一年，北大出的国文作文题是《何谓科学方法，试分析详论之》。两校对照，差别昭然。去年，我曾根据我在清华四年、在北大五十六年的观察与反思，写了一篇谈两校校格不同的文章，我认为北大是深厚凝重，清华是清新俊逸。例证当然是很多的，仅仅从上面谈到的入学考试国文题目上不也就能参透其中的消息吗?

一走进清华园,我立刻对照我那一场人造的梦来检验梦中的清华园和现实的清华园有多大的差距。差距当然会有的,而且会极大。在梦中只能有一团团模糊的影像;但是,在现实中却有巍峨壮丽的校门,古色古香的清华学堂的匾额,美奂美轮的欧洲古典式的大礼堂,绿阴满窗的大图书馆等等,等等。在自然景观方面又有水木清华,荷塘月色,西山紫气,三秋红叶。这一切都是在梦中决不可能见到的。但是,梦中的水木明瑟,花草葳蕤,却是一点也不差的。这颇给了自己一点慰藉。

星换斗移,时移事迁,与我同寿的母校到今年整整九十岁了。这是清华校史上的一件大事,热烈庆祝是义不容辞的。庆祝的方式多种多样,自在意中。我认为,其中最能别开生面的一种就是清华同方集团邀请国内外著名画家描绘清华的自然风光,新老建筑,兼及著名学者和行政领导,并选出其中优秀作品,编纂成册,名之曰《名家绘清华》,出版问世。这实在可以说是一件心裁别出意义深远的举措。这样的画册,对向往清华想投考清华的青年学子来说,他们看了一定会狂喜不已,更增强了报考的决心。他们用不着再写《梦游清华园记》那样的文章了,他们梦想的人间仙境就历历摆在眼前。对新老校友来说,他们毕业有先后,术业有专精,现在遍布全国,全世界,看到了绘画,一定会唤起思古之幽情,望母校之风光,感平生于畴昔,一定增强对母校的热爱,加深对母校的向心力。这一点是完全可以肯定的,用不着丝毫怀疑的。

看了这些绘画,我自己的感受怎样呢?在这方面,我可以说是有独特的优势。我曾梦游过清华园,又曾在长达四年的时间内,亲自把梦境与现实对照过。而今,在七十一年以后,又看到这样一些优秀艺术家的绘画,琳琅满目,美不胜收。在艺术家的生花妙笔下,清华园活脱脱地站在我眼前。艺术家的本领在于,出于自然,而又高于自然,他们画出了清华园的形,又画出了她的神,歌德在他的《谈话录》中曾有一个绝妙的说法,说艺术家能改变自然。眼前的这一本画册,就是艺术家改变清华园的结集。在这里,我忍不住要引徐葆耕教授的话,给自己脸上贴点金。他说,相当多的艺术家同我所说的清新俊逸有近似的感觉,绘画的色彩洋溢着春天的生命气息。听到这些话,我不禁颇有一点手舞足蹈洋洋得意了。

　　文章写到这里,本来可以打住了,但是我意犹未尽,想再引申一下,写了下去。这个关键的灵感是清华同方集团带给我的。这个集团所从事的业务是高科技的应用和发展。用一般人通俗的说法来表示就是理工科,就是科技。这是目前最走俏的大潮。不少的人认为,建设一个国家,只要有科技就行了。于是,科技是第一生产力之声洋洋乎盈耳矣。其实这是一种短见。建国不能没有科技;但是,只有科技也还不够全面。科技必须辅之以与之并提的人文社会科学,在一些人的口中就是文科。二者相辅相成,互相促进,人类社会才能前进,人类文化才能发展。可惜的是,这一个正确的观点并不为所有人所共有。同方集团以徐林旗研究员为首的领导们具有罕见的远见卓识,同意这个观点,并且身体力行,《名家绘清华》这样的书于焉产生,这一个并没有大事宣扬的行动,实有极其深远的意义,定能受到全体清华人以及整个学术界和企业界的欢迎与赞美。

　　综观清华九十年的历史,走的并不是一条平坦的阳关大道。一九五二年以前,清华是一所具有文、理、法、工、农的综合大学。院系调整以后,清华成了单一的工科大学,连理科都被排挤出来。这个决定当时是否正确,我不敢说。但是,经过了以后三四十年的实践,却证明了它是缺乏远见的。清华大学当局于是当机立断,决定恢复人文社会科学院系。锲而不舍,勇往直前,在不太长的时间内,成绩已灿然可见,斐然可观,一个新的充满了活力的清华正在腾飞。最近又与工艺美术学院合并,清华万象,更加更新。这引起了一个大科学家李政道教授和一个大艺术家吴冠中教授联袂携手共辟新的教学和科研的途径的做法。他们想把科学与艺术融会贯通,培养完全新型的艺术科学家和科学艺术家。这是一条文理结合的具体的新途径,前途正未可限量。

  我在上面讲到的我对清华园的印象:清新俊逸,这不仅仅指的是清华园的自然风光,而是更重要的指的是清华精神。什么叫"清华精神"呢?我的理解就是:永葆青春,永远充满了生命活力,永远走向上的道路。缅怀过去九十年的历史,审视当前发展的情况和动向,我不能不得到这样的印象。我离开清华已经六十七年了,最近半个多世纪,我在北大工作。但是,燕园与清华园相距咫尺,弦歌之声可以相闻。特别是最近若干年以来,清华在努力恢复人文社会科学的院系,我到清华参加会议的机会就多了起来。作为清华的老校友,我十分关心母校的发展,只要有可尽力之处,我一定尽上我的绵薄。这里面难免搀杂上了一点报恩思想:没有清华,就没有我的今天,清华园毕竟是我的学术生涯起步之处。我虽然身不在清华,但心却从未离开那里。我想,现在遍布五湖四海的清华校友也无不如此。清华的一切成就我都感同身受。眼前清华蒸蒸日上的局面,我老汉看了也不禁"漫卷诗书喜欲狂"了。我相信,清华将同北大这样友校一起,永葆青春,永远充满活力,阔步向前,巍然立于世界名校之林,为我们伟大祖国增添无量光辉。

2001 年 2 月 18 日

一条老狗

自己也不知道是什么原因，我总会不时想起一条老狗来。在过去七十年的漫长的时间内，不管我是在国内，还是在国外，不管我是在亚洲、在欧洲、在非洲，一闭眼睛，就会不时有一条老狗的影子在我眼前晃动，背景是在一个破破烂烂篱笆门前，后面是绿苇丛生的大坑，透过苇丛的疏隙处，闪亮出一片水光。

这究竟是怎么一回事呢？

无论用多么夸大的词句，也决不能说这一条老狗是逗人喜爱的。它只不过是一条最普普通通的狗，毛色棕红，灰暗，上面沾满了碎草和泥土，在乡村群狗当中，无论如何也显不出一点特异之处，既不凶猛，又不魁梧。然而，就是这样一条不起眼儿的狗却揪住了我的心，一揪就是七十年。

因此，话必须从七十年前说起。当时我还是一个不谙世事的毛头小伙子，正在清华大学读西洋文学系二年级。能够进入清华园，是我平生最满意的事情，日子过得十分惬意。然而，好景不长。有一天，是在秋天，我忽然接到从济南家中打来的电报，只有四个字："母病速归。"我仿佛是劈头挨了一棒，脑筋昏迷了半天。我立即买好了车票，登上开往济南的火车。

我当时的处境是，我住在济南叔父家中，这里就是我的家，而我母亲却住在清平官庄的老家里。整整十四年前，我六岁的那一年，也就是一九一七年，我离开了故乡，也就是离开了母亲，到济南叔父处去上学。我上一辈共有十一位叔伯兄弟，而男孩却只有我一个。济南的叔父也只有一个女孩,于是,在表面上我就成了一个宝贝蛋。然而真正从心眼里爱我的只有母亲一人,别人不过是把我看成能够传宗接代的工具而已。这一层道理一个六岁的孩子是无法理解的。可是离开母亲的痛苦我却是理解得又深又透的。到了济南后第一夜,我生平第一次不在母亲怀抱里睡觉,而是孤身一个人躺在一张小床上,我无论如何也睡不着,我一直哭了半夜。这是怎么一回事呀!为什么把我弄到这里来了呢?"可怜小儿女,不解忆长安。"母亲当时的心情,我还不会去猜想。现在追忆起来,她一定会是肝肠寸断,痛哭决不止半夜。现在,这已成了一个万古之谜,永远也不会解开了。

从此我就过上了寄人篱下的生活。我不能说,叔父和婶母不喜欢我,但是,我惟一被喜欢的资格就是,我是一个男孩。不是亲生的孩子同自己亲生的孩子感情必然有所不同,这是人之常情,用不着掩饰,更用不着美化。我在感情方面不是一个麻木的人,一些细微末节,我体会极深。常言道,没娘的孩子最痛苦。我虽有娘,却似无娘,这痛苦我感受得极深。我是多么想念我故乡里的娘呀!然而,天地间除了母亲一个人外有谁真能了解我的心情我的痛苦呢?因此,我半夜醒来一个人偷偷地在被窝里吞声饮泣的情况就越来越多了。

在整整十四年中,我总共回过三次老家。第一次是在我上小学的时候,为了奔大奶奶之丧而回家的。大奶奶并不是我的亲奶奶;但是从小就对我疼爱异常。如今她离开了我们,我必须回家,这似乎是天经地义的事情。这一次我在家只住了几天,母亲异常高兴,自在意中。第二次回家是在我上中学的时候,原因是父亲卧病。叔父亲自请假回家,看自己共过患难的亲哥哥。这次在家住的时间也不长。我每天坐着牛车,带上一包点心,到离开我们村相当远的一个大地主兼中医的村里去请他,到我家来给父亲看病,看完再用牛车送他回去。路是土路,坑洼不平,牛车走在上面,颠颠簸簸,来回两趟,要用去差不多一整天的时间。至于医疗效果如何呢?那只有天晓得了。反正父亲的病没有好,也没有变坏。叔父和我的时间都是有限的,我们只好先回济南了。过了没有多久,父亲终于走了。一叔到济南来接我回家。这是我第三次回家,同第一次一样,专为奔丧。在家里埋葬了父亲,又住了几天。现在家里只剩下了母亲和二妹两个人。家里失掉了男主人,一个妇道人家怎样过那种只有半亩地的穷日子,母亲的心情怎样,我只有十一二岁,当时是难以理解的。但是,我仍然必须离开她到济南去继续上学。在这样万般无奈的情况下,但凡母亲还有不管是多么小的力量,她也决不会放我走的。可是,她连一丝一毫的力量也没有。她一字不识,一辈子连个名字都没有能够取上,做了一辈子"季赵氏"。到了今天,父亲一走,她怎样活下去呢?她能给我饭吃吗?不能的,决不能的。母亲心内的痛苦和忧愁,连我都感觉到了。最后,她只能眼睁睁地看着自己最亲爱的孩子离开了自己,走了,走了。谁会知道,这是她最后一次看到自己的儿子呢?谁会知道,这也是我最后一次见到母亲呢?

回到济南以后,我由小学而初中,由初中而高中,由高中而到北平来上大学,在长达八年的过程中,我由一个混混沌沌的小孩子变成了一个青年人,知识增加了一些,对人生了解得也多了不少。对母亲当然仍然是不断想念的。但在暗中饮泣的次数少了,想的是一些切切实实的问题和办法。我梦想,再过两年,我大学一毕业,由于出身一个名牌大学,抢一只饭碗是不成问题的。到了那时候,自己手头有了钱,我将首先把母亲迎至济南。她才四十来岁,今后享福的日子多着哩。

可是我这一个奇妙如意的美梦竟被一张"母病速归"的电报打了个支离破碎。我现在坐在火车上,心惊肉跳,忐忑难安。哈姆莱特问的是 to be or not to be,我问的是母亲是病了,还是走了?我没有法子求签占卜,可我又偏想知道个究竟,我于是自己想出了一套占卜的办法。我闭上眼睛,如果一睁眼我能看到一根电线竿,那母亲就是病了;如果看不到,就是走了。当时火车速度极慢,从北平到济南要走十四五个小时。就在这样长的时间内,我闭眼又睁眼反复了不知多少次。有时能看到电线竿,则心中一喜。有时又看不到,心中则一惧。到头来也没能得出一个肯定的结果。我到了济南。

到了家中,我才知道,母亲不是病了,而是走了。这消息对我真如五雷轰顶,我昏迷了半晌,躺在床上哭了一天,水米不曾沾牙。悔恨像大毒蛇直刺入我的心窝。在长达八年的时间内,难道你就不能在任何一个暑假内抽出几天时间回家看一看母亲吗?二妹在前几年也从家乡来到了济南,家中只剩下母亲一个人,孤苦伶仃,形单影只,而且又缺吃少喝,她日子是怎么过的呀!你的良心和理智哪里去了?你连想都不想一下吗?你还能算得上是一个人吗?我痛悔自责,找不到一点能原谅自己的地方。我一度曾想到自杀,追随母亲于地下。但是,母亲还没有埋葬,不能立即实行。在极度痛苦中我胡乱诌了一副挽联:

一别竟八载,多少次倚闾怅望,眼泪和血流,迢迢玉宇,高处寒否?

为母子一场,只留得面影迷离,入梦浑难辨,茫茫苍天,此恨曷极!

对仗谈不上,只不过想聊表我的心情而已。

叔父婶母看着苗头不对,怕真出现什么问题,派马家二舅陪我还乡奔丧。到了家里,母亲已经成殓,棺材就停放在屋子中间。只隔一层薄薄的棺材板,我竟不能再见母亲一面,我与她竟是人天悬隔矣。我此时如万箭钻心,痛苦难忍,想一头撞死在母亲棺材上,被别人死力拽住,昏迷了半天,才醒转过来。抬头看屋中的情况，真正是家徒四壁，除了几只破椅子和一只破箱子以外，什么都没有。在这样的环境中，母亲这八年的日子是怎样过的，不是一清二楚了吗？我又不禁悲从中来，痛哭了一场。

现在家中已经没了女主人，也就是说，没有了任何人。白天我到村内二大爷家里去吃饭，讨论母亲的安葬事宜。晚上则由二大爷亲自送我回家。那时村里不但没有电灯，连煤油灯也没有。家家都点豆油灯，用棉花条搓成灯捻，只不过是有点微弱的亮光而已。有人劝我，晚上就睡在二大爷家里，我执意不肯。让我再陪母亲住上几天吧。在茫茫百年中，我在母亲身边只住过六年多，现在仅仅剩下了几天，再不陪就真正抱恨终天了。于是，二大爷就亲自提一个小灯笼送我回家。此时，万籁俱寂，宇宙笼罩在一片黑暗中，只有天上的星星在眨眼，仿佛闪出一丝光芒。全村没有一点亮光，没有一点声音。透过大坑里芦苇的疏隙内出一点水光。走近破篱笆门时，门旁地上有一团黑东西，细看才知道是一条老狗，静静地卧在那里。狗们有没有思想，我说不准，但感情的确是有的。这一条老狗几天来大概是陷入困惑中，天天喂我的女主人怎么忽然不见了？它白天到村里什么地方偷一点东西吃，立即回到家里来，静静地卧在篱笆门旁。见了我这个小伙子，它似乎感到我也是这家的主人，同女主人有点什么关系，因此见到了我并不咬我，有时候还摇摇尾巴，表示亲昵。那一天晚上我看到的就是这一条老狗。

我孤身一个人走进屋内，屋中停放着母亲的棺材。我躺在里面一间屋子里的大土炕上，炕上到处是跳蚤，它们勇猛地向我发动进攻。我本来就毫无睡意，跳蚤的干扰更加使我难以入睡了。我此时孤身一人陪伴着一具棺材。我是不是害怕呢？不，一点也不。虽然是可怕的棺材，但里面躺的人却是我的母亲。她永远爱她的儿子，是人，是鬼，都决不会改变的。

正在这时候，在黑暗中外面走进来一个人，听声音是对门的宁大叔。在母亲生前,他帮助母亲种地,干一些重活,我对他真是感激不尽。他一进屋就高声说:"你娘叫你哩!"我大吃一惊:母亲怎么会叫我呢?原来宁大婶撞客了,撞着的正是我母亲。我赶快起身,走到宁家。在平时这种事情我是绝对不会相信的。此时我却是心慌意乱了。只听从宁大婶嘴里叫了一声:"喜子呀!娘想你啊!"我虽然头脑清醒,然而却泪流满面。娘的声音,我八年没有听到了。这一次如果是从母亲嘴里说出来的,那有多好啊!然而却是从宁大婶嘴里,但是听上去确实像母亲当年的声音。我信呢,还是不信呢,你不信能行吗?我糊里糊涂地如醉似痴地走了回来。在篱笆门口,地上黑黢黢的一团,是那一条忠诚的老狗。

我又躺在炕上,无论如何也睡不着了,两只眼睛望着黑暗,仿佛能感到自己的眼睛在发亮。我想了很多很多,八年来从来没有想到的事,现在全想到了。父亲死了以后,济南的经济资助几乎完全断绝,母亲就靠那半亩地维持生活,她能吃得饱吗?她一定是天天夜里躺在我现在躺的这一个土炕上想她的儿子,然而儿子却音信全无。她不识字,我写信也无用。听说她曾对人说过:"如果我知道一去不回头的话,我无论如何也不会放他走的!"这一点我为什么过去一点也没有想到过呢?古人说:"树欲静而风不止,子欲养而亲不待。"现在这两句话正应在我的身上,我亲自感受到了;然而晚了,晚了,逝去的时光不能再追回了!"长夜漫漫何时旦?"我却盼天赶快亮。然而,我立刻又想到,我只是一次度过这样痛苦的漫漫长夜,母亲却度过了将近三千次。这是多么可怕的一段时间啊!在长夜中,全村没有一点灯光,没有一点声音,黑暗仿佛凝结成为固体,只有一个人还瞪大了眼睛在玄想,想的是自己的儿子。伴随她的寂寥的只有一个动物,就是篱笆门外静卧的那一条老狗。想到这里,我无论如何也不敢再想下去了;如果再想下去的话,我不知道会出现什么样的情况。

　　母亲的丧事处理完,又是我离开故乡的时候了。临离开那一座破房子时,我一眼就看到那一条老狗仍然忠诚地趴在篱笆门口,见了我,它似乎预感到我要离开了,它站了起来,走到我跟前,在我腿上擦来擦去,对着我尾巴直摇。我一下子泪流满面,我知道这是我们的永别,我俯下身,抱住了它的头,亲了一口。我很想把它抱回济南,但那是绝对办不到的。我只好一步三回首地离开了那里,眼泪向肚子里流。

　　到现在这一幕已经过去了七十年。我总是不时想到这一条老狗。女主人没了,少主人也离开了,它每天到村内找点东西吃,究竟能够找多久呢?我相信,它决不会离开那个篱笆门口的,它会永远趴在那里的,尽管脑袋里也会充满了疑问。它究竟趴了多久,我不知道,也许最终是饿死的。我相信,就是饿死,它也会死在那个破篱笆门口,后面是大坑里透过苇丛闪出来的水光。

　　我从来不信什么轮回转生;但是,我现在宁愿信上一次。我已经九十岁了,来日苦短了。等到我离开这个世界以后,我会在天上或者地下什么地方与母亲相会,趴在她脚下的仍然是这一条老狗。

2001 年 5 月 2 日写定